WARNING

DEEP WEB
Version 2.0

* Scary Bird *

Copyright(C)Idea Publication 2016.

> ENTER <

DEEP WEB 2.0

FILE#人性奇談

點子出版
IDEA PUBLICATION

HELLO STRANGERS

You are about to enter a world that
may contain SPECIAL content.

Are you sure you want to continue?

> YES <

序：Preface

寫下這篇序時，我剛剛由醫院出來，血液裡仍然充斥著那些不知名的藥物，使得精神有點恍惚，仿佛過去幾天也是待在夢幻島或是甚麼狂歡派對，而不是被困在那張粗糙如木板的病床上，連上廁所也要用尿樽。

但無論如何，當回到家時，我便坐在書桌電腦前，寫下這篇序。有時候寫作的靈感和動態攝影師鏡頭下的景象一樣，只會出現一瞬間，你抓到就抓到，抓不到就不知道要等到何年何日。

好啦，我們返回正題，究竟這本書是説甚麼？

大約在數個月前，在忙碌的書展完結後，總編奄占便和我商討下一本書的事宜。我們原本訂下的書名叫《Deep Web File 2.0 # 網絡奇談》。但數天後，我隱約覺得這個名字有甚麼不妥的地方，仿佛有根隱形的針刺在其中。最後，我向奄占提出了第二個名字——「人性奇談」。

畢竟，用恐懼來探討人性才是「恐懼鳥的主菜」。

在第一本書《Deep Web File # 網絡奇談》出街後，便有讀者在 Facebook 問我各式各樣的問題，例如如何上暗網？擔心人生安全的問題嗎？如何找到那些血腥影片？為甚麼政府會縱容那

些犯罪分子存在？但當中最經常出現（亦都是最難答）的問題是——

究竟恐懼鳥是不是變態？為甚麼他那麼沉醉在人性的黑暗？

雖然大多數都是抱著開玩笑的態度來問我，但的確有不少（特別是讀者們的家長）用嚴厲的態度來質問我，問我是否心理變態？又說應該把我關在精神病院（我：太太……你真的不用太認真……）。

起初我對這問題都極力否認，但後來發現這句說話由一個可以面不改容地看虐殺影片的人說出來，說服力真是很弱。所以藉著此篇章，決定和大家坦白一下「恐懼鳥的變態」。

坦白說，我的變態在於對人性的執著。

你覺得自己是善良的人嗎？你覺得自己是幸運兒？你覺得死亡離自己很遠嗎？你覺得自己能在危難時緊守道德嗎？你覺得自己對外人一視同仁嗎？

我知道要直接回答是一件很困難，但你們在心裡或多或少都是這樣認為吧？千萬不要為此覺得尷尬，根據心理學的烏比岡湖

效應（Lake Wobegon Effect），自認優秀是一個很正常的想法，比你每天發的白日夢還來得正常。

事實上，我們每個正常人的內心都認為自己是比其他人聰明，過著有道德的生活，時常站在正義一方，幸福之神亦都永遠保祐著我們。如果沒有這些一縷縷美麗的謊言，我們根本生存不了下去。

反而，那些腦袋欠缺了這種自戀偏見的功能，保持客觀分析世界，亦都因此焦慮得難以生存下去的人，我們通常都稱為他們為「抑鬱症病患者」。

聽起來很諷刺嗎？或者這效應說明我們的世界本來就值得我們抑鬱吧？

在上一本書，普遍讀者覺得最嘔心、最難以接受的莫過於把女孩的手腳都斬去的「蘿莉塔性奴（Lolita Love Slave）」和性虐待女嬰的影片「摧毀迪詩（Daisy Destruction）」。雖然作為一個恐怖寫作人，對於讀者充滿恐慌的反應都很感滿意，但內心亦都不免暗暗驚訝。

為甚麼你們會覺得這些案件是很稀有？

根據聯合國報告，全球每年有超過 100 萬販賣人口受害者，超過 35% 為小孩。當中 80% 受害者都被拐作性奴、雛妓、拍攝兒童色情片。近在中國，保守每年也估計有超過 7 萬名孩子被誘拐，然後賣到孤兒院（他們再被賣到外國圖利）、妓院或非法工地。即使不計人口販賣，全球 20% 的小孩在成年前曾經被性侵犯，每日也至少有 5 個小孩死於虐待。所以你問我當初看到蘿莉塔性奴和摧毀迪詩感到驚訝嗎？我真的覺得不出奇。相反，根據很多國際犯罪調查報告，很多人以為離自己很遠的罪惡，例如販毒、強姦、謀殺、人口販賣、兒童色情，其實比我們想像中接近而且勢力龐大。

　　或者你們覺得，縱使外面的世界是如此邪惡和可怕，自己都算過著善良道德的生活，但其實不然。如果你碰巧買下這本書，在吃午餐時看到這一段的話，那就太好了，因為你現在的情況很適合作為例子來講解。

　　你看到你桌上那盤炸魚嗎？你知道它的來源嗎？隨著現代人對海魚的需求日漸上升，現在超過 30% 的海產都是來自非法捕魚。非法捕魚除了引致環境問題（這個沒有得到大多數人關心的問題）外，另一個嚴重問題是幾乎所有負責非法捕魚的都是非法勞工，他們都是由城市被黑社會誘騙到公海上。他們一旦上了船，就這輩子也再不能上岸，甚至不能死去，因為黑社會會把屍體直接拋到海裡。更恐怖的例子是，如果一艘非法漁船發生意外，其

他非法漁船並不會出手相救，因為救他們的成本比換另一艘新船高。其實類似的「現代奴隸制度」也發生在你左邊的咖啡、右手的電話、手指上的鑽石戒指上。

不談黑工問題？那麼我們説説在魚旁邊的牛肉？大家可以在YouTube 查找一下「Meat Industry」，你會發現很多血腥程度不亞於暗網的殺人影片，活生生被攪拌機碎屍萬斷、終生被困在黑暗的密室……只不過影片的主角由人類換成動物，地點由暗網變成農場。

我不是叫你們以後不要吃肉不要飲咖啡。我絕對不是個博愛主義者，相反我是一名實用主義者兼享樂主義者，即使知道真相也阻止不了我明天繼續去吉野家食牛肉飯，但之所以這樣説，是希望大家不要以為自己是無辜，明白殘忍是離我們多麼的近，甚至我們根本是身陷其中。我們只不過用金錢把很多骯髒、殘忍的事搬到遠遠的地方，不讓自己看到它們發生，假手於人，但實則我們仍然享用它們血汗的成果，那些豬、那些人仍然每天壯烈地死去，這是不容改變的事實。

所以如果根據廣泛道德標準來説，我們其實比自己想像中不道德。

以上就是恐懼鳥的變態。

我有慾望讓大家認清人性的黑暗面、讓大家質疑自己一直堅信不疑的「道德觀」。

這也是本書存在的目的。

在今次《Deep Web File 2.0 # 人性奇談》中，我們總共有 2 大章節，每章節也環繞不同的主題：

✳ Deep Web File：這一節會承接上一本《Deep Web File # 網絡奇談》，和大家繼續深入暗網，但今次挖入更深的不單止暗網世界，亦都包括暗網變態者的內心……

✳✳ Urban Legend File：我們會把注意力聚焦在發生世界各地的神秘事件上，例如疑似被邪教租下的酒店房間、矗立在美國小鎮的古埃及神殿……我們同時亦都會探討發生在創作行業的恐怖傳聞，例如從不存在的卡通片、被美國政府禁播的兒童節目等等。

好吧！你還等甚麼？快點翻去下一頁！我們的旅程又開始了！

恐懼鳥 SCARY BIRD

```
<ENTER>
>
```

是非黑白
　　永遠像迷霧般看不透

正義邪惡
　　淪為控制人心的工具

〉

</ENTER>

⬛ CONTENTS

DEEP WEB 2.0
FILE#人性奇談

DOC.B #URBAN LEGEND FILE

〈START〉

>

罪惡並不罕有

只是我們一直被蒙在鼓裡

〈/START〉

<Introduction>
黑暗帳篷內的世界

究竟暗網是甚麼？其實這條問題沒有一定答案，只視乎你的位置和身份而定。

如果你是一名毒販，那麼暗網便是你的生意平台。

如果你是一名駭客，那麼暗網便是你的狩獵場所。

如果你是一名變態漢，那麼暗網便是你的畸慾寶庫。

如果你是一名恐怖分子，那麼暗網便是你的藏身基地。

如果你是一名普通網民，那麼暗網只不過是網絡版的九龍城寨，一個又黑暗又神秘但又事不關己的存在。

但你們有沒有察覺到這些句子背後隱藏的共通點？那就是暗網的「匿名性」，而「匿名性」正正就是暗網的本質，亦都是它吸引所有「真正用家」的主要原因。

我們身處在這個資訊科技主宰的年代，日常生活幾乎每一秒、每一寸都和互聯網緊密相連。做功課、看新聞、聊天、交稅……所有事情都離不開網絡。縱便網絡世界使資訊流通順暢，生活更加方便，但同一時間亦都衍生出私隱危機。在網絡世界，不管你是否同意，你的個人行跡和對話都絕對有機會被「第三方」竊取，而這裡指的第三方不一定是掌管龐大資源的政府，它有可能是任何一間私人企業，亦有可能是你的朋友，更加糟糕的情況是某位變態跟蹤狂。

有見及此，暗網便自網絡誕生出來。

在 2004 年，電子前哨基金會（EFF）就是抱著「自由網絡」的信念，希望讓公眾擺脫任何組織的監控，享受無拘無束的網絡生活，改良了美軍艦隊通訊技術，打造出「暗網（Deep Web）」，又名「洋蔥網絡（Tor Network）」。

洋蔥網絡之所以比表網絡具更高度匿名性（Anonymity），主要有以下兩個原因。

首先，有別於表網絡數據在伺服器和電腦間直接傳送，暗網

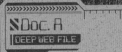
絡由無數自願當「節點（Nodes）」的電腦組成，數據在到達伺服器／電腦前，會隨機在不同節點間遊走，使得路徑變得不能追蹤。其次，在表網絡所有數據都是以「資料包」形式送出，每個資料包都有寄件人 IP 地址等資訊。但在暗網，所有資料包仿彿是俄羅斯娃娃般，包裹住一層又一層不同 IP 地址，讓追蹤變得更困難。

有人把暗網的匿名性比喻成一把雙刃劍，既幫民眾重拾私隱，同時又變相惡化網絡罪行。但如果要筆者比喻暗網的匿名性，筆者會比喻它為「黑色馬戲團的帳篷」。

在 1977 年，美國紐約市發生世紀大停電，整個繁榮城市突然陷入漆黑一片，所有電子儀器都瞬間變成廢鐵，人民陷於恐慌之中。這種可怕的情況足足持續了兩日之久，造成高達 3 億美元的經濟損失。

在停電 48 小時內，素來有文明之都稱號的紐約市，竟然發生 2000 多宗搶劫案和 1000 多宗縱火案，還有數不清的非禮強姦案。但最讓人驚訝的是，當電力重啟警方審判在停電期間拘捕的 3800 多名「暴徒」時，發現他們當中除了黑社會或小混混外，還有為數不少的「普通百姓」，有白領、家庭主婦，甚至學生。

為甚麼這些平日看似溫和文明的「普通百姓」會在停電時化身為四處搶掠的暴徒？

原因很簡單：停電引致的黑暗帶來了「匿名性」，匿名性挑起了人們犯罪的慾望。

　　相同的黑色帳篷同樣籠罩住暗網世界，令暗網世界化身成一個只會表演畸形秀的黑色馬戲團。

　　在這裡，你會看到人類最污穢的慾望、幹過最變態的勾當、賣過最荒謬的產品、犯過最不可告人的罪行，就像黑色馬戲團中連體嬰般畸形、刀鋸美女般驚險、小丑殺手般心寒。

　　準備好揭開帳篷，參觀這個黑暗帳篷了嗎？但小心不要太過投入，否則你可能會變成「表演者」之一。

< No. 01: 窺探 Deep Web 變態漢的日常 - Scream Bitch >

近在咫尺的變態漢
The Monster Close at Hand

1.1

在 2 月 20 日，一名 51 歲的澳洲籍男子 Peter Gerald Scully，在逃跑過程中被警方成功緝捕。根據男子的前拍檔 Carme Ann Angel Alvarez 供稱，Scully 涉嫌在 2013 年殺害其中一名狎童受害人 Barbie。其後警方在 Scully 家的廚房中找到一具女孩的骸骨，警方相信骸骨的主人只有 10 歲，而且屬於一名在菲律賓馬來巴來的雛妓⋯⋯

「我不斷痛哭流涕和大聲尖叫，」這是 12 歲的 Daisy，其中一名性侵受害者，在逃出 Scully 的魔掌後對現場記者説：「之後 Alvarez 便用枕頭搗住我的臉，我不斷咳嗽，但 Scully 沒有理會，繼續侵犯我的身體。」

「Alvarez 用力地摑了我一記耳光並對我大聲吼叫，説如果我不停止哭喊，Peter 會迫我不斷幹那些事情。」

「那一晚，我想過自殺，也想過死，因為我真的不能再承受下去。」Daisy 哽咽地對記者説。但得到上天的保佑，第二天早上，女孩趁著 Scully 和 Alvarez 外出時成功逃走，並跑回家裡。當 Daisy 的家人得悉事件後，立即向當地警方求助，終於結束慘不忍睹的地獄生活。

　　根據警方事後的調查，Peter Gerald Scully 原本居住在澳洲墨爾本，是一名金融詐騙犯。在 2011 年破產後，為了逃避債主，便捲席潛逃到菲律賓，並在同一年開展他的「第二事業」——兒童色情業。

　　Scully 之所以搬到菲律賓比較貧困的地方，是因為看準那裡的人過著經濟拮据、三餐不繼的生活。於是他以食物作為利誘，誘拐當地的小孩到他的大宅，之後再凌辱、禁錮、甚至強姦她們。Scully 更把過程拍下來，再放上 Deep Web（暗網），販賣給其他戀童癖人士。據估計每套影片／照片為 Scully 帶來 100 美金至 10000 美金收入，巨額的收入誘使 Scully 狎玩更多的兒童來賺快錢。

　　經過 2 年的經營，Scully 已經成為當地的一名小富翁，為了再進一步發展，他於 2013 年搭上了剛由少年監獄出來的 Alvarez。Alvarez 當時只有 17 歲，在貧民窟做妓女為生。他們兩人一拍即合，很快便成為情侶和工作伙伴，令 Scully 的虐兒事業朝更恐怖的方向發展。

　　Alvarez 利用自身在貧民窟的影響力，誘拐更多的小孩給 Scully 淫辱，並進行一些膚淺的善事，在區內塑造一個噁心的大慈善家形象。他們更曾經殺死一名「頑劣」的十歲受害人 Barbie，事後再給金錢小孩的家屬，扯謊「好人的 Scully 送了她到城鎮讀書」。

但萬事終有曝光的一天。在 2014 年 9 月，年僅 11 歲的 Daisy 和她的堂妹 Queenie 在一次偶爾的機會下，遇上在街上派食物的 Alvarez。Alvarez 看到她們倆，便以更多的食物作為利誘，邀請她們到 Scully 家作客。根據 Daisy 的證供，去到 Scully 家時，Alvarez 首先幫她們兩個女孩洗澡並把過程拍下。在途中，Alvarez 多次要求女孩擺出一些猥褻的動作，如撫摸身體或濕吻，Daisy 表示當時雖然對 Alvarez 的古怪要求茫然不解，但由於食物問題，所以也沒有多加追問。

第二天早上，Scully 要求 Daisy 和 Queenie 兩人在屋內挖出一個大小和其兩個女孩的身形相若的大洞。由於挖洞的過程極度艱辛，兩名女孩很快便開始抱怨和啜泣起來，但 Scully 沒有理會，更開始辱罵和性騷擾她們。

到了中午，Scully 命令兩人停下手上的工作，去到他的房間。在房間內，Alvarez 幫女孩搽上礦物油，之後 Scully 便開始獸性大發，隨心所欲地姦淫她們，Alvarez 則在旁邊把狎童的過程鉅細無遺地拍下來。在姦淫完畢後，他們命令女孩繼續返回她們的「工作」。到了傍晚時分，Scully 再繼續徹底蹂躪那對可憐的女孩。

這樣像無間地獄般的生活重複了整整 4 天。

到了第 5 天，兩名女孩趁著 Scully 和 Alvarez 外出「做善事」

時，鬆開了綁在頸上的狗圈，偷偷溜走，並跑到當地警察局求救。

　　警方到達 Scully 家時，Scully 已經逃走，只留下 Alvarez。警方在電腦找出大約 5 至 6 盒兒童色情影帶，當中其中一盒更是一直被譽為本世紀最殘忍的狎童影片《摧毀迪詩（Daisy Destruction）》。在 Scully 的電腦找到《Daisy Destruction》後，再根據影片的內容，推斷 Scully 就是影片的拍攝人，並立即通知國際組織。

　　根據影帶的數量，Scully 總共強姦了 8 至 9 名的菲律賓女孩，年齡由 1 至 11 歲不等。Alvarez 也供出在廚房發現的小女孩骸骨是屬於一名叫 Barbie 的 10 歲小女孩，死於 2013 年 7 月，她和 Scully 是在 Surigao 一戶人家租那名女孩回來（在落後地區很常有），「例行公事」完畢後便把她殺掉。至於其他影片中的女孩，還未知道下落，但警方相信會在短期內找到更多的屍體。

　　或許上天有眼，兇手 Scully 也在潛逃後不久被菲律賓警方緝捕，事件現在也朝向真相發展。Scully 的事件曝光後，菲律賓政府、國際人道組織、歐美媒體均踴躍報導，說「《Daisy Destruction》事件終於告一段落」，縱使受害人的傷害可能永遠也不能癒合，但事件主腦已經被捕，帶到法律面前，正義最後還是能夠伸張……

　　但事情真的那麼完美嗎？

→
→ 　　當然沒有。

歡迎回來 Scream Bitch！

　　「這個男人沒有可能是《Daisy Destruction》的拍攝人。」這句話幾乎每一個 Scream Bitch 會員聽到都會點頭同意。

　　「如果 Daisy 真的是 11 歲，那麼我便是聖誕老人。」論壇的主席 Mod 更毫不留情地吐糟道。

　　這一天，在 Deep Web 的某處角落，就翻起了一場小風波。Scream Bitch 的論壇主席興沖沖地把 Peter Gerald Scully 被捕的新聞貼在論壇上，題目為「致所有 NLF Daisy Destruction 的粉絲」，頓時吸引了論壇內數以千計的會員，無論是虐待癖、戀童癖、吃人癖或是三者均是，前來圍堆觀看，看著他們最喜歡的兒童色情影片的拍攝人突然殞落。

　　大約在上年 2 月，在 Deep Web 的變態漢圈子便流傳住一套叫《Daisy Destruction》的虐兒影片。由於影片的內容過於血腥和殘忍，片中的兒童（不到 5 歲的女孩）受到毫無人性的性虐待，所以得到了不少變態漢的青睞，成為公認的「好片」之一。據說，這套影片由一個叫 NLF 的神秘組織拍攝，但他們的真正身份一直成謎。

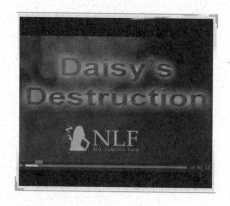

　　縱使沒有一名戀童癖的人站出來認真分析，但其實論壇內所有人心裡都很清楚那個男人是 NLF 的人的可能性很低。因為在東南亞地區，特別是泰國菲律賓，根本是戀童癖人士的天堂，兒童色情刊物的盛產地，那裡的雛妓隨處可見，兒童人口販賣如熱帶水果般平常。只要花十多美元，嫖客就可以有一個幼嫩的兒童，供他們淫辱一整晚，滿足他們那些完全違反倫常的慾望。

　　正因為雛妓泛濫，所以不少製作兒童色情的人都選擇東南亞作基地，拍攝他們的「藝術品」，甚至用來販賣賺錢。那些變態的數目根本不像外界想的那麼小眾，甚至是超乎想像地多，他們

有錢得可以發展出一個頗具規模的虐兒組織。畢竟，你不會想像到那些戀童癖人士願意用多少錢來換一套兒童色情影片。

隨此之外，《Daisy Destruction》在戀童癖界的名氣很高，幾乎所有戀童癖人士也留了一套在電腦，就好像所有基督徒的書櫃一定有本聖經。所以如果你說在東南亞地區，在一個戀童癖人士的電腦找到《Daisy Destruction》的影片，即使那人真的有份拍攝兒童色情影片，也不能代表那人就是《Daisy Destruction》的主人。

正如你碰巧抓到一個殺人兇手，那人也不一定是你要找的殺人兇手。

再者，媒體報導「《Daisy Destruction》的主人被抓」也不是頭一次的事。

就像在去年聖誕節那一天，Deep Web 另一個大型變態論壇 H2TC（已倒閉）的著名戀童癖網友 Lux（就像高登的飛影般）被抓時，警方也斬釘截鐵地說他就是《Daisy Destruction》的主腦，更仔細描述那個男人是如何和一個菲律賓的女人私交，叫她用自己的女兒拍下這套電影。

但是在把 Lux 送進監獄後，警方才發現指控的證據不足，發現他只是普通的戀童癖買家，錯誤的判斷在一片尷尬的沉默中被掩蓋。畢竟，那些警察都是想升職加人工，難道會關心案件的

真相？他們可以向傳媒立威就好了。況且他們這些人本來就是犯罪者，即使是被人冤屈又有誰人會可憐？

　　所以在種種因素下，Scream Bitch 的人夾雜住無奈、婉惜、猜疑的感情去看待對這宗新聞，他們的討論方向也避開他們在社會受到的目光問題，朝另一方面誇誇其談起來。

　　「那個女孩是那個男人的財產，他有權在她身上幹任何事情，他們應該立即釋放他。」網民 Little Girl Torture 說，他的頭像是一張小男嬰的赤裸屍體。

　　「其實我不喜歡《Daisy Destruction》，因為那個小孩太小了。」名叫 cricri 的會員說：「她根本不知道那個男人在對她幹甚麼，長大後也不會記得。在她身上根本不能造成永久性的傷害，對於他來說，只不過是一些不舒服的感覺。那個小孩之所以哭，只因為沒有其他方法去表達這種不舒服的感覺。」

　　「我很同意樓上的說法，11 歲卻會知道痛苦是甚麼。只是望著那個男人準備對她幹甚麼，所有絕望和驚恐都已經反映在她的臉上。唉，我現在很想做愛。」另一名網友補充道。

　　「我也很同意！操大歲數的小孩會比較好。因為他們知道在他們身上即將發生甚麼可怕的事，會嚇得表情扭曲，這也佔了我一半的樂趣來源。」

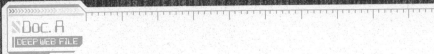
→
→ 類似讓人側目的變態對話不斷在 Scream Bitch 的「無極限討論版（No Limited）」上出現，映照出一個又一個被邪惡佔據的心靈，一個又一個淫穢病態的慾望，仿佛道德和倫理在那裡是不存在。但大家不要驚訝……

畢竟，筆者帶你們去的是只有變態漢的世界。

一個由婦孺尖叫聲堆起來的網站

Scream Bitch，一個埋藏在網絡深處的網上論壇，一個專門讓內心埋藏了黑暗慾望的人上的論壇。它的創辦人就曾經說過，Scream Bitch 的意思是「尖叫婊子」，意指這個論壇是由婦孺和小孩痛苦的尖叫聲堆砌而成。

在 Scream Bitch，你可以是戀童癖、戀屍癖、虐待狂、食人狂、殺人狂，反正大家都不是好人，沒有人有資格會歧視你。

→
→

那裡的變態漢可以盡情發洩出內心最陰暗、最不可告人的慾望。他們交換彼此的「戰利品」、交流行兇拐帶的經驗，甚至是舉辦集體活動。屍體、強姦、毆打、禁錮的影片通通也有，無論是男是女，是老是嫩，是生是死，一應俱全。

　　比起同期的 ViolentDesire 和 Hurt 2 The Core（H2TC），同樣以變態血腥作主題的 Deep Web 論壇，Scream Bitch 其實是比較弱小的一個。但隨著 FBI 近月在 Deep Web 大規模掃蕩，不少變態論壇也被當掉了，反而只有 Scream Bitch 仍然能在風雨中屹立不倒，更吸引了那些被關掉的論壇的會員而壯大起來。

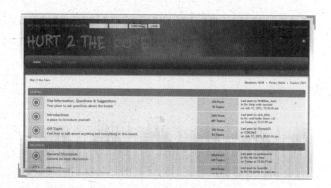

　　究竟裡頭的東西是真是假？有多少是吹水友？又有多少是貨真價實的變態漢？相信這些都是大家關心的問題。但筆者可以和大家說，在 Deep Web 可能會有詐騙犯，但絕大部分人都是說真話。情況就好像你攀山涉水來到好朋友的家，你當然會表現出最真誠的態度，否則又何苦大老遠走來？

在上年 9 月，Scream Bitch 就有一名叫 Boylover59 的網民（頭像是一名男孩被虐打至死的照片）曾經作過一個統計，問論壇內究竟有多少人有強姦小孩的經驗。在 122 名投票者中，有 81 名坦白承認自己沒有強姦小孩，41 名説自己曾經強姦小孩，佔了總數 34%，當中更有 5 位強姦了是多於 10 個小孩，可見其論壇的恐怖程度絕非浪得虛名。

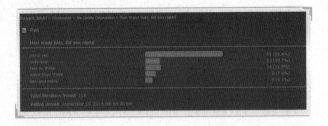

　　筆者知道有些死心眼的朋友一定不會相信這些粗略的網上統計，所以決定用<u>真實案件</u>為例。

　　準備好嗎？扣好安全帶嗎？那麼我們開始了。

對話 1：我是一名喜歡凌虐兒子的媽媽

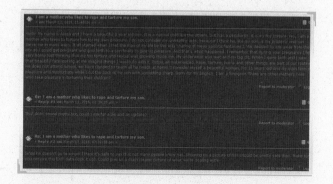

　　大家好！我的名字叫 Alissa，我有一個可愛的 8 歲兒子。他大部分的地方和正常的小孩無兩樣，唯一不同的地方是：

他是我專屬的性虐玩具。

　　對，我是一個虐待狂母親，以虐打自己的小孩為樂。我不認為自己的行為是病態，講到底，他是我的財產，我有權命令他用任何方式來服侍我。

　　所有事情都源於一次偶爾的機會下，我遇上了一個和我同樣有虐待狂癖好的男人，我們很快便墮入愛河。我們決定搬離市區，所以我可以懷孕，生下一個只供我們玩樂的兒子。我還記得當我懷孕時，每當我想起身體內有一個可以讓我虐打和淫樂的性玩具正在不斷長大，就會立即情慾高漲，內褲濕透，陰蒂也立即硬起來。

當我把他生下來那一刻，腦海立即掠過無數強姦、虐打、燒灼的美好畫面。現在，每一個畫面也終於化為現實了。

他從不上學，我們在家中教導所有基本的知識。我今年31歲，斗膽說自己是個美麗的中年婦人，最主要的性幻想是用尖銳的物品剪下兒子的屁股。對不起我的英文很爛，因為我是外國人，但這裡有沒有和我一樣以折磨親生骨肉為樂的母親？

之後有很多網友要求這位自稱虐待狂的母親交出照片，以驗證真偽。

結果也沒有令人失望，那名母親的確提供了一系列令變態漢們滿足的「證據」。

對話 2：我想看自己的妹妹被人圍姦

　　我的妹妹 27 歲，高 5 呎 3 吋，有一對圓潤的股肉，看起來她的屁股緊得很。

　　我經常偷竊她的內衣和內褲，幻想有日有一個男人，或者很多個男人，把它們撕下來，拉扯到雙膝以下，準備大幹一場的畫面。

　　我也有想過在她的車上安裝一個偷拍鏡頭，之後我可以聘請數個小混混來圍操她，把她綁上自己的車裡，再駛往一些偏遠地方，之後在後座強姦她。我已經幻想到當粗大的巨棒準備插進她的處女穴時，她發出那些無助的尖叫聲。

　　我在想可否叫那些黑幫留她的內褲給我，這樣我就可以把它當作紀念品好好保存下來，或者任何東西也可以。

　　這個帖子純粹是性幻想分享，沒有人知道樓主最後有沒有找人強姦自己的妹妹。但筆者覺得有趣的地方是樓主的性幻想，因為通常喜歡看自己心愛的人和別人做愛，內心一定有很強烈的自卑感。

< Ch. 1: 窺探 Deep Web 黃感漠的日常 - Scream Bitch >

誰才是怪物？

1.2

Who is the Monster?

　　筆者很喜歡看恐怖片，喜歡得每當朋友上筆者家時，都會強迫他們看恐怖片（「拜託這位客人把手上的笑片放下，你只有兩個選擇：《嘩鬼回魂》或《活死人之夜》。」）。曾經有朋友問筆者為甚麼對恐怖片著迷，起初筆者對這條問題無言以對，但隨著歲月增長，多番思索後，才發現著迷恐怖片的原因是：

　　其實恐怖片的世界是頗美好。

　　縱使在恐怖片裡，你要面對青面獠牙的怪物、恐怖猙獰的厲鬼、嗜血如麻的殺人狂，被它們無止境地追殺。但想深一層，其實你要面對的事情很簡單：<u>逃命或反抗，總之活下來就好了</u>。更好的是，那裡的世界通常<u>正邪分明</u>，是非黑白也像河水般清晰，你只要堅信那些「大路的正義」價值觀就好了，做事完全無後顧之憂。

　　回顧現實，我們的世界相對混亂得多，<u>是非黑白永遠像迷霧般看不透，正義邪惡淪為控制人心的工具</u>。上帝像個狡猾的老頭子，總是看不過我們那些自以為穩固的價值觀，祂總有辦法施展祂那雙巧妙的神手，弄出一個又一個悉心編制的道德困局，突顯出我們賴以為生的道德觀是多麼的脆弱，<u>矛盾和雙重標準也像屍體上的蛆蟲那麼多</u>。

耶穌曾經說：「你們中間誰是沒有罪的，誰就可以先拿石頭打她」，祂也曾經說過寬恕你的敵人。縱使這些句子聽起來很完美，很正義，但只要曾經面對過敵人的傷害和屈辱的人都會知道，這句說話有時候像富二代對窮人說「努力就會成功」般風涼和諷刺。畢竟，由天上降下來的神和人類的思想一定有差距。

現實是，有時候我們為了捍衛自己的利益，和報復它們對我們愛人造成的傷害，<u>我們不得不拿起斧頭</u>，和「怪物」對抗，甚至殺掉「怪物」。但是，又有誰保證我們在殺戮過程中不會變成怪物？又有誰保證自己真的是主角的一方、正義的代表，而另一方就是恐怖片的怪物，邪惡的化身？又有誰能保證它們應該受到我們的制裁，被我們殺死？

講到底，每個舉起斧頭的人都認為自己是正義的一方。

為甚麼你不湊近我一些？

2015 年 3 月 4 日，當天《蘋果日報》的頭條是一名警察被一名巴基斯坦籍男子砸了 9 拳，國際版則是某英超球星和未成年女子性交。由報章的頭條看來，算是平淡安寧的一天。但在網絡世界的某處陰暗、不為人知的角落，就沒有表世界那麼平靜了，一股狂風暴雨已經悄悄襲來……

在 Deep Web，不時有道德衛士殺入這個只有罪惡的網絡世

→
→ 界，在論壇公開譴責，甚至開設教會論壇，呼籲世人悔改，其行動猶如隻身闖入 ISIS 國度的基督傳教士般轟烈。筆者曾經看過一個版面是深紅色，內容詭異，疑似邪教的網站，最後版面突然由紅色轉為純白色，原來這竟然是一個基督教會網站。

雖說這些道德衛士深入 Deep Web，但他們仍然和那些真正變態的網址保持一段距離，不會傻得闖入去。但就在那一天，一名叫 Lisandro1979 的網民就隻身闖入 Scream Bitch，發了一個叫「為甚麼你不湊近我一些？（Why don't u come closer to me ?）」的帖子，和論壇的數以百計的變態漢臉對臉對質，向他們宣戰。除了宣戰外，這名男子還帶了一個關於自己的故事……

一個讓所有變態漢都笑不出的故事。

你們好，社會的渣滓們！

這裡每一樣我所看見的事物，都使我萬分驚訝，驚訝得屏住呼吸。

明顯地，這是一個專門給變態漢上的論壇，可以毫無顧忌地暢談各種暴力和色情，無論被害對象是動物或人類。所以我今天帶了一個故事給你們，故事的主人翁和你們一樣，是一個一想到無辜的兒童被虐打，老二便會硬起來的垃圾渣滓。

→
→

　　大約在 5 年前，有一個 42 歲的老男人，對我一個好朋友的小兒子，幹了一些他不應該幹的事情。那個老男人住的地方和我朋友家只有兩棟屋子距離，理所當然，他也是一名單身漢。

　　（你們滿腦子只裝著虐待他人的念頭，哪有空間可以容納愛？）

　　我們想過如何處理眼前的難題，沉默？搬屋？報警？還是自己解決？最終我們揀選了第四個選擇，一個最快、最容易、最有效率的方法，去治療我們和孩子受創的心靈。

　　有一日，在熙熙攘攘的街道上，我們和那個變態當面對質，揭穿他那些變態的癖好，但那個雜種卻矢口否認。性侵兒童的話題很快傳到路人的耳朵，引來八卦群眾的圍觀。但我和我的朋友很快便心領神會地閉嘴起來。原因很簡單，因為我們不想有目擊證人，我們不想有目擊證人去指證我們是他的敵人……當警察將來尋找他的時候……

　　所以我們決定把事情冷下來一個月。接下來兩星期，我們每天都監察住他的一舉一動。每天下午，那個男人下班後，都會去超市走一趟買飯，之後便直接回家，沒有朋友，也沒有女人，生活空空如也（你們聽起來有種熟悉感嗎？）。

　　一個月後，在一個夜深人靜的晚上，我們決定行動了。

那個男人的屋子不太可靠，我們輕而易舉便爆破了他的正門。當我們闖入了他的房間，那個男人正在脫下褲子，看同志色情影片（又簡稱 GV），哈，一條可憐蟲。又正因為他沒有任何人陪伴，所以接下來的事情變得很容易。

　　他沒有說話，也沒有面露驚訝。他知道我們是誰，又知道我們為何而來。我們也沒有說話，站在廚房裡，冷峻地瞪著他。那個男人看到我們手上的電槍和麻繩，便知道厄運已經降臨在他身上，但我可以和你說，他那一刻絕對想像不到那厄運是多麼恐怖。

　　長話短說，我的雙親在離城市 60 公里的深山裡，有一所農場和農田。我不會說我是來自哪一個城市，連國家也不會說，但你們可能由我的錯誤語法猜到，英文絕對不是我的母語。

　　那個男人突然由驚愕中回神過來，企圖由正門逃跑。我立即跑上前打斷他的行動。我舉起電槍，瞄準他的背脊，迅速地扣下扳機。接觸器立即打在他背上，但電槍的電流卻沒有把他打昏。那個男人倒在地上，交叉手緊抱被電流衝擊的身軀，痛苦地在地上左右翻滾，並張口尖聲大叫。我馬上上前抓著他亂踢的雙腳，阻止他爬出門外，再朝他的後腦來一下重擊，一拳 KO 那個男人。

　　我們最後還是用不上繩子，因為凌晨 1 時的大街根本沒有人，我們只要手腳夠快便可以把那個人扛出屋外。我們把那個男人運上車後，便朝農場方向呼嘯疾駛。

直到現在，我已經很努力地把這段黑歷史除去，但既然我已經在這個論壇瀏覽了兩天，我會和你們分享一些我還有印象的嘔心情節。

我們很快便到達農場。當我打開車尾箱時，驚訝地發現那個男人已經醒過來，但他沒有尖叫，可能電擊麻痺了他的舌頭。我以為電擊槍可以使他昏迷久一些……我的錯。

之後發生的事……我真的真的不太享受，但我知道我可以做得到……而且是他自作自受。接下來數天，我每天都在農場折磨他，反而我的朋友因為工作關係，每兩天才來一次。

我和你們不一樣，我不是心理變態，我討厭見到別人受苦，也不喜歡虐待別人，而且當你們談論起小孩時……我通常看到一半就看不下去，太令我嘔心。我可能有少少傾向……但我已經學會控制它，而且今次我有個很正當、很正義的理由去處決那個男人。

我們帶他到農場的倉庫，一進去便把他推倒在地上，我倆毫不留情地朝他的後腦、肚子和下陰亂踩亂踢，直到他腦袋一偏，完全失去意識為止。這就是那個男人的第一天。

之後，我們禁止那個男人說話。如果他違反規矩，我們便會一腳踢向他的肚子，直到他閉嘴為止。

兩天過後，那個男人的牙齒全數盡失，右手右腳也被我們用木鋸砍去，斷掉一半的裂骨由膝蓋和手肘血肉模糊的傷口插出，露出黃白色的骨頭和依附的神經，任由空氣侵蝕。我們嘗試用⋯⋯餐布？銀帶？我不知道那東西的英文叫甚麼，但總之我們用來幫他包紮，但可惜失敗了，鮮血像泉水般湧出，在地上留下一灘血水。

　　我倆不是醫生，也不會急救。在把他的肢體用斧頭砍成兩節後，真的不知道如何保住他的性命。最後，我的朋友提議了一個絕妙的方法，即使現在回想起也覺得很可笑。

　　我們把他鎖在一個冰箱內。

　　冰箱是在凍肉店那種，大得剛好容納一個成年人。冰箱內只有攝氏負4度，我們把他鎖在裡頭足足7分鐘，希望讓他的血液停止流動，而傷口也的確很快止血了。但他出來後不一會兒，鮮血再次由傷口噴出，這次我們唯有用木鋸把那些壞肉切走。當鋸子磨爛他手臂上的爛肉時，那個男人撕破喉嚨大叫，發出淒厲的尖叫聲。這種像宰豬的叫聲讓我感到煩躁至極，所以我由工具箱拿出一卷封箱膠紙，封住他那張臭嘴。我們也嘗試用灼熱的鐵焊煎熟他傷口的肉，但結果是他昏過去，血液仍然源源不絕地流出，房間瀰漫著一陣嘔心的鐵鏽味，我倆也滿臉鮮血。

　　這是第二天晚上的結束，我們知道他撐不過今晚，所以加快

手腳把事情搞定。

　　我還記得他醒過來時，猛然睜大眼睛，望著自己被斬去的手腳，眼神充滿恐懼和絕望。天啊……他張開口不斷尖叫，撕破喉嚨的尖叫聲由被膠紙封住的嘴巴傳出，變成像某些壞掉機械發出的嗚嗚聲。

　　但當時我們沒有理會，因為我們都被憤怒充昏頭腦。我們把他抬到豬場，把他的頭和少許上半身塞進一個黏貼在地上的豬籠內，這樣他就被固定在地上，不能動彈，只能橫躺著。我的朋友，也就是孩子的爸，從桌上拿起一把磨得鋒利的豬肉刀，目無表情地刺入那男人皺起皮的肚子，然後俐落地往上一提，熱騰騰的腸子立即嘩啦嘩啦地跌在地上，冒出蒸氣。

　　然後，我打開豬籠。

　　數天沒吃東西的豬群立即如狼似虎地衝進來，撲上那男人的身上，大口大口地吃下那個男人跌在地上的腸子，還有的直接伸頭進入他裂開的肚子內，吞食其他內臟……那個男人支撐了數分鐘，不斷地掙扎，不斷地尖叫，看著自己一點一點地被吃掉。兩分半鐘後，他就死去。

　　確定他死去後，我們把困住他頭顱的豬籠打開，讓豬隻把剩下的屍體吃下。大約數小時後，男人的屍首已經只剩下顱骨和盆

骨⋯⋯我們把它們磨碎後再用大火燒掉。

數天後，警察上門來找他。那個男人的弟弟在發現哥哥失蹤後，便到警局報警。警察去到男人的家，發現木門被打破和屋內有少許凌亂。其實他們調查下去，一定會發現些許蛛絲馬跡，但他們沒有。即使是男人的弟弟也明顯對哥哥的失蹤不太上心，事件很快就不了了之。

現在，男人的家已經變成廢屋，沒有人懷念他，也沒有人尋找他，我們的小孩又可以安全地在屋外玩耍。

我現在警告你們，外頭固然有很多和你們一樣的變態漢，但也有很多和我和我朋友一樣的制裁者。

我很想親手把你們一個又一個殺死，你們根本不值得生存，連呼吸的權利也沒有。

你有你的理由去把痛苦施加在別人身上，我也有我的理由。我多麼希望你們當中有人居住在我的城市，之後我們可以相聚一下⋯⋯

當這「宣戰帖子」出現在 Scream Bitch 的討論區後，火速成為熱門帖子，會員的首輪回應均是表達震驚和憤怒，甚至有人對樓主作出人身威嚇。例如就有一位叫 7ctd9ouvlill6tc 的網民說：「可笑的傻子，你殺掉我們當中的一分子，就是侮辱了我們所有的成員。過來找我，我會一槍打爆你的頭，一發子彈已經足夠了，你甚至連被折磨的資格也不配擁有。」

當中，也有人故作嘲諷說：「如果樓主所言屬實，其實都無關係。地獄見啦，我應該會在那裡等你。」

面對大批聲討浪潮，Lisandro1979 也很快發出聲明作出反擊：

啊！我很驚訝為甚麼你們不喜歡我的故事？為甚麼你們討厭我這類人？難道你們覺得不夠暴力？或者可能以上皆是。為甚麼你們不給我一些提議，提議當我再抓你們其中一位時，應該如何折磨他，先用木鋸，還是直接挖掉他的眼珠？

你們論壇的人不是喜歡看到他人受苦？還是 42 歲對於你來說太老了？我想對你們說，我根本不在意究竟你痛苦與否，只要知道我在幫手建立一個更美好的世界，我已經覺得心滿意足。

如果你覺得自己沒有問題，為甚麼不穿著「我喜歡姦殺無辜小孩」的襯衫，之後再走上大街？我想你站不過兩分鐘，你嘴巴內所有的牙齒已經全部散落地上。

你可以做鍵盤戰士，在網上宣稱甚麼「戀童癖在人類歷史一直存在」和「只不過是社會禁忌來」等鬼扯理論，但你很清楚一旦你在公眾地方脫下面具，你的人生也會玩完！你再多的變態朋友也難以幫你，沒有人會嘗試去「理解」你們在想甚麼，你一輩子只可以玩弄你那嘔心的老二。

其後，Lisandro1979 也有解釋事情的來龍去脈：

那個男人試過數次把手放在我朋友的小孩褲襠上，孩子的父親曾經責罵他，但他每次只會笑了笑，完全沒有後悔的意思。

大約在殺掉那個男人兩年後，我翻查那個男人的犯罪記錄，發現他曾經被警方拘捕兩次，一次是騷擾小童，另一次是被發現藏有迷幻藥。

原來那次騷擾小童案是發生在和他死去相若的日子……或許我們當初應該讓警察去追查，但可惜一切都太遲了。

關於那次騷擾小童案，話說有一天下午，一名小孩和母親在屋外玩耍。孩子的母親因為天氣寒冷，便獨自回家取夾克。當

她回到屋前的大街時，看到那個白痴正把孩子捉回自己鄰近的屋子。他左手抱起孩子，另一隻手放在孩子的嘴上，防止男孩發聲。

　　幸好那名母親及時回來，她立即尖聲呼叫，吸引了街道上的路人和鄰居。那個男人嚇得立即放下手上的孩子，跑回屋內，那名孩子也沒有受到任何傷害。

　　接著，Lisandro1979 再三強調自己沒有虐待別人的慾望：

　　我真的不享受虐待那個男人的過程。我這樣做是因為我答應了那孩子的父親會幫他一把。我並不是完全沒有內疚，我曾經三次因為淚水淹沒了眼睛，被逼中途停止虐打那個男人。我用膠紙封住他的嘴是因為我不想聽到他的求救聲，我怕我會不忍心再虐打他。我只想把事情盡快辦妥。我唯一的滿足感是當我知道他不可以再傷害任何人，我想我倆間接救了很多人的性命。

　　最後，Lisandro1979 以對那個男人的評價作結束：

　　其實那個男人的狀況很可憐⋯⋯他無人無物，屋子一片凌亂，看 GV 那部分並不可憐，可憐的是他每晚也是這樣過活。

→
→　　你是我們的一分子

　　究竟那個男人是否該死？究竟戀童人士，或其他種類的變態漢是怎樣看這個世界？究竟他們是如何看待刻印在自己身上的禁忌？筆者就揀選了其中 3 則比較詳細的留言給大家看看。

Jack Horner：

　　老弟，如果有日有人找你報仇，你可以成功保護你自己，那樣就最好。如果不能，那是你自己責任。所有事物都是這樣，即使是兩歲的小女孩也不例外，她保護不了自己，那是她自己的責任。

　　最讓我覺得可笑的是那些「戀童癖去死團」認為自己比我們優秀和正常，但他們不是。當然，我們之中認為我們比他們優秀的人也是同樣的愚蠢。但我們至少知道自己罪孽深重，不配得到任何尊重。

　　除了這種比較著重「戀童癖和反對者的差異」的留言外，Scream Bitch 的網民也開始對 Lisandro1979 行動的合理性和他內心的本質作出批判性的分析：

tabulvr4evr：

　　他要麼是惡搞，要麼是我們的一分子。因為他對於我們的幻想已經近乎瘋狂，超出了正常想像力。

→
→

其實起初我以為他殺的人是甚麼小孩強姦犯或殺人犯，但原來他甚麼證據也沒有。而且那個男人被抓時看的是 GV 而不是 CP（兒童色情）。更加可笑的是，他根本沒有讓那個人辯護的權利，直接封了他的嘴巴。

所以由我的眼中看來，他殺了一名無辜的市民。如果他日這人真的找上了我們任何一人，我希望他們曾抓起他來虐待，這是他應得的！

老實說，我是名暴力狂，但和性衝動無關係，純粹有種「是嗎？你覺得自己很強？那麼我給你看看誰是獵物，誰人又是獵人」的感覺。老實說，我見過類似的人表達類似的慾望。但如果當中你們有任何一人真的下手，那麼其實你和我們的道德地位差不多的低。

最後，筆者選擇了一則分析得比較透徹的留言作收尾：

Pain Curious：

其實不論你的動機如何，老弟，你絕對是我們的一分子。

真正的好人，在那種即使面對不得不殺生的情況，也只會快速地在最短的時間內把對象幹掉。而像我們般的壞人，就會故意拖長時間來虐待要解決的對象，因為他會懷念折磨受害人每一秒帶來的歡愉，感受他們每一分的絕望，因為他享受玩弄受害人所

給他的權力。這也正是你做了的事情。

你可以騙自己殺人是因為憤怒、報仇、世界和平，但如果你真的是這樣想，絕對不會用那麼長時間來殺一個人。

你用了足足兩星期來跟蹤一個陌生人，再用足足兩天來把一個人折磨至死。以上行動唯一的原因是你根本想看他受苦，而且很享受慢慢榨乾他每一點的生命。

其實按他所做的事情，即使是私刑，把他倒吊在樹上一晚已經很足夠，已經可以嚇得他終生不敢再碰小孩一下。現在使你難受的不是因為你幹了甚麼，而是你心底裡很清楚你根本殺了一個無辜的男人，他可能由你的生命拿走了少許東西，但你卻拿走了他整條命。

這根本是最自私的舉動。

對啊，這個世界有很多怪物，但有時候這些怪物其實是來自我們自己的內心，我們的世界觀只不過是反映出我們的內心。但無論如何，我都很多謝你分享自己的經歷，因為當我看完後，我發現原來外頭有比我還糟糕的怪物。

順帶一提，你是對的，我們的論壇最出名的規矩是「分享和討論各種虐待和謀殺」。

所以，歡迎來到你的新家。

濫用的正義

　　現實和恐怖片不同的地方，也是最讓人痛恨的地方，就是道德界線永遠都很模糊，像電影般黑白分明的情況極之罕見。

　　縱使 Lisandro1979 的帖子的確勾起了某些人的興趣，但大多數都是憤怒的投訴。大約在數頁的爭論後，Lisandro1979 終於決定離開 Scream Bitch，以下他最後一段訊息的部分內容：

　　你們全部人都是可憐蟲，我現在就離開這裡！不想再理會你們那些污穢的想法和老二，好讓你們去強姦別人。

　　我不會再和你們說任何話。我會直接抓起你們任何一個，之後再放一張他頭顱多了一個 0.38 口徑大洞的相片，好讓你們每天照鏡時，幻想有日自己頭上也出現一個大洞，想像自己時日無多。

　　拜拜，狗屎垃圾們！拜拜，Scream Bitch！

然後這個帖子也開始沉靜下來，之後再沒有 Lisandro1979 的消息。究竟 Lisandro1979 依然進行著他的狩獵行動？還是已經出現在某報紙的版面上，標題是一名男子被人棄屍街外。這些事情都沒有人知道，但筆者想為今篇故事寫一些感受。

筆者由中學時期開始，便開始對兩個詞語深感畏懼：「正義」和「道德」。

雖說畏懼它們，但並不代表筆者不需要正義和道德，只不過手握它們感覺就像手握妖刀，使用正確時可以斬妖，一旦用錯了連自己也會變成怪物。有時候「正義和道德」和「偏見和憎恨」其實是一同樣東西來，宛如「自信和自大」、「懦弱和寬容」，視乎你如何使用它們。除此之外，無論歷史上或者生活上，因為一時的正義而變成怪物的例子來說真的太多太多了。

很多人曾經私信筆者，問應該如何面對那些變態漢？

筆者的回答通常和大多數工作上經常面對變態漢的人士一樣：「理解他們，他們比你們想像中容易理解和平常（有的你幾乎不會看出），但同時又比你們想像中複雜。個人情感可以說出來，但千萬不要套用在決策上。給他們應該要承受的懲罰，不多不少。」

筆者指要理解那些變態漢並不是幫他們說話，也不是要求你

們相信那些和理非非的屁話,甚至不如坦白說筆者一直是嚴刑的支持者。但筆者想指出,嘗試理解那些變態漢或者任何類型的罪人,不會使他們犯下的罪孽減少,也不一定迫使你態度放軟,但可以使我們更加明白自己在幹甚麼,為何要懲罰他們,和應該如何懲罰他們。

正如事件中有一名變態漢就曾經說過,有的變態漢真的理應被處死,但很多需要的只不過是被倒吊起來數天或被你暴打一頓,<u>而且有法律可依靠的情況下,永遠都是法律優先</u>。如果我們一味拒絕認識他們,把他們一律打成「該死的變態」,用仇恨蒙上自己的眼睛,任意宣洩憎恨的話語,胡亂揮下斧頭,那麼我們真的離變成怪物不遠。

你們要知道在中世紀將火把扔在女巫身上的人,真的誠心相信這是宗教信仰不同的人應有的下場。

< Ch. 1: 窺探 Deep Web 變態漢的日常 — Scream Bitch >

與生俱來的邪惡本能　13

Born Evil

　　大約由筆者開始寫 Deep Web 系列開始，就有很多朋友問筆者類似的問題：「那些殺人犯的腦子是不是都有毛病？」、「所有罪犯都是精神病嗎？」、「我朋友有精神病，他會殺掉我嗎？」、「那罪犯是不是有反社會人格？」……

　　雖然問題的形式可以千變萬化，但其背後的邏輯均只有一個：「犯罪的人都是天生有精神病。」又或者換個說法：「罪犯都是天生邪惡（Born-evil）。」

　　每當筆者聽到這些問題，筆者臉上就會閃過一絲痛苦的表情，並不是筆者是罪犯或精神病人，而是這條問得簡單，卻答得複雜。我們正常人（或者自稱正常的人）對於罪犯抱持最大的謬誤是「罪犯都是不正常，有精神病」，把他們和自己遠遠隔離開。如果不是，那麼如何解釋為甚麼他們會犯罪，而我們則不會？所以我們和他們之間一定有不同之處。

　　以殺人犯為例，多謝偉大的荷里活（Hollywood）和喜歡炒作的傳媒，現代人們一般認為殺人犯一定鮮血滿臉，行為瘋癲，性格扭曲，無時無刻都握住一把大刀，欲把路過的無辜婦孺先斬開而後快之，總之一定「不會是我們的人」。

在真實世界，窮兇極惡的殺人犯往往比我們想像的「正常得多」。根據 FBI 在 2013 年的殺人犯統計，4 成的殺人犯為死者的朋友和家人，而行兇動機有超過 5 成是因為爭執時的衝動所引致，<u>沒有精神病紀錄</u>。在另一個統計，平均只有 7.5% 的精神病患者真的犯下了暴力罪行，而當中涉及謀殺的個案的數目就更低。從統計學上看來，其實犯下殺人罪的大多都是我們這邊「所謂的正常人」，而不是「另一邊的人」。換句話說，各位女士應該小心你那個火爆男友在分手時用刀片割破你的喉嚨，而不是那個未知存在與否的「嗜血精神病漢」。

但筆者之所以說過問題很難答，並不是因為它的答案一面倒，而是普遍大眾的觀點也有正確的一面，並不是完全錯誤。因為某些具攻擊性的人格障礙的確是遺傳或基因變異，所以他們生下來的犯罪機率的確比一般人來得大，例如<u>反社會人格</u>（Antisocial Personality）和<u>躁鬱症</u>（Bipolar Disorder）。

而筆者將要為大家講解的人格異常者是眾多人格異常病症中最狡猾、最難纏的一種。最恐怖的一點是，即使是最專業的心理學家也有被他們玩弄於股掌的時候。他們的名字可能大家一早已經聽過，卻又一直誤會了其意思，他們的名稱是……

「心理變態（Psychopath）」。

→
→ 骨子裡的壞

在早期心理學史，心理變態（Psychopath）只不過是反社會人格的代名詞，純粹美英用法的分別。但隨著近代腦科學的迅速發展，心理學家發現心理變態者比反社會人格者更無藥可救，後者其實大多是社會和家庭等教育因素所做成，但前者卻是天生如此；天生的無情、天生的邪惡。而最糟糕的一點是，上帝還賜給他們輕易操控人心的能力。

以下的心理變態例子可能對於內地和台灣的網民比較陌生，但香港的朋友應該耳熟能詳，就是發生在 1997 年秀茂坪童黨燒屍案，數名童黨把一名青少年虐打至死並把屍體燒掉。筆者的一名教授（負責教授三合會秘密）是當年其中一名犯罪學顧問，他在課堂時就分享了當年的一則經歷。

1997 年兇案發生時，很多警員和媒體都把注意力放在那個綽號「大王」，主腦傳顯進身上，而忽略了次主腦許智偉。教授形容雖然傳顯進性情暴戾，壯碩的身材震攝了團體內的成員，但真正掌權和指揮的卻是一直在旁邊的智偉。他還形容智偉性格狡猾，富有魅力，而且擅於玩弄人心。

教授憶述當時負責智偉的治療師是一名新手來的：「運用他討好的外貌和一流的說話技巧，不出幾天，那個小子已經完全控制了那名女醫生，誘使她幫他寫上有利減刑的心理報告，不斷在

同事前為他說好話，好讓他脫罪。幸好我們及時換人，再幫他進行心理測試，才斷定他是心理變態者，差點就讓他脫掉。」即使事隔十多年，教授說起來時還心有餘悸。

　　根據「心理變態測試表（PCL-R）」，心理變態者的特質除了迷人的外表和操控他人的能力外，還有以下數種特徵：<u>異於常人的大膽</u>、<u>毫無悔意和罪惡感</u>、<u>內心欠缺某幾種情感</u>、<u>擅於弄出很多虛偽的情感來迷惑他人</u>、性生活淫亂、需要不斷的刺激、<u>早期兒童行為問題</u>、為求目的不擇手段等。除了以上心理特徵外，心理變態者通常還有<u>先天性的嗅覺缺陷</u>（這點有助於分辨出究竟患者是性格問題或是腦部問題）。

　　對於心理變態者來說，他們先天缺乏對<u>道德的觸覺</u>，情緒也只是控制他人的工具，一切也是冷酷的計算。如果用比較感性的說法，<u>他們天性沒有愛人的能力</u>。除此之外，他們很擅長偽裝，偽裝成無害可愛的樣子，在事件爆發前你絕對不會相信他是心理變態。基本上，除非你是個擁有慧眼或曾經和他們正面交鋒，否則一般人很難察覺出身邊的心理變態者，他可以是你那個笨手笨腳的朋友、幽默有禮的初次約會對象、有點淘氣的鄰家孩子、精明能幹的心理醫生、愛管閒事的同事，甚至是萬人迷的名人。

　　據統計，地球有至少1%人口屬於心理變態。換句話說，如果你Facebook有100名朋友，就至少有1名是心理變態者。如果你有700名朋友，即是有7名心理變態，如此類推。心理變態並不一定有殺人的衝動（雖然很多連環殺人犯也是心理變態），

對於他們來說，殺人只不過是一種方法，他們真正想要的是<u>無窮的刺激</u>、<u>扭曲的貪婪</u>和<u>控制他人的快感</u>，而這些毫無節制的慾望再加上歪曲的道德觀，通常使他身邊的家人、朋友、同事、伴侶陷入痛苦之中。

筆者明白以上的描述有點空泛，未能完全表達出心理變態的可怕，他們一般很聰明，而且自認沒有問題，所以很少有詳細的心理個案去描述他們的手法。但多得 Deep Web 這個<u>變態人格的寶庫</u>，筆者有幸讓大家看到一個心理變態者的兒子的故事，講述他如何被一個患上心理變態的母親迫害，現在讓我們聽聽他的故事。

扭曲的母子關係

在 2015 年 4 月 15 日，在 Scream Bitch 論壇的「無極限討論版」就出現一則頗有趣的帖子，叫「<u>我媽媽想我把自己的腳趾切下來……（My mother wants me to cut my toe off）</u>」，帖子有趣的原因並不是因為內容過於血腥，而是發帖人的性質問題。在一個一向充斥住各式各樣變態漢的論壇，突然有一名<u>受害人走上來哭訴</u>，那豈不是頗引人注目嗎？而且這名心理變態的受害人帶上來的故事還真的頗病態呢……

以下為帖子的內容，由於原帖子內容散亂，所以筆者修改了部分排序。

好吧，在開始前容許先自我介紹一下，我是一名16歲的男孩子，現在就讀一間社區中學，成績優異，沒有沾上惡習，也沒有交壞朋友，基本上是個好孩子。我的父母在我還小時已經離異，現在和母親居住。但我今天要在這裡和大家說，我的母親是一個非常恐怖的人。她很喜歡凌虐我的身體，不是在這個論壇經常說很色情那一種，而是用一種混雜了肉體和精神虐待的奇異方式來每天折磨我。

幾乎由我懂事開始，我的母親便開始虐待我。我還很記得小時候，每當我哭喊時母親便會捏住我的頸子，呼喝我立即停下來。如果在家裡，她便會用衣服在我的頸上打死結。但如果在街上，她會抓我到偏僻的地方，確定四周沒人，才捏住我的頸子。因為喉嚨被緊緊扣住，連呼吸也成問題，所以我每次都很快便停止哭泣。

到我十多歲時候，因為捏住頸子的傷痕太明顯，所以改用熱水燙我的身體。每當我做了一些她認為不應該的事情，便會命令我立即脫掉衣服去到浴室，赤裸裸站在浴缸內，然後用一大盆燒水倒在我的身上。有時候她會覺得不滿意，便用通了電的燙髮棒在我身上打滾，留下深深的燒傷傷痕。

但我的母親絕對不是你們腦海中想像那些骯髒不堪，生活一團糟的放蕩女人。她是一名大學教授，專攻行為心理學，而且極端地聰明，想法永遠在我之上。她每天上班也穿得衣冠楚楚，事業也如日中天，無論在學校或者親戚面前也建立出一個備受尊敬

的單親媽媽的形象，但這些討好的特徵正突顯了她內在的病態。

正因為她熟悉心理學，所以她對我的虐待不單止在肉體上，還混雜了不少精神虐待的元素。她永遠不會做得太過火，一定留有討論空間，讓我產生對事情還有控制力的幻覺，例如我有數項投訴，在虐打我之後，一定會答應當中最無關痛癢的一項。

除此之外，在虐打我以外的時間，她都是一名很盡責和慈愛的母親，對我態度千依百順。她總是完全掌管我生活上大小事情，給我很多甜頭，使我即使 16 歲了也要事事依賴她，而她也很著緊我的依賴程度。我後來猜想這也是操控技巧的一種。

對於我身邊的朋友，她總是用一種很巧妙的方法去操控他們。例如有一次在初中時，我為了避開家裡的母親，而經常躲在一名朋友的家裡。為了斷絕我和朋友的來往，母親很聰明地沒有直接找上我的朋友，而是找上他的母親。其實她和我朋友的母親根本沒有可能相識，她是故意在公園找她搭訕，之後裝作苦惱的樣子，向她說出各種捏造出來的「煩惱」，例如我的學業問題，品性惡劣，甚至我的性取向問題。之後朋友的母親再向我的朋友轉述，讓我們的關係在沉默中慢慢毀掉。

縱使聽起來她是如此不可理喻，但可能因為我和她相處得太久了，而且其實她的虐待並不怎樣影響我的社交生活，所以某程度上，我已經習慣了和她待在一起，甚至暗地裡有點享受。但在

一星期前，我和母親的生活卻陷入前所未有的困境。

　　大約在一星期前，因為我的學校察覺到我的情緒有點異常，而打電話詢問我的母親，問我在家中有沒有發生甚麼事。縱使母親成功把學校的人打發走，但她仍然氣得火冒三丈，誤以為我企圖逃走，並視為最嚴重的背叛。

　　當放下電話後，她立即衝前扯住我的衣領，拖我入她的房間，用麻繩把我大字型綁在床角上。她二話不說地把我的衣服脫掉，並拍下裸照，包括一些勃起的照片，並威脅說如果我想逃走，她便會把照片上傳到互聯網，讓世人永遠嘲笑我。之後數天，她仍然把我綁在房間裡。每當她下班回到家時，都會走過來警告我離家出走的下場，她一定會在警察找到我前把我殺掉。而且她還像說故事般滔滔不絕地講述我一旦失去了她，我的下場將會如何悽慘。她把所有的社福機構都描述成戀童癖的組織，說他們會把沒有父母的小孩送給有錢人雞姦。雖然我心底裡知道她是大話連篇，但當你看到她描述得繪聲繪影，手舞足蹈的舉止，腦海裡真的留下不快的陰影。

　　就這樣子的禁錮足足維持了一星期，每晚在說教後都以虐打作為一天的結束，直到她覺得我已經被馴服了，不敢再離開她時，她才讓我回復正常生活。縱使如此，她這幾天行為仍然神經質得很，每一天都提心吊膽我會偷偷報警。就在昨天，在她如常虐打我的時候，就要求我做一樣事情，來補償我之前犯下的錯：

她要求我把自己的腳趾切下來。

　　她要求我在一星期內親手把自己其中一隻腳趾切下來，哪一隻腳趾可以由我選擇（我在考慮我的左邊尾趾）。她警告如果我一星期內不交出一隻腳趾給她，她就會把我所有的腳趾斬下來，再迫我自己吃掉它們。她還洋洋得意説她已經作出讓步了，這是個很公平的交易。

　　她寫了一張清單給我，上頭寫了數十種止痛藥的名稱，命令我到藥房買。

　　我買了兩包外服利多卡因和三包苯佐卡，另外還有一些橡皮筋、繃帶和抗感染藥。我打算用橡皮筋在我的小腳趾上打個死結，直到那些血管和神經發黑壞死，最後才用斷線鉗或鑿子實在地移除腳趾。我母親答應過會幫我包紮傷口。

　　<u>我很愛我的母親，所以我不會離開她。</u>我來這裡是因為由同學的口中得知這裡是給虐待狂和殺人犯看的論壇，所以想上來問問富有經驗的你們有沒有甚麼方法可以把截肢的痛楚降至最低？

　　我會很多謝大家的意見。

　　雖然帖子在大約數則簡短的回應後便沒有下文，但大多數回覆都是針對男孩對母親的感覺發問，有的更私下提出很樂意為他幹掉母親，或鼓勵男孩反抗。可能是出於某種補償心態，在這個充斥各種變態的論壇，也沒有人願意助紂為虐，教男孩如何自殘身體。

　　縱使我們不能確定帖子的真偽，但帖子裡的內容卻絕對可以做心理變態的教材，如果不是由受害人寫出來，就一定是名專業的心理學家。因為它反映出一個典型的心理變態是如何操控他們的受害人。而且更加令人寒的是，文中的母親真的用心理法則把自己的兒子調教成一名奴隸，而<u>被受虐的兒子不但沒有生厭，反而處處維護母親</u>，如此病態的母子關係連筆者也忍不住感嘆起來。

　　文中除了反映出心理變態的殘酷和異常聰明外，還清晰地呈現了心理變態的行為模式「評估－操控－拋棄（AMA）過程」。他們會先評估受害人的利用價值和承受能力，然後再操控他們，直到受害人沒有利用價值為止。心理學家分析出心理變態沒有所謂結交知心朋友和維持伴侶關係的能力，對於他們來說，一切的人際關係只不過是利益問題罷了（我們可以在後天發展後也會有類似的想法，但心理變態卻是由小孩開始已經明白）。

　　歷史上或電視媒體上知名的心理變態例子有：希特勒、恐怖的伊凡四世、開膛手傑克（Jack The Ripper）、黃道十二宮殺手、《大時代》的丁蟹、《英國達人》的評審 Simon Cowel、美國商業大亨 Donald John Trump，甚至是漫畫版（不是電影版）的

→
→　Ironman 也承認過自己有點邪惡傾向。

可能你會驚訝以上的名單，因為裡頭有你們已知的暴君和殺手，但也有不少名人和商人，甚至有你們一直尊敬的人。或者我們應該問一條問題：

難道心理變態就一定是壞人嗎？

壞胚子長大後一定要變壞人嗎？

在 2006 年，美國一名專攻心理變態的腦神經科學家 James Fallon 在研究心理變態的遺傳性時，用了數名已確定是心理變態的遠親的腦部電子掃描圖和家族樹上五十多的親戚的腦圖進行比較，以加強對心理變態遺傳性的證據。但就在檢查過程中，他發現家族樹上出現了一名「走漏」的心理變態者，當他好奇查看是哪名家庭成員時……卻發現那張腦圖屬於自己，原來他自己也是心理變態。

究竟一家壞胚子長大後是否要當壞人？James Fallon 的結果讓心理學家重新思索對心理變態的看法。James Fallon 的名聲一直很好，年約 66 歲的他兒孫滿堂，在事業上得到崇高的尊敬，這些特質在一般心理變態是很少有，他們當中有成功者但甚少有美好的家庭。雖然 James Fallon 坦承自己對很多慘劇缺乏

→
→

感覺，而且好勝心很強，但這也阻不了他在社會過著道德和值得尊重的生活。

現在我們回到最初，大家記得心理變態的原型嗎？不盡追求刺激、異於常人的大膽、欠缺與生俱來的同情心和愛人的能力、冷酷的計算、迷惑人心的能力，但這些先天的設定真的阻止了一個人成為好人嗎？有誰人說過道德一定要由感性來建立，而由理性分析出來的原則就不可叫道德？而且精於計算、行事大膽、掌握人心不就是一個好的領導應有的能力？

筆者想表達的是，其實心理變態者不一定要當壞人。上天最初發牌時，永遠只會發放「工具」，但絕對不會規限我們的善惡定向。無錯，有些工具牌真的令我們比常人更加難成為一個「好人」，但這並不是表示我們有藉口去自暴自棄，任意妄為。一把槍可以用來殺人，也可用來除害。我們永遠有權利去選擇自己成為怎樣的人。

這就是筆者對所有以人格障礙作殺人借口的人的看法。

< No. 01: 寂寞Deep Web裏祖漢的日常－Scream Bitch >

性變態犯是如何煉成？ 14
The Career Path of a Rapist

過去 3 年，每逢夏天，我都會化身成全職強姦犯，趁著黑夜籠罩整個城市時，在夜深人靜的公園狩獵女性。

對上一次襲擊，我撕開了一個女人的裙子，用手指插進了她的陰道。報紙新聞也曾經兩度報導我的事跡。

曾經被我調戲的女人多不勝數，表姐、鄰居、姐姐。我在人海中偷捏女性的肉體、我在女室友的房間裝下了偷拍器、我在網上騙取了不少少女的裸照再勒索她們，而現在我正計劃殺死一個妓女。

現在，我要你們知道我所做的事情。

我要更多人聆聽我的故事，更多人欣賞我。

我要你們的幫助。

我要你們做我的觀眾。

性犯罪，這種混雜了暴力、性及獸性的犯罪行為。他們難以理解的行兇動機和難以掌握的犯罪時間，一向讓人聞風喪膽，帶給社會無與倫比的恐懼感。由筆者開始寫各式各樣病態人士的事跡開始，便有很多人問他們是如何形成？有甚麼因素驅使他們犯下如此殘暴不仁的惡行？

其實幾乎從科學在 19 世紀初飛躍發展開始，每一個領域的專業人士：心理學家、腦科學家、社會學家、大眾媒體，都就性犯罪這宗可怕的罪行提出不同的見解。心理學家先後提出面相學、人格障礙、幼兒經驗等説法。腦科學集中在基因、腦部異常等問題。社會學家由社會文化影響、社會化過程出錯等角度分析。至於媒體……他們把責任怪在一張遊戲王卡和《GTA5》上。

事實上，如果你只站在單一角度，只用單一工具對性罪犯分析，是絕對不可靠，宛如瞎子摸象般，對性罪犯真實的一面只能抓到鳳毛麟角，甚至方向完全錯誤。如果要抓住真相，我們必要用上來自不同領域不同工具，恍如直接撲上巨象的身軀大摸一番。

而 Deep Web 這個世界就像非洲大草原般，周圍也是巨大的灰象。

現在，讓筆者來為大家抓來一隻大灰象仔細看看。

2014 年 12 月 29 日，當地球上大部分人也正在期待新一年來臨的時侯，在 Scream Bitch 就有一名連環強姦犯出現，和一眾變態分享他這一年來的狩獵經驗。這名自稱是連環強姦犯的網民叫 cleartape，他在 NLF 討論子版開了一個叫「想和大家分享我在自己的城市攻擊女性的故事（I've been attacking women at night in my city and I want to share）」的帖子，講述自己的故事。

在帖子首段簡短的自述後，便已經吸引了場內所有變態漢的目光，紛紛前來給予正面鼓勵和讚許，例如一名叫 qalindra（他的頭像是一個小女孩被逼口交的畫面）的網民留言說：「做得好！我們一定會追蹤你的帖子，勇敢些！但小心不要被警察抓到:）」他們輕挑的口吻彷彿是在討論區的追女孩帖子留言，而不是幾名無辜的女子被人殘忍地強姦和性侵的帖子。

縱使內容是如此病態，但筆者在細閱帖子後，發現 cleartape 的故事及得上任何一本的犯罪學教科書，所以決定用他來做例子，和大家展述一下變態犯的形成過程。

現在讓我們來邊看看他的故事，邊描述一個性變態的煉成過程。

性變態的成長

　　我也不確定是甚麼時開始，大約在我的老二長毛那一刻開始，每當我幻想有女人被襲擊或殺死時，我的小弟弟便硬脹得一柱擎天，情不自禁地上下套弄起來，直到濃濃的精液射出。如果天氣和暖，我更會立即衝出家門，在街上隨機選擇女性來襲擊。

　　我最初的性經驗在我 12 歲那一年。我的鄰居，Samantha，當年只有 6 歲，常常穿著一件迷你比基尼坐在我的大腿上，聽我說故事。每一次她圓滑彈手的屁股壓在我的胯下時，下體也會立即充血，變得像灼熱的鋼柱般那麼硬。有時候我會忍不住把數隻手指伸入她的底褲內亂插一番，有時候則愛撫她的大腿內側，每一次她也沒有反抗。

　　至於我少年時另一個性體驗來源應該是我淫亂的姐姐，雖然她只有 13 歲，但乳房卻恍如 D Cup 那麼大。我常常捏住她的乳頭，直到硬起來為止，而她每次也會嘻嘻笑出來。但隨著年紀增大，她開始拒絕我的玩弄了，轉移在浴室內自己自慰起來。我們浴室牆壁有個小孔，她每次洗澡時，我都會由那裡窺探她洗澡和自慰。當然，我也是一邊自慰一邊偷看。

　　忘記了說，還有每當在繁忙時間或節日慶典，我都會擠身在人潮中，大肆亂抓亂摸。

我第一次真正的性騷擾發生在三年前的夏天，地點是我家附近一個偏僻公園。每天晚上，我也會在那裡騎單車繞圈子，碰巧每次也會遇到一個嬌小但身材飽滿的西班牙女子。每次經過她時，我的腦海也會浮現無數淫亂至極的性幻想。

　　有一次，我終於忍不住把單車駛近她旁邊，停下來問她：「想不想凌晨兩時在公園打野戰？」

　　我還記得她那一刻的表情，深邃的拉丁五官糾結成一團，樣子既憤怒又害怕。她粗暴地留下數句粗言，便馬上轉身走人。那一刻，被拒絕的我真的感到很不甘心，憤怒像烈火般由胸腔湧上腦袋。我大叫一聲，由後撲上，大力地捏住她的雙乳，十指都深深陷進她的肉裡，直到她痛得尖叫出來為止。敏感部位被弄痛的尖叫聲劃破寧靜的夜晚。她的尖叫聲使我按捺不住，興奮地笑了出來，但理智很快便告訴我應該逃走。我把她猛然推倒在地上，再跳上自己的單車，疾馳而去。

　　沒有警察，她沒有報警。

　　那一次的經歷是如此美妙……

　　我想要更多更多。

沒有一個犯罪是天生，或是突然變出來，一個人成為罪犯前一定經過很多的探索和嘗試，性犯罪者也不會例外。

縱使佛洛伊德很多理論已經被人推翻或修改（主要兇手是當代腦科學），但有一點仍舊很正確，就是性在人類心理中佔據了重要的一席位，早年性經驗和性幻想更加可以斷定一個人成年後的心理發展。其實自我們由娘胎滑出來那一刻，無論你有否意識到，性刺激一直環繞在我們身邊，有些像煙霞般很快便消散，有些卻像灼熱的鋼鐵般刻印在我們腦海中，而後者遠比前者來得重要。

不少殺人犯童年時的性幻想已經凸顯出他們病態的一面。有名性殺人犯在四歲時便已經喜歡玩一個叫「毒氣室」的遊戲，他每次會叫妹妹用繩把他綁起來，再打開一個想像的開關掣，引入「毒氣」，之後再扣住自己的喉嚨，假裝被毒氣毒死。到了十四歲時，父母看到他不時用繩子套住自己的脖子。長大後，這名男子的確用繩子勒死四名無辜的婦女。再同樣的調查，發現超過 7 成性殺人犯在犯罪前曾有殺人或強姦的幻想。

但其實這不代表甚麼，因為另一個 2008 年美國德州大學調查發現，有 5 成至 9 成的成年人曾經有殺人幻想，所以殺人幻想和性殺人犯罪不一定畫上等號。相反，心理學家認為關鍵在於「增強理論（Reinforcement Theory）」。

長話短說，增強理論就是「棍子與紅蘿蔔驅驢子」的科學版，詳細可以在網上查找。在性罪犯的例子中，最初畸型的性幻想只不過是平平無奇的「幻想」，但隨著每次自慰時均以那些變態幻想作性幻想主題，自慰時的生理刺激會成為一種「穩固劑」，漸漸穩固他們的變態幻想。這種情況持續若干年，最後，這些幻想已經成為他們的價值觀、癖好、夢想，不得不把它們一一實現出來。

回到 cleartape 的故事，我們可以看到 cleartape 自年幼時開始，在不同成長階段，均有其獨特的「不正常性體驗」，再加上後期打手槍的持續增強，這些因素都為他長大後犯下的性罪行打下了根深柢固的基礎。

現在讓我們看看他如何犯下第一次正式的性罪行。

新手作案

我發現自己如果沒有在打手槍，就很難專心寫作。

在夏天，我很少在晚間睡眠。多數的夜晚我都會溜到那個公園，騎著腳踏車進行我的「狩獵」。

我的狩獵場，亦即是城市的公園，並不是你們想像的那麼幽

靜和美麗。事實上，它是一個堆滿了流浪漢和癮君子的骯髒地方。我很憎恨那些流浪漢，他們才不是甚麼社會的受害者，而是社會上的垃圾渣滓，將來有機會，我一定會殺掉他們。

在兩年前的夏天，當時我如常地在公園小路上騎腳踏車，瞥見一對吸毒情侶躺在路邊的草叢中，相擁而睡。我停下來，怔怔地望著他們。

當然，吸引我的目光是睡在左邊的女人。

長年放蕩的生活在她的身上劃下不少令人痛心的疤痕，針筒的傷口、畸形的刺青、腫大的冰瘡佈滿全身。縱使如此，那女人仍然散發出令人心醉神迷的氣質，年輕時妖嬌的氣質仍然風韻猶存，足以讓我的小弟弟硬了起來。順帶一提，她的胸部仍然豐滿得很，弧形的輪廓在緊身衣上表露無遺。

我的性慾像火山爆發般一發不可收拾。我走上前，坐在那個男人的腳踝上，他連悶哼一聲也沒有，像豬一樣睡得酣甜。我十隻的手指在女人的手臂、臉蛋、胸部上像彈琴般溫柔地遊走，不願意放過任一吋外露的嫩滑皮膚。不管他們吃的是冰、海洛英或是甚麼鬼毒品，都足以使他們像屍體般昏迷不醒。

我脫下她的襯衣，雙手按在她的雙乳，輕柔地揉。

我很想傷害她，這種感覺是如此強烈，仿佛有頭惡魔已經佔領了我的軀殼，下一刻就想割掉她的頸子。

我站起身，把我的單車停泊在我的旁邊。之後，我彎下腰，用我的食指和拇指輕按著她的乳頭……然後用迅雷不及掩耳的速度，猛然向上用力一扯。

那個女人由睡夢中尖叫過來。

我立即跳上單車，消失在黑暗中，臉上掛著一個滿足的笑容。

一會兒後，我找到一個無人的角落，然後放肆地脫衣自慰起來。

但我仍然未滿足，毅然決定再一次回去，尋求更大更刺激的快感。

當我再次回到那對情侶時，他們仍然豬一般地熟睡，甚至連動一下也沒有，仿佛我從來不曾騷擾他們。我上前戳了女人的臉蛋一下，仍然昏迷不醒，我不禁感嘆毒品的禍害起來。

我脫下女人的緊身褲，陰戶立即坦蕩在空氣中，我的手很

快便伸了進去，我望著她身邊的男人，想起這個混蛋絕對不會想到，有另一個男人在他的旁邊，一邊自慰，一邊指插他女友的陰道，這個念頭使我有立即呼呼射出來的衝動。

我嘗試指插女人的屁眼，但害怕太乾、太硬、太骯髒。

我由褲袋拿出一把彈簧刀，像做手術的醫生般掀開她的陰唇，之後再慢慢把刀鋒伸出去。

最後只有刀柄留在外面，我慢慢地上下移動。我壓抑住猛力抽插，讓她流血不止的慾望，因為這裡太光亮，做這些事情實在太過危險。我只有輕柔地抽插，想像自己在傷害她時的畫面。

在燈光下，女子的胸膛侷促地上下起伏，呼吸非常沉重。雖然她沒有張開眼睛，但我隱約感受到她在啜泣。綠色的鼻涕由鼻孔流出，唾液也在嘴角緩緩滴下。

我覺得夠了，於是準備騎車走人。和上一次一樣，臨走前，我大力地捏住她的乳頭，之後哈哈疾馳而去。

就讓那個婆娘赤裸半身地躺在行人路上。

我在天光前回到家，翻查了警察報告，沒有人告發我，完美

逃脱。

我之後再自慰了數次。

我想要更多更多。

不斷的失敗

這一年，我會在這個暖和的月份開始我的狩獵，

我相信，今年會嘗到第一次強姦的滋味。

犯罪和毒品一樣，會令人上癮的。大部分殺人犯或普通罪犯在被人抓到前，絕對不會自動停下來，他們只會經歷一連串的空虛和膚淺的後悔，最後又回到罪惡上。而且隨犯罪的次數增加，他們的技巧只會愈來愈熟練，空白期也會愈來愈短暫。

時間已經是今年的 2 月頭，cleartape 把他的網名轉為 cantstopmyself，努力把自己由非禮犯升級為強姦犯。根據統計，有 7 成的性殺人犯在殺人前，均有至少一項色情犯罪記錄，例如非禮、傷人、強姦或虐畜。換句話說，殺人犯並不是突然出現，而是慢慢學習回來。

現在，讓我們回到 cantstopmyself 的故事。

再一次，我發現每當說起自己的故事時，都情不自禁打起手槍來。

每當我回想起那些被我襲擊的女性臉上那愚蠢和驚愕的表情時，我的老二便會硬得像巴黎鐵塔。我必須　手打字，一手套弄我的老二，前列腺液一滴一滴地滴在地板上。但我會忍住，直到我按下發帖時，才讓他們傾瀉而出。

今天我想說一下我的強姦（但失敗）的經驗。

我的地盤（公園）位於城市的中央，在大學區和商業區之間，是女大學生、OL、夜蒲人士深夜回家時必經的路段。縱使如此，該死的政府仍然不願意花錢修理它們。所以每當夜幕低垂時，公園的街燈便會全數熄滅，黑暗吞噬公園，縱橫交錯的單車徑和小道成為罪惡的藏匿處。有很多毒販在那裡交易，也有很多大學生在那裡鬼混。當然，還有像我們這些人，等待一個又一個獵物送到我們永不知足的口裡。

其他像我一樣的英勇戰士曾經在這個公園幹下大事，上了新聞頭條。我也上了報紙新聞兩次，但可惜他們兩次的描述也錯了。因為公園的閉路電視糟透了，弄得傳媒和警方誤以為我是某個銀髮老人，但這也使我突然避開警方的監察，方便我繼續玩下去。

自從上一年的經驗後，我便下定決心，要在今年內強姦一名女子。於是一到夏天，我便立即竄到公園，蠢蠢欲動。我第一個目標很年輕，最多只有 19 歲，是典型的青春陽光女大學生。

事發時她正和另一個女性朋友在公園散步，我戴上面具後便騎單車從後追上。當和她們平排時，在單車上的我迅速地一手抓向她的乳房。B Cup，真可惜。

「你他媽的在幹甚麼？你看看，這個混蛋在抓我的胸部。」那名女子不以為然地說，好像我不小心踏錯她的腳，而不是企圖性侵犯她。

沒有逃跑，沒有尖叫，她們倆仍然很悠閒地在散步，即使我在邊繞圈子，也沒有正眼望我一下。最後，她們明顯變得不耐煩，坐在一張長椅上，用輕蔑和厭煩的目光緊盯著我。

最後，我太害怕了，所以便逃走。

一星期後，我才有勇氣再次回到公園，在同一個地點等待獵物。這一次，我躲在一棵大樹後，瞥見一個亞洲女子正走向我躲藏的位置。當她走到我的位置時，我由黑暗中猛然竄出，一手抓住她的頸子，再一手抓向她的胸部。她不斷向我求饒，尖叫道：「不要啊！不要啊！」最後更用手機砸在我的臉部。我太害怕了，所以便鬆手讓她跑走了。

我不甘心，決定等待下一個獵物。在同一晚稍後，我遇上另一個黑人女人，肥胖但乳房卻像西瓜那麼大。我再一次騎單車從後趕上。今次我選擇一手伸入她的衣服內，抓到她的乳房，另一隻手則扣住她的頸子。

我開始玩弄她的乳頭。

一陣淫穢的輕笑聲由她肥厚的嘴唇傳出，她語帶挑逗地說：「你想幹甚麼啊？」

在月亮的照射下，我看清楚眼前這個「物體」的樣子。她肥胖不是問題，問題是她不單止超過 30 歲，更糟糕的是她的胸部並不堅挺，而是像枕頭般下垂。

「不值得因為她而坐牢。」我對自己說。

我沒有說話，立即跳上單車，頭也不回便走了。

黑人女人太可怕了。

縱使我失敗了很多次，只有抓到了數對不太理想的乳房，但我仍然沒有萌生放棄的想法，我直覺我離成功強姦的日子愈來愈近……

最後我毅然放棄了我的舒適圈，走到公園較近城市的小道上尋找獵物。我躲在一個雜草堆內，脫下褲子，一邊自慰一邊等待獵物。很快，一個金髮美女便由遠處走來，她戴著耳機，說電話中。

究竟這個城市的女人能否學會夜深時不要在偏僻地方單獨行走？

她經過我藏身的草叢，豐滿圓潤的屁股在上下搖曳，強烈的性衝動像熊熊大火般在我的身體內燃燒，我的老二也硬直起來，不安份地上下搖擺。

我戴上我的面罩，悄悄跟上去。

我以為遠處的車輛聲可以掩蓋單車車胎的滑動聲，但我錯了。

當我想從後抓住她的胸部時，她突然反過來一把抓住我的手。

「為甚麼？為甚麼？為甚麼？」那女子像失控的機器人般重複地說。

我使力揮開她的手，扣住她的頸子，再揉搓她充滿彈性的胸部。

「你想幹甚麼？你是甚麼人？」她開始低聲啜泣起來。

「你認為呢？」我眼神示意她望向我那凸出的褲襠，老二流出前列腺液已經弄濕我的短褲。

「我會叫警察⋯⋯我發誓⋯⋯我一定會叫警察來抓起你這王八蛋。」

我開始撕下她的衣裙，這一下使她醒過來，知道我不只想非禮她那麼簡易，我想要更多更多。她開始發出悲慘的哽咽聲，她的叫聲是多麼美妙，使我的老二猛烈地彈跳了一下。那一刻，我以為自己真的成功了，可以就地強姦她。

但可惜就在我準備脫下褲子那一刻，我由單車跌了下來。

我的身體被自己的單車重重壓在地上，動彈不能。當我回神過來時，那名女人已經跑在馬路旁，她怔怔地站在那裡，眼神充滿怨恨。

「救命啊！！！！！！！」她朝駛過的車輛揮手大叫。

的確有不少車輛停了下來。

下車的人們開始朝我走過來。我拿起我的單車，車把彎曲了、手肘鮮血直流、手指也扭斷了。我跌跌撞撞地逃離現場，心砰砰直跳。

幸好這個垃圾公園很大，小徑很多，很容易便逃離追捕。不一會兒，我便回到自己的「老巢」，我脫下沾染汗水和淚水的面具，檢查流血不止的傷口，還有……

天啊，我的水壺留在現場。

但沒有法子，因為我絕不能回去那裡。我的內心既憤怒，又有點莫名其妙的快感。我在黑暗中，脫下褲子，開始打起手槍來……

我足足打了四次手槍才收拾行裝回家。

第二天早上，我看到自己上了報紙，每一份報紙也在講述我的事跡。警方已經派人搜索我，甚至為我開了一個記者招待會。上天保佑，幸好我當時戴上了面具，所以那女人只記得我的單車，而我已經把單車收藏在下水道裡。除此之外，可能因為當時她過於慌亂，不單止把面具的樣貌記錯，甚至連我的種族也記錯，以為我是個黑鬼。

我現在真的很頹喪，大家可以給一些意見我嗎？謝謝！

天啊，我要射了。

其實我們由以上的故事已經可想像到，cantstopmyself 可能是個出色的單車手，但絕對个是一個犯罪的料子，他幾乎每一次的性侵均以失敗告吹。在正常情況下，我們可以斷定應該在多一兩次犯案後，便會被人抓到，之後送到監獄或更新中心。他可能年長後仍然偶爾會犯下非禮或強姦案，但絕對不會嚴重，只不過是個好色的糟老頭，但是……

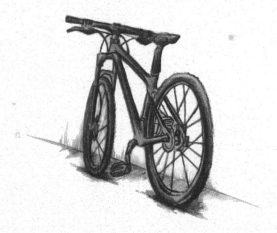

你們不會忘記 Deep Web 的本質是個犯罪教學天堂吧？

犯罪是一門技能，而技能需要學習，這是不容置疑的真理。

在犯罪學裡，有一條很出名的理論，「差別接觸理論（Differential Association Theory）」。「差別接觸理論」指出所有犯罪行為都是學習得來的，而學習過程大多發生在與最常接觸人物的交流中，例如家人、朋友和媒體。這條理論本身分為大約八個支論點，當中有一點和我們今日探討的話題最密切，就是：「犯罪行為的完整學習包括犯罪技巧、犯罪動機和合理化的犯罪價值觀，三個缺一不可。」

換句話說，如果你要成為一個罪犯，一定要習得以上三種事情，無論是主動還是被動。

縱使這個理論經常被外界批評不能解釋「出淤泥而不染」的現象，但如果我們看看大部分連環強姦犯或連環殺人犯的，便發現他們的成長路程，除了那些家庭暴力、壞朋友等老掉牙的被動學習外，均有主動學習犯罪的傾向，例如一個比較明顯的特徵：大部分罪犯都很愛看犯罪小說（註：但愛看犯罪小說不一定是罪犯）。

罪犯不是白痴，他們很清楚犯罪本身是多麼困難的事，還明白他們的對家（警察）也絕不是省油燈。我們不會叫那些拿支假槍驀然衝入手機店的人做罪犯，那些叫白痴。真正的犯罪是很複雜，要講究膽識、有效率的行動和周詳的計劃，某些犯罪更加要求專業技能，例如骇客和殺手。

所以在舊年代，在缺乏互聯網和方便通訊的情況下，犯罪的

形式多數是組織性和地區性，較少個人創業性和國際化。如果你的志願是成為一名大罪犯，要學習犯罪技巧，如販毒或走私，你很難獨自創業成一個罪犯。沒技巧、亦都沒門路。

你要麼加入地區性的三合會組織，要麼碰巧你的職業對你犯罪有幫助，例如屠夫、醫生、船夫。至於一些強姦犯和變態殺人犯（三合會不需要他們）來說，他們最好的學習途徑還是媒體，例如小說和電視。

但 Deep Web 的崛起就打破了這個局限。

宛如病理學家會驚嘆新型變種病毒的基因列，身為一個研讀犯罪的學生，筆者有時不得不用欣賞的目光評價 Deep Web。筆者在學校曾經寫過一篇文章講述「絲綢之路」如何打破傳統毒販壟斷毒品市場的局面。

Silk Road 或其他黑市平台的出現，迫使每一個毒販頭子和全世界的同行競爭，價格透明、買家評語、全球運輸種種衍生出來的功能推倒了舊時地區犯罪組織利用資訊不對稱，壟斷毒品或其他黑市貨品價格的局面，最終使價格下跌。另一方面，在 Deep Web 隨處可見的製毒書和訂購製毒工具，可以在平台直接和顧客接觸，也增加了個人企業的競爭力。

相同的情況也發生在駭客服務、暗殺、恐怖分子、人口販

賣……簡單來説，Deep Web 完全推翻了傳統的犯罪生態。

那麼變態漢呢？

Scream Bitch、Violent Desire、HT2C 等著名 Deep Web 論壇均有個共通點，就是聚集了不少<u>變態漢、性侵犯、殺人犯</u>……他們在那裡交換受害人的照片和影片。他們不再需要看犯罪小説，因為那裡有<u>數之不盡的教授殺人和強姦方法的帖子</u>。

更加令人擔憂的地方是，當每個變態漢在那裡講述自己的事跡時，都受到不少其他變態網民的追捧。他們在鼓勵，他們在讚好……這些正面的評價加強了事主的變態價值觀，深信自己是「對的」，從而犯下更恐怖的罪行……

現在讓我們回到 cantstopmyself 的故事。cantstopmyself 那個既變態又帶點黑色幽默的故事得到了不少 Scream Bitch 網民的掌聲，現在我們看看他們對故事的評價：

「你那個嗑藥婊子的故事令我性致勃勃。她已經完全失去意識，你為甚麼不拉倒她在一旁，之後狠幹她一回？還是其實你對性交沒有興趣，只喜歡虐待和控制？」

「你的寫作技巧超高！因為你的文章，每次我看你的文章也會打手槍。」

> 「你企圖強姦那個女孩的故事害我打了幾次手槍，真是棒透了！」

呃，可能是某些常態來，那裡的人普遍喜歡用打手槍的次數來表達對人的讚美。

縱使這些讚美看起來有點可笑和荒謬，但其實這些讚美正正修補了 cantstopmyself 面對強姦失敗時受損的自尊心，甚至使他洋洋得意起來。由這種惡性的追捧建立起來的自尊心，驅使了 cantstopmyself 一次又一次襲擊無辜的女性，陷入無盡的輪迴裡⋯⋯

惡化

大家好，我回來了。

老二仍然那麼硬，仍然那麼不安份。

上次襲擊失敗所帶來的恐慌，嚇得我回到家後，慌忙把所有 Deep Web 帳號、兒童色情影片、洋蔥瀏覽器通通刪去，不留一點痕跡。

　　之後的一星期，我每天也活得提心吊膽，擔心那些警察隨時出現在我家門前，手持一張緝捕令，把我押送到監牢。如果他們在我的電腦找出這些東西，恐怕我被判的不只是數年牢獄之災了。

　　我現在真的很後悔刪去了那套《幼幼高潮小電影》，那套小電影是最勁的，我為它獻出了足足一籃子子孫液。

　　但無論如何，我終於回來了。

　　而且還帶來一次新的襲擊經歷。

　　而且是我有史以來最接近強姦的一次。

　　在我的家鄉，寒冬已經離去，夏天悄悄歸來，為寧靜的夜晚帶來陣陣涼風。

　　在上一次失敗的兩星期後，無窮無盡的性慾驅使我返回黑暗中，再一次騎上單車，像草原上的獵豹般狩獵公園裡的蠢女人。

　　我第一眼看見她時，她剛步出地下鐵車站。

　　她有一把長長的金色秀髮，C Cup 的巨乳由緊身衣上凸顯出來，一對圓潤的屁股左搖右擺，慢慢走向建築工地區。她步伐不

穩的腳步對我說她喝醉了，還要是非常醉那一種，像那些流連夜店的臭婊子。她一邊走路，一邊傳短訊，不時發出甜美的輕笑聲，對周遭的危險事物懵然不知。

當中包括已經跟蹤了她半小時的我。

我沒有驀然衝前，永遠和她保持兩棟房子的距離，像老鷹般遠遠地觀察她的一舉一動。

很快，我便發現獵人不止我一個。

在前方不遠處，有一個猥褻的流浪漢也尾隨住那名醉酒女子。明顯地，他和我也是不懷好意。

他會是一個阻礙，不單止阻礙我接近那名女子，更有可能成為日後的目擊證人。

這時候，我展現出我驚人的耐性，在牆壁後靜觀其變。大約在十分鐘後，那名老人終於走開，消失在另一條小路。

此時，那名蠢女子也轉入了另一條小巷，一條街燈照不到的小巷。小巷的左邊是一道高實的大理石牆，右邊是密不透風的樹林，宛如一條被影子吞噬的長長隧道。

嘻嘻，這根本是為我而設的強姦聖地。

我立即戴上面具，跳上單車，疾駛而上，轉入漆黑的巷道。

不出數秒，女子的屁股已經在我咫尺之間。

身後傳來的輪胎聲嚇得她毅然轉身過來，但一切已經太遲了。我用力一推，把她壓向堅實的圍牆，再用重實的單車扣住她的下半身，她只能發出像小貓般的尖叫聲。

「天啊！甚麼事？」她尖聲叫道。

我沒有浪費半刻時間，雙手已經抓在她的乳房上，胡亂揉搓。唉，這種感覺真的很美好。

我腫脹的下體穿過單車的隔縫，猥褻地摩擦她的下體。一股莫名其妙的憎恨感像烈火般由胸腔湧上來。我憎恨她有一張漂亮的臉孔，憎恨她和別的男人傳短訊，憎恨她在深夜獨自走路來引誘我。我憎恨每一個不愛我的女人，每一個拋棄我的女人。我要傷害她們、強姦她們、調教她們、毀掉她們。

我很討厭討厭討厭討厭討厭討厭討厭討厭討厭討厭女人。

　　「你想要甚麼？你想要我的錢包嗎？我可以給你！」她原本清脆的聲音變成沙啞顫抖，瞳孔增大，眼睛充滿住恐懼。

　　那一刻，我幾乎答應她的請求，拿走錢包就算，但我沒有。

　　我冷冷地瞪住她。

　　「安靜。」我邊說邊在她的裙底下打手槍。

　　「天啊，不要，拿走我的錢包吧。你不想要我的錢包嗎？你可以要我的錢包，我的錢包你想要甚麼？」她斷續地說，絕望已經迫得這名女子語無倫次。

　　「轉過身來。」我命令說。

　　「為甚麼？」

　　「你轉身就是，我不會傷害你。」

　　於是她在半推半就下轉身，圓潤的屁股立即對準我的下體，我二話不說把礙事的短裙撕下來，陰部立即在我眼前彈出。

　　「天啊，不要這樣做……」她嗚咽著，淚水沿臉頰滑下來。

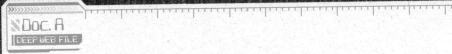

「你收聲，我就不會傷害你。」我在她耳邊柔聲地說。

我的老二已經在她的陰唇上下滑移。那一刻，我真的以為自己已經成功。

我會射入她的屁眼之後要甩她耳光，直到她漂亮的臉蛋都是腫傷和抓痕。我會拍下她的裸照之後用來要脅她，迫她每天跟我做愛，直到她精神崩潰為止。我要她永遠只屬於我一人……

「放開那名女子！」

一名粗野的男人呼喝聲由巷子盡頭傳出。

天啊，是剛剛那名流浪漢。

男人粗暴的叫聲把我拉回事實，我回頭一望，男人的身影出現巷子的盡頭，一副正準備衝過來的姿態。

天殺的，那個死老頭子，社會的垃圾，壞我美事。

「救命啊！救命啊！找人來救我！」女子見狀高呼求救，我立即一巴掌打在她的臉上，命令她閉嘴。

　　我狠狠地抓住她的雙乳，指甲都陷入肉裡，之後笨拙地用手指插進她的陰戶。我不甘心這樣就完事，發誓非要在她身上留下一些烙印不可。

　　那個男人開始走來，我唯有狠狠地把女子推向牆壁，鼻樑發出清脆的骨裂聲，爽！我立即跳上單車，無命似的騎車走人，留下兩個黑影在暗巷中。

　　回程途中，我發現女子的一隻高跟鞋卡在單車的鋼骨裡，仿佛是灰姑娘的情節。

　　強姦不成，幸好還有紀念品，我心想。

　　那天回到家，頹喪的我毅然把所有曾經用來犯案的面具都丟進垃圾箱。縱使今次算是成功的一次，但我覺得自己內心某一部分已經死掉，我根本不會成事，是一個連強姦犯也做不成的失敗者。那一刻，我對自己說還是做回普通人罷了。

　　但一則新聞卻改變了一切。

　　清晨時分，區內所有電視台在報導我的新聞，一個騎著單車的神秘男人四周性侵女性，但奇怪的是裡頭所有的描述都是錯的，除了我是騎單車犯案外，樣貌、身高、衣物均無一正確。

垃圾媒體,我在電視前低聲咒罵。

當我仔細一聽新聞內容時,發現事情並非想像中那麼簡單。原來昨晚相同時分,有一名同樣騎著單車的強姦犯在城市的另一端犯案⋯⋯

多麼美麗的巧合,那一定是上天給我的啟示,祂並沒有放棄我,想我犯下更多的強姦案。

所以我現在回來了。

沉寂了數星期後,我決定再次投身在黑暗中,搜尋我下一個目標。

Deep Web 變態漢的幫忙

還記得第一次接觸犯罪學時(在大學之前),那時教導我的教授第一堂便已經對我說:「沒有一個罪犯能真的改過自身,犯罪就像潘多拉的盒子,一打開了就沒有回頭路,你可以逃避、你可以壓抑、你可以昇華,但這隻魔鬼永遠都會在你身旁,不論你喜歡與否。」

「很多人説林過雲（雨夜屠夫）已經悔改，但我從不相信。他可能會為自己的現狀惱怒，<u>但殺死女孩的快感呢？這永遠戒不掉。</u>」

呃，這位教授的看法比筆者還黑暗，但他的言論不無道理。

一般強姦犯都難以在犯罪的泥沼中抽身，以美國為例，有 67.8% 的罪犯在釋放後三年內都會重返監牢，會更何況我們的主角是 Scream Bitch 的新寵兒 cantstopmyself？

cantstopmyself 的故事為他在 Scream Bitch 爭取了不少的「信徒」。他們不單止獻上讚美的説話，還願意出錢出力，甚至蹈湯赴火，例如在上次襲擊後不久，cantstopmyself 便發帖子要求大家幫忙籌錢。

很多謝大家的支持和意見，特別是那些把自己的打手槍射精的照片寄給我的網友，你們的射精照是我最大的鼓勵，仿佛是我們一起性侵那些女孩！請繼續寄更多的打手槍照片給我！

我今天有好消息和壞消息要告訴大家。

好消息是多謝大家提供的建議，我終於買了個微型攝影機（中國製），可以掛在胸前那一種，那麼下次襲擊時可以把那些蠢婊子的樣子拍下來，之後再和大家分享。

壞消息是我的單車撞壞了，變成一堆廢鐵。

我現在沒有錢買一輛新單車，沒有單車我不能外出狩獵，寫更多更精彩的故事和拍下影片給大家。如果你們不想等我慢慢存錢的話。麻煩大家捐助少許比特幣給小弟，我答應會把偷拍自己妹妹自慰的照片給大家。

多謝大家！

其實 Scream Bitch 有明文禁止任何形式的金錢交易，因為 Scream Bitch 的創立人的願望是建立一個「友愛一家親」的變態漢社區，所以論壇內只能免費分享資源。所以有不多資深的網友立即出來制止，縱使如此，仍然阻止不了其他網友捐錢給 cantstopmyself 買一輛新單車。不出三天，cantstopmyself 便宣佈網友已送他足夠的錢買一台新單車。

很多謝大家擁護，不斷私訊我，說願意捐錢給我。現在我已經有台新單車了，可以繼續狩獵了。我覺得人生前所未有地美好。

除了金錢外，當然少不了 Scream Bitch 變態漢的專業意見提供。

「如果你要發放影片上來，記得把影片的標示日期刪去，

這可以減低它作為呈堂證物的可信性。你在谷歌找『Exif Tag Remover』，就可以找到相關軟件了。」

「不要殺醜八怪，連性侵也不要，那是最最浪費時間的行為，殺些漂亮的。」

「小心你的衣著，你既然在夜晚行動，那麼你的衣物愈黑愈好，而且不能有花紋，那樣警察就很難識別你。我也曾經強姦數個女人，加油！」

「千萬不要在重複的地點犯案，每次行動都要不同風格，不要讓警察察覺到你的行動模式。」

當然，也有少部分人質疑 cantstopmyself 故事的真實性：

「其實我不明白為甚麼大家那麼擁護 cantstopmyself？他的文章根本應該扔到色情文學區，而不是這裡 NLF 區，這裡只供真實案件討論。那個兔崽子一直也沒有提供甚麼照片？」

在種種因素，無論是質疑還是壓迫，cantstopmyself 就進行了他最轟烈的一次性侵。

→
→　尾聲

在 6 月 28 日，cantstopmyself 就上載了一段影片，影片拍下了一名亞洲女子被襲擊的過程，考慮到影片根本沒有拍下受害人清晰的樣子（如果有看過女子另一張照片，和影片中根本兩個樣子），以及沒有色情鏡頭，所以提供了 QR Code 供大家看看。

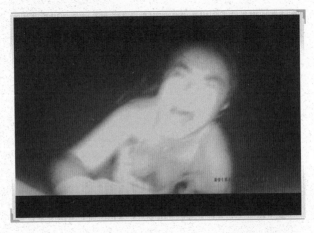

＊＊＊＊＊＊＊＊＊＊＜warning＞＊＊＊＊＊＊＊＊＊＊
請各位讀者在掃瞄前
先確認自己心理狀態能否接受
＊＊＊＊＊＊＊＊＊＜warning／＞＊＊＊＊＊＊＊＊＊＊

1eLc2Zr.url

以下是 cantstopmyself 對影片的描述。

最後我在一個停車場旁邊的公園裡找到一個獨自返歸的韓國女子，她不但長得可愛，而且身材火辣，還有典型亞洲人的 S 字

→
→

身型。她絕對是那種你會在班上目不轉睛地偷看的鄰家女孩型。她貌似 25 歲以下，絕不會超過 30 歲，應該是一名女大學生。我的老二已經像鋼條那麼硬直。

她戴著耳機，完全沒有察覺我在後方逐步逼近。當她發現的時候，我雙手已經抓在她的雙乳上。

願主賜福，為甚麼有這麼醜的妞？

我重申一次她平時真的顏漂亮，但當她恐慌時，五官立即扭成一團，原來漂亮的臉蛋頓時變成像中年礦工般粗豪。

但既然已經開始，就沒有停手的理由了。

我用自身的重量壓在女子的身上，柔弱的身體立即失去平衡，兩個攬成一團跌在地上。我用熟練的手勢撕開她的上衣和胸圍，雪白的雙乳立即彈出來（註：影片中女子根本沒有被脫下任何衣物，所以 cantstopmyself 有誇大的嫌疑）。

「上帝啊！上帝啊！上帝啊！」她不斷尖叫著。

那名韓國女子不斷踢向我的腹部，但力度太低，而我太強壯。這時候，她全身的衣服已經被我脫得七七八八。

她踢掉我的微型攝像機，他媽的。

體型嬌小、軟弱無力、有色人種，根本是為我而設的強姦素材。

當我滿心歡喜脫下褲子時，卻發現⋯⋯

我不能勃起⋯⋯

我無法解釋這是甚麼一回事，總之就是不能勃起。我已經完全壓在她的身上，雙手抓住她的雙乳，明明只遲一步，但卻無法勃起⋯⋯

我不知道原因，也不想知道，只知道我已經失敗了。

就在此時，我瞥見一對慢跑的情侶由遠處緩緩跑過來。這不過是個考驗，我對自己說。之後我頹然地放開手下的女子，拾起地上的攝影機，騎車走人。

臭婊子，但幸好我都拍下了你的醜態。

現在，我把這段影片分享給你們。

享受啦，用它來打手槍，或許我們將來可以組隊狩獵。

你們現在還有人敢質疑我嗎？

強姦犯的迷思

強姦犯的性侵犯的種類繁多，可依兇徒的動機、情緒、特性和受害人偏好來分類，例如有希望藉強姦重拾自尊的「權力型」（The Power Rapist）、出於對女性的憎恨的「憤怒型（The Anger Rapist）」和純粹以施虐為樂的「虐待型（The Sadistic Rapist）」。

雖然 cantstopmyself 偶爾會表現出虐待型傾向，但實際上他是一個頗明顯的憤怒型強姦犯。由帖子的蛛絲馬跡得知，cantstopmyself 對女性有種莫名其妙的憎恨。這類型的人通常在一個缺乏母愛的環境長大，母親通常從事不良職業。

這類人通常在人際和求愛過程中屢受挫折，絕不是社交圈中的活躍分子。對女性有無限的渴求，卻從未得到正常的滿足。他從事職業則不能確定，但由他流利的文筆推斷，cantstopmyself 會是個中等收入入士。

除此之外，因為 cantstopmyself 只能勉強制服和威嚇女性，卻難以強姦她們，所以我們可以推斷 cantstopmyself 個子高大，但絕不健壯，是高瘦身形。另一方面，再加上他自尊心脆弱，輕

易受別人影響。基本上警方在媒體下少許功夫,例如把他描寫得過於失實恐怖,故意抓錯人等動作,都可以迫使他有魯莽的行動,從而使他露出馬腳。

簡單來說,其實要抓他是輕而易舉的事情。

但如果你問 cantstopmyself 日後會不會真的殺人?

筆者會答你「一定會」。

雖然他現在不斷否認自己會殺人,說自己沒有能力。但實則上,超過 5 成的性侵殺人犯第一次殺人出於衝動,而非事先計劃。多數原因是受害者過度反抗或得知強姦犯的真正身份,令到強姦犯毅然下殺機。所以絕大部分的連環強姦犯都是潛在的殺人犯,如果 cantstopmyself 繼續犯案而不被人抓到,那麼以他脆弱的自尊心來說,殺死第一個受害人只不過是遲早的事。

更何況,夏天才剛剛開始。

< No. 01: 窺探 Deep Web 變態漢的日常－Scream Bitch >

Scream Bitch 外的戀童聚集地 1.5
Freaky Ecosystem of Pedophilia

我和妹妹 Jenny 從小關係便很好。雖然我們之間有著整整三年的差距，但感情一直都如膠似漆。Jenny 本身也是一個幽默風趣、善解人意的女孩，所以即使我們現在兩人都接近十八歲，我仍然會帶她和女朋友一起逛街玩耍。除此之外，我和 Jenny 都很喜歡那些會嚇得我們睡不著的恐怖東西，所以我們經常一起看恐怖故事、恐怖電影、恐怖漫畫……

正如大多數網民一樣，數個月前，我和妹妹都很沉迷於那些以「Deep Web」為主題的故事，裡頭充滿血腥和人性黑暗的事情深深地吸引了我們。幾乎每晚放學後，我們立刻追看最新的 Deep Web 故事。

最後某天早上，我倆決定親自去 Deep Web 走一趟。

其實要上 Deep Web 一點也不難，隨便在 Google 找一找，便有數百篇教導文章彈出來，洋蔥瀏覽器和 Proxy 本身也不太難安裝。而且我們父親是一名 IT 技術員，家裡早已積儲了一堆手提電腦，所以當我們問他拿取不要的電腦時，他連問也沒有便給了我們。

現在我很希望父親當初有阻止我們這樣做。

不用一會兒，我和妹妹便坐在床上，準備開始我們的 Deep Web 之旅。

除了尋常黑市網站外，我們在 Deep Web 遇到第一個比較奇特的網站是一個陰謀論博客，內容充斥住撒旦教教義和奧巴馬是惡魔化身這些鬼話。另外，我們還上了一個講述不同種類外星人之間的分別的奇怪網站。

我們就這樣在 Deep Web 過了一個多鐘頭。突然，我女朋友打電話來，所以我離開了房間一回兒，當我回來時，妹妹正對著電腦咯咯大笑。

「你在幹甚麼？」我問道。

「我找到這個和狗狗交談的網站。」

她真的沒有說謊。那個網站真的有隻金毛尋回犬的公仔，而且會搖頭擺尾，應該是簡單的 GIF 圖。旁邊還有個筆記本外形的對話欄，你只要打一些句子，那隻狗便會回覆你。

「讓我示範一次。」

Jenny 在對話框輸入:「你叫甚麼名字?」

很快,下方便出現了另一則回覆說:「我的名字叫 Maxxxy。我是一隻好狗狗。」然後那隻小狗伸出舌頭,裝作舔屏幕。

雖然那隻小狗的確畫得挺可愛,但作為哥哥,卻有種與生俱來的危機感警告不可讓妹妹接觸這東西。

我嘗試把手提電腦拉走,妹妹卻立即把它拉回來。

「不要!我還想玩。」她把電腦抱在自己懷裡。

就在此時,電腦內的小狗吠叫起來,並且在對面框輸入:「Bryan,給你的妹妹玩吧!」

「你把我的名字告訴它了?」我訝異地說。但由妹妹嚇得目瞪口呆的表情便知道,她真的沒有這樣做。

「我不想再看到這個網站。」她慌張地說。

電腦螢幕那隻可愛小狗動畫突然換上一個戴住克林頓總統面具的男人的照片。

「大家好！」說話仿佛是那個男人說，但用的卻是我妹妹的聲線。雖然我們立即想到他用了某些變聲器，但當時的場面卻讓人不寒而慄，好像房間突然冷了好幾十度。

「哥快點關掉它！」她瘋狂地尖叫道，手指不斷大力按下電源按鈕，卻毫無反應。

「不用擔心，Jenny，我們很快便會見面。」對話框彈出這則毛骨悚然的預告，並播放出刺耳的男人笑聲，那種會讓人聯想起很多恐怖畫面的笑聲。我衝上前把手提電腦合上，並把它狠狠地擲往房間的牆壁，零件應重擊彈出，那些笑聲也毅然停止。

Jenny 大哭著跑出房間，我立即從後追上。

「Jenny，不會有事，一切都還好。」她頹然跪在大廳的地板上，我上前一把扶起她。

「不，一點也不好。」她沙啞地說。

「妳為甚麼這樣說？」

她擦了擦眼淚，然後用呆滯的目光望向我。

「首先是我的歲數……之後，有一個玩笑……」我當時對她指的「玩笑」毫無念頭，直到一天後我才恍然大悟，但那時候已經太遲。「我不願意說出我們的地址，但它卻說沒有影響……我也不知道。」

「你他媽的在開玩笑嗎？妳究竟對它說了多少？」我臉色鐵青地說。

她沒有回答我，使勁地推開我，然後把自己鎖在房內，那天晚上再沒有踏出房外半步。接下來一整晚，或者應該說直到現在，我都被無盡的罪惡感折磨得不似人形，我知道是我的錯，我不應該讓自己未成年的妹妹上 Deep Web。

第二天，我、我媽和女朋友要參加一個很重要的公司派對，只招待成年人去那種正式派對。同時我爸也去了外地公幹。所以我們的離開，意味住要我妹妹獨自留在家中，但經過昨晚的事件後，這舉動實在太危險了。我曾經哀求我媽為妹妹找一個保母，但對於一個 15 歲的年青人來說，這要求明顯讓母親感到訝異。我也想過叫妹妹到朋友家過一晚，但可惜她真的沒有甚麼朋友。

在沒有其他方法的情況下，我唯有臨走前叮囑妹妹要把門窗鎖好，有任何異狀要第一時間報警和找電話給我們。她點頭答應我，憂慮地說沒有問題，然後我和母親便駕車離開。

自此之後，我再也沒有見過我的妹妹了。

那天晚上，我和母親離開派對回到家後，發現 Jenny 已經人間蒸發了。起初，我和母親以為這只不過是 Jenny 某些惡劣的玩笑，便一起在家裡四處找她。

突然，母親的尖叫聲由樓梯間傳出。我跑到現場時，發現母親雙腿發軟跪在地上，手中抓住一張紙條，上面寫著：

致 Jenny 的家人：

多謝你們給予的 Jenny。我們真的不知道如何表達這份感激之情。還有，你，Bryan 很多謝你把 Jenny 介紹給我們認識。

在樓梯間，數十疊總共價值 10 萬美元的鈔票齊整地放我們面前。

現在已經過了數個月，妹妹始終沒有音訊，警方也沒有任何線索，我真的很害怕自此再不能見到我的妹妹。

以上是網民 doveboyeos 的經歷。雖然不能確定故事的真偽，但類似的 Deep Web 故事在市場來說的確頗受歡迎，這或多或少反映了社會大眾對潛伏在 Deep Web 的戀童癖的恐懼。

事實上，兒童色情（Children Pornography，CP）在 Deep Web 的確非常泛濫，嚴重程度不亞於毒品交易。在 2014 年，美國樸茨茅斯大學電腦系曾經做過一個 Deep Web 調查，發現超過 80% 瀏覽 Deep Web 的網民曾經接觸過兒童色情。這數字並不代表所有上 Deep Web 的人都是戀童癖，而是兒童色情網站實在太多，基本上沒有可能完全避開它們。

所以在這一篇文章，我們會一口氣窺探兒童色情在 Deep Web 的生態系統，由最表面的組織、類型，再慢慢深入戀童癖者們的內心，和他們所面對的掙扎。

三項關於戀童癖者在 Deep Web 活動的事實

✤ 專屬於戀童癖者的秘密俱樂部

Deep Web 有不少出名的戀童癖論壇，例如 Paradise Village（天堂村）、Lolita City Forum（蘿莉城論壇）、Spots of Purity（純真點）。這些論壇都是對外開放註冊，很容易就找到，任何人都可以在那裡瀏覽或上載任何兒童色情刊物。隨著近年 FBI 和駭客組織大力掃蕩，陸續有戀童癖論壇沉入更深層的網絡，並發展出更嚴密的會員制。

其中一個例子是 7axxn，7axxn 是一個 Deep Web 戀童癖論

壇，但你卻難以在 Deep Web 搜尋器或是在黑暗維基中找到它。
因為 7axxn 實施嚴密的會員制，宛如共濟會般只有透過會員介紹
才能進入。除了要遞交冗長的申請表外，更加怪異的是，論壇更
會要求申請者附上「戀童癖證明」，例如你的戀童癖收藏⋯⋯總
之你沒有可能在不觸犯好幾條嚴重國際法律的情況下加入他們。

即使 7axxn 本身有一個入門較寬鬆的 Deep Web 即時聊天
室，理論上任何人都可以在那裡發表意見，但實情是只要你每 10
分鐘分享不到至少一樣兒童色情物品便會被踢出聊天室。縱使入
會資格是如此困難，但至今 7axxn 已經有 90000 名遍佈世界各
地的戀童癖會員，以 EB（1EB=1024PB，1PB=1024TB⋯⋯）
檔案大小計數的兒童色情刊物。由此可見，戀童癖者在網暗有強
大而隱密的勢力。

�src✷ 戀童癖者的收藏：由合法到非法

雖說 Deep Web 兒童色情網站氾濫，但不一定所有兒童色情
刊物都是非法。有很多兒童色情刊物在合法與非法界線間遊走，
例如看似很平常的兒童日常照（通常姿勢都很淫蕩），沒有真實
受害人的兒童色情文章。

另外，Deep Web 戀童癖者也很流行利用 3D 製作軟件來
滿足他們各種被社會厭棄的性慾。例如以下這個叫 `3DBoys` 的
Deep Web 網站，我們可以看到不少戀童癖者別出心裁地製作出

各種和小男孩模擬性交的 3D 動畫，由單純的去廁所到 SM 派對甚至食小孩的場景也一應俱全。這些沒有小孩真正受傷的網站都叫「軟糖（Soft Candy）」。

與軟糖相反的是「硬糖（Hard Candy）」，硬糖指含有兒童性交畫面的色情刊物，可以是兒童之間性交，也可以是成人和兒童性交。硬糖又可以再細分數種，例如：Jailbait（常指和性成熟但未成年的孩子性交）、Toddlers（幼兒）、Fetish（特殊癖好），但當中最讓人心寒的莫過於「Hurtcore」，指以傷害、毆打、性虐待、強姦、甚至殺害小孩子為主題的色情片，《Deep Web File # 網絡奇談》曾經提及《Daisy Destruction（摧毀迪詩）》便是其中之一。

究竟這些如此可怕的兒童色情是由哪裡來？

令人遺憾的，有不少兒童色情刊物其實是由受害人相熟的親人或老師拍攝。例如在 7axxn 就有一名在論壇像聖人般存在的女會員 Sarahthecunt，不時為她三個親生子女拍色情片，並把製成品放上網和網友「分享」。

Sarahthecunt 聲稱自己是國家最大的兒童色情製作人。據悉，Sarahthecunt 由 8 歲開始便被親生父親性侵，但長大後不單止沒有厭惡戀童癖者，反而成為他們一分子，並以此為傲。一到適婚年齡，Sarahthecunt 便四處尋找一個「同好者」作結婚對象。最後，她在一個 Deep Web 匿名聊天室結識到一個叫

Brian 的戀童癖者，並且在三個月後結婚。

在生下第一個女兒後，他們便立即拍下第一套自家製兒童色情片，其後第二個、第三個孩子也是如此，有時候更會有子女在學校的朋友「客串演出」。Sarahthecunt 説那些孩子都是自願，但筆者想正常的人都不會這般認為。

✳✳✳ 戀童癖者也有入門手冊

這個年代，幾乎每一樣事物都有相應的工具書，例如：如何做出一個成功的 Facebook 專頁？或如何成為出名的 YouTuber？戀童癖者也不會例外。在 Deep Web 的戀童癖論壇就有不少教學手冊，教你如何成為一個良好的戀童癖者。

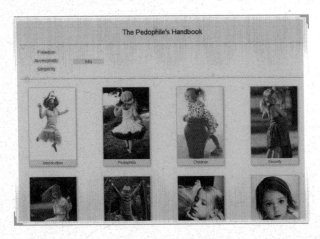

那些教學手冊的內容非常詳細，開首通常是一些正當化戀

童癖行為的洗腦文，例如：我們不應該約束小孩子享受性愛的權利、小孩子即使沒有我們也會發生性行為。之後，便會教導他們如何在網上找到兒童色情刊物（例如應該搜尋 CP，而不是 Child Pornography），如何在網上隱藏自己身份，如何在網上匿名地買賣兒童色情刊物。最後更會教導你如何在日常生活中找到你的「戰友」。

下方就有筆者節錄自一本叫《烹飪女孩手冊（Cooking Girls Guide）》的 Deep Web 電子書內容，讓大家看看最激進的戀童癖者可以恐怖到甚麼地步。

首先，你要準備一個五歲或以下的女孩。至於如何取得五歲或以下的女孩，這些可以由其他手冊找到，我們這裡主要教授如何烹煮她們。

如果你是想「生煮」小女孩，首先要做的替女孩灌腸數次，然後禁止她進食一至兩天，只准飲用清水，好待稍後烹煮時不會有糞便留在腸道。在烹煮當天，切記要幫女孩徹底沖身一次（特別是肛門和尿道口），並剃去所有體毛（可以保留她的頭髮以作裝飾用）。

在正常烹煮之前，你還要幫女孩注射適量的麻醉劑或餵食止痛藥，其份量視乎你想煮食女孩時，看到女孩有多痛苦的表情和掙扎而定。開始時，選用一把愈鋒利愈好的牛肉刀，輕輕刺進女孩陰戶對上的嫩肉，然後直線劃上，直到碰到胸骨為止。切記插

入刀鋒時不要插得太深，否則會刺穿內臟引致大量出血。

在斬開女孩的小腹後，首要的事是快速地用火機燒灼女孩腹腔邊的傷口作止血之用。接下來，你終於要徒手伸進女孩的腹腔內，挖出她的內臟出來，然後整齊地放在桌面上。同樣，每切取一件內臟時，都要用灼熱物燒灼傷口。還有，任何內臟（例如子宮、腸臟、腎臟）都可以碰，除了腦、心臟、肺部、和各主幹動靜脈，因為這篇文章是教導你「生煮」女孩，所以我們會期望女孩儘可能愈「活潑」愈好。

下一個步驟，我們會開始為女孩塞入填充物。首先，用冷水清洗女孩理應空空如也的腹腔，沖走殘餘物，順便為肛門、尿道等位置作最後的清理。之後，用毛刷輕輕在內層塗上牛油和香料，並把各種你喜歡的食材塞入女孩打開的肚皮裡。這些填充物很重要，因為它們間接延長女孩心臟和腦部被煮熟的時間，能在稍後帶給我們更大的視覺享受。

把腹腔和肛門都用幼線縫合後，我們終於可以煮熟女孩了。煮熟時間由女孩的重量和烘焙方式決定。如果你選擇燒烤，就每一磅需時 15 至 20 分鐘，375 度的烤箱則需 25 至 30 分鐘一磅，但其實一般小女孩可能只需數小時便搞定。

女孩在心臟和腦袋被烤熟前都不算死去，所以在此之前，大家可以細心欣賞一下女孩在烤箱內，看著自己身體一點一點地煮熟的樣子。相信我，那種既迷惑又痛苦的表情是我看過最正點的

表情。

　　如果你們純粹想烹煮女孩的話，其實方法和生煮類似，但首先你要快速斬掉女孩的頭顱，並立即把剩下來的身軀倒吊起來，讓女孩體內的血液都傾瀉出來，直到乾涸為止。你也可以順便斬下女孩的手腳，留來日後烹湯用。

　　最後，你要替女孩進行剝皮，剝皮由女孩頸下的嫩皮開始，然後剝到女孩屁股下方的位置。如果你剝得夠利落，那些人皮可留下將來縫製用。用年幼女孩製成的皮製品不單止美觀，而且質感很柔軟，絕對是所有戀童癖者夢寐以求的禮物！

　　看到這裡，不知道大家對戀童癖者有甚麼感想？是不是覺得他們像夢魘般存在？為甚麼一個正常人可以對小孩犯下如此可怕的罪行？他們是應該接受死刑？

　　要將某特定族群貼上「邪惡」或者「該死」的標誌是一件很容易的事，這亦是人類常做的事，因為不得不承認這樣做節省了很多時間和氣力。但可惜，<u>黑白分明只不過是人類主觀的情感，那種純粹邪惡的怪物只活在恐怖小說，活在人間的往往是被各種善念和慾望撕扯的「平凡人」</u>。

　　接下來這一節，我們會突然來個 180 度轉變，看看這些 Deep Web 戀童癖者之間的爭議，和他們如何努力讓自己獲得社

會認同。

是愛，還是慾？

　　根據變態心理學，戀童癖可以按其行為和心理而分成不同類型。例如常用的「MTC：CM3」分類法，便指出不是所有戀童癖者都熱衷於強姦或折磨小孩，有部分戀童癖者是「真心」喜愛小孩，他們願意花大量金錢和時間在小孩子身上，和他們培養感情，並作出「比較好」的性行為，例如只是單純的愛撫。

　　在 Deep Web，這類型戀童癖者通常都稱呼自己為「Child Lover（愛童者）」。他們認為「和小孩發生性行為是不正確」只不過是文化差異，「所有戀童癖者都會傷害小孩」更加是一竿子打沉一艘船的說法。他們堅持很多戀童癖者不會傷害或殺害小孩，他們所做的只不過是「和小孩發生性愛」罷了。

　　縱使在我們眼中，這好像沒有甚麼分別，但當去到剛剛提起的 Hurtcore 時，差別便明顯地展現出來。在 Deep Web 戀童癖論壇，就曾經有個線上統計詢問戀童癖者們對 Hurtcore 的看法。

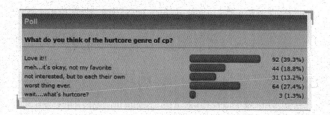

由上圖可以看到，雖然始終有超過五成的戀童癖者非常熱衷或喜歡這些殘暴不仁的影片，但不要忘記仍然有兩成的戀童癖者（愛童者）非常反對 Hurtcore，甚至有留言說這些血腥變態漢是連累他們「沒法見光」的害群之馬。

另一個分歧點是「應否對小孩下藥？」。在一些討論「實際行動」的帖子，例如性侵小孩時給應該給他們餵食甚麼藥物好讓他們昏睡，這些愛童者們都紛紛留言表達他們強烈的不滿，其中一個便抱怨：「你喜歡怎樣過活是你的事，但你知否你的行動會連累我們染上同一污色！」

更加荒唐的是，這些愛童者們不甘現狀，不斷努力嘗試讓社會接受戀童癖。那些愛童者們組織起來，嘗試為戀童癖者訂立「規則」，並要求所有戀童癖者遵守，例如「不得和五歲以下的小孩發生性行為（其後提高至 9 至 14 歲）」、「如果讓他們不舒服，應立即停止（孩子有權說不）」、「不接受任何形式的體罰」、「不准對小孩撒謊」。

這些愛童者們甚至曾經在 Deep Web 籌錢，希望成立一個「有兒童福利」的兒童色情網。他們聲稱會對強姦或其他非自願性行為採取「零容忍政策」。一旦他們發現網站中有兒童色情片中「兒童演出者」有任何非自願跡象，都會立即刪片和封鎖帳號。另外，他們也要求「製片商」一定要給予「兒童演出者」至少相等於大學一個學期學費的薪金，以補助孩子的付出。

這些看似既人道又荒謬的主張使得愛童者陷入「兩邊不討好的狀態」。面對外界，由於他們的矚目行動，使他們很容易成為 FBI 或者民間反戀童癖者，像網絡紅人 Stinson Hunter 的目標，要麼被抓，要麼被公開個人資料。面對內部，愛童者也收到不少「同志」的嘲笑和唾棄，認為他們所做的一切都是徒然。

直到有次，那名負責「兒童福利色情網」的網民忍不住激動地叫喊道：「整個戀童癖社群最壞的風氣是我們容許『那些人』在我們尋求突破前便將我們打倒，盲目將我們貼上精神病的標籤，使我們不敢嘗試。這是他們的技倆，而且他們都一直佔上風。

如果我們所有戀童癖者能團結一致，眾志成城，想出辦法讓社會接受我們。一旦我們成功阻止他們在我們還未嘗試便把我們打沉，我們一定能做到更多的事情出來。」

當筆者寫到這裡時不禁內心一酸，最令人難過的事莫過於你可以確切感受到這名網民所說的「豪言」、所做一切都是發至「內心的善意」；無論在我們眼中看來是多麼可怕和不仁。

具爭議的立場

面對戀童癖問題，筆者的感受一向非常複雜。

其實由筆者開設恐懼鳥這一專頁，特別在寫 Deep Web 系列之後，不少有特殊性癖好的讀者都會私訊筆者，和筆者分享他們的奇怪性經驗，而筆者對他們一向抱持不批判態度。那些讀者的種類非常繁多，露體癖、戀嘔吐物癖、性虐待癖、戀動物癖……而戀童癖是當中數目比較多的一群。

和戀童癖者對話是一件很奇妙的事，因為雖然筆者在大學讀過很多個案研究，但真實接觸卻是另外一回事。和傳統印象中不同，現實的戀童癖者年齡層範圍很大，有 40 多歲的女人到只有 10 多歲的年輕人也有。他們說話時有條有理，甚至有部分還有點陽光氣息，你絕對不會想像到他們收藏住如此具爭議性的喜好，使得筆者不得不承認他們外表給我的觀感是「無害」。

但另一方面，筆者本身是四個孩子的舅父。我很愛錫他們，自然不想他們受到傷害，所以一旦想到那些戀童癖者的性慾對象是筆者的姪子女，又不禁產生恐懼和抗拒感。更加不用說，筆者在學校閱讀那些戀童癖連環姦殺犯可怕案件所帶來的感想。

這種複雜的感情不只來自感性上，即使由學術角度來說，戀童癖的存在本身也很具爭議性。

「戀童癖」其實是一個空泛的詞語來，實情是戀童癖可以按照「年齡偏好」又細分為不同類別，而每種類別的特性，甚至承受的道德爭議也不一樣。例如戀嬰癖（Nepiophilia）是指只對 5 歲以下的幼兒和嬰兒產生性興趣；戀少年癖（Hebephilia）

的性對象是 9 至 14 歲剛剛踏入青春期的孩子；戀青少年癖
（Ephebephilia）則偏好 15 至 17 歲的青少年。

　　無可否認，戀嬰癖承受的道德批判最嚴重，病態得很，同時
也是所有父母的惡夢，但戀少年癖和戀青少年癖呢？他們是否真
的那麼「病態」和「違反自然」？

　　我們對「戀童癖」的觀感很大程度受到「法律定義合法性交
最低年齡」影響，但不同國家，不同時代的合法性交最低年齡也
不一樣，例如在 1880 年的英國的最低年齡為 13 歲，但現在已
經上升至 16 歲；來到現在，中國、德國、意大利的合法性交最
低年齡為 14 歲，但俄羅斯、加拿大、英國等則是 16 歲，有部分
美國州分更高至 18 歲。

　　這差異所帶來的問題是：一個男人可能在某些國家合法地和
女孩發生性行為的同時，他在另一個國家卻可以成為一級罪犯，並
被公眾貼上「戀童癖」這一萬惡的標籤，甚至被迫接受精神治療。

　　這一段嚇呆了大家沒有？下一段將會更加禁忌。

　　每當大家聽到「戀童癖」這一詞語，不禁聯想起「心理變
態」、「精神病」，但其實在心理學上，究竟戀童癖和其他性變態
應否繼續被列為心理疾病已經成為一個爭吵得如火如荼的議題。

　　首先就戀少年癖來說，戀少年癖在不少國家都是犯法範

圍內，但根據演化心理學，人類天性是有「性擇（Sexual Selection）」的傾向，而這傾向是經數千年演化出來。女性會偏好於能給予將來子女美好家庭的男子，例如強壯、年長、和有經濟能力。而男性則被看起來有較高生育能力的女性所吸引，例如圓潤屁股、長腿、大胸和年輕。

年輕。

換句話說，男人被那些剛剛踏入青春期、開始有生殖能力、發展出第二性徵的 14、15 歲女孩吸引幾乎可以說是與生俱來的本能，很難說是一種大腦異常引發出來的心理疾病。

另一方面，我們現在所有心理疾病其實都是根據《精神疾病診斷與統計手冊（DSM）》定義出來，而且 DSM 每隔幾年便會修定一次，1973 年同性戀由 DSM 去除便是一個好例子。

根據 2013 年訂下的最新版本 DSM－5 中，當你只有「想和小孩子發生性行為」的性幻想時，你有的只是「戀童癖（Pedophilia）」，但不當作精神疾病。只有當你「把慾望化為行動」時，才算患上一種叫「戀童癖失調（Pedophilic Disorder）」的精神疾病；類似的改動也適用於大部分性變態上。

縱使這改動惹來不少政治團體和宗教組織的評擊，認為這是間接承認了「戀童癖是常態」（他們眼中「常態」是由個人喜好而定，而不是客觀科學）。但在科學層面來說，這一改動反而讓

很多心理學家覺得「不足夠」。因為近年愈來愈多研究發現「性變態」愈來愈難合符「精神疾病」的定義，其中一例子是其實性變態患者除了受到社會歧視而帶來的憂慮折磨外，所有心理層面都呈現健康狀態，生活也可以完全正常。

那這代表我們社會應該接受戀童癖者嗎？

筆者之所以寫上面這些例子只是想表達「戀童癖和其他性癖好不一定等於精神病」，但不代表筆者贊成「成人可以和小孩子性交」這一恐怖的念頭。筆者認為即使戀童癖不再被納入為精神病，也不是社會容許或合法化此行為的藉口。

幾乎所有文明社會都會針對一些比較難掌控的物品定下最低年齡限制，例如酒精、香煙、機鋪……當然也包括性交。因為兒童或青少年始終入世未深，判斷事物能力始終不及成年人，不了解不適當性行為可帶來的害處。所以筆者認為無論戀童癖的本質如何，這一理由也足以讓我們的法律繼續限制「成人和小孩子性交」這一回事。

世界上有很多紛爭，而且這些紛爭總是是非對錯混亂，兩邊看起來都有可取或可同情的地方，沒有絕對的答案，但這絕對不能成為我們變得婦人之仁、毫無立場的藉口。相反，我們更加要為自己訂立一個立場。但這篇文章想提醒大家一點，無論選擇的立場如何，都應該細心檢閱那些支持自己的證據，弄清楚自己選擇的「Logic」，千萬不可讓虛假和模糊的證據動搖自己的立場。

< No. 02：Deep Web 的危險交易 >

紅色房間

2.1

The Introduction of Red Room

那個沒有名字的網站

　　大約數年前，我在 chit.chat，一個頗有名氣的暗網匿名聊天室，你們當中應該有不少人聽過，認識了一名叫 francestern344 的網民。我們就像普通表網絡的網民般聊天，漫無目的地談論政治、工作、電影……最後我們談到索命電影（Snuff Film），它們有多普遍，如何拍攝，怎樣才夠逼真……

　　不知不覺間，我竟然獲得了這位陌生人的信任。他開了一個私人聊天室（價錢為 0.1 個比特幣），邀請我加入，聊一下「更加敏感」的話題。在那個私密聊天室，他介紹了一個無人知曉的網站給我，我們在下面稱呼「5611」。5611 並那不是網站的真名，網站其實沒有所謂的名字，francestern344 說凡有名字的東西就會被人記住，他們不想讓任何人記住，所以便不用名字。

　　francestern344 開始介紹他所屬的組織。他自介自己不是甚麼領導人，只不過是「那個沒有名字的網站」一個小會員。他們組織只能透過會員推薦，推薦人須要為被推薦人所有行為負責任。被推薦人即使獲得推薦仍然要通過多重檢驗，例如提供背景資料、一對一線上面試、性格測試……他還說負責面試的成員是

個尖酸刻薄的婊子。

縱使 francestern344 説了那麼多組織的事，始終沒有明確標明他們的存在目的，但我想，既然他了解我在暗網的資歷，我要猜出答案也不是難事。他説他們的會員費為每月 1.588 個比特幣，亦即是大約 355 元美金。

francestern344 提議讓我先在網站逛一次，再考慮入會與否，隨後給我一個非洋蔥網站的網址。網站的設計頗有趣，我足足按了五次「你是否年滿 18 歲」才讓我進入。網站的界面出乎意料地簡單，背景是慘白色，中央有一個螢幕，螢幕上方有三個按掣，分別是「登出帳戶」、「增值戶口」和「現在餘額」。

我猜想的東西一點也沒錯。

螢幕顯示一張深棕色的長桌，長桌上方擺放了一排刑具和利器。螢幕上方有一組深綠色的粗體字寫著：「24 歲，女，睡覺中，處死」旁邊則是列明 2.25 比特幣的付款按鈕。除此之外，螢幕下方有一個綠色倒時計「11：51」、「11：50」、「11：49」……同一行還有一個寫住「78 / 100」的神秘數字。

不到十秒，78 便變成 79。

這就是紅色房間，而那個數字是觀看人數。縱使我一早已經

猜到，但真實接觸時所帶來的衝擊仍然威力驚人，肚子像被砸了一拳般往內縮，手腳也像觸電般顫抖。我往下拉網站，發現底下還有數十段 YouTube 般的影片介紹，有的是現場，也有的是後製。其中一段寫著：「快看，流浪漢，0.22 比特幣，多人同時觀看，低畫質」我往旁邊一瞥，783 / 1000！這是何其龐大的數字，究竟這個組織有多少會員？又有多少個在我們身邊？

我立刻由比特幣帳戶轉帳 0.3 比特幣到網站，交易大約用了兩分鐘才完成。五分鐘後，視頻正式開始。網站沒有傳說中的實時聊天室，只有影片播放。開始時，鏡頭由車廂內拍攝窗外街道，街道一片昏暗，只有數盞相距甚遠、像火柴般暗淡的街燈，但由燈光下的廣告和海報看來，拍攝地點應在中東國家。

車子沿昏暗的街道走。不久，停在一條更昏暗的小巷前，小巷盡頭有盞電燈，隱約看到一名流浪漢老人睡在其中。攝影師往車內揮手，然後和車內三個戴面具的壯漢一起下車，靜悄悄地跑向那名正酣睡的老人。

影片畫質糟透了，但仍然可以看到所有最重要的部分，或者該說那種模糊不清反而加劇了影片的恐怖。三個男人衝到流浪漢身邊時，馬上由口袋拿出各式鐵具和利器，在流浪漢還未來得及反應，便對他瘋狂地拳打腳踢，一朵朵血花飛濺到泥黃色的牆上。

「解決他。」攝影師用低沉聲音下索命命令。

　　兩個男人聽到命令，立即架起被打得伏在地上的老人，把他推往牆上。剩下來那一個較碩壯的男人放下手中的武器，兩手抓住老人脆弱的頸子，像土狼撕裂獵物把老人的頸子用力往上抽，老人的脖子立即被撕出一個大裂口，骨肉外露，跳動的血脈像水泵般噴出源源不斷的鮮血，染紅男人的白色面具。

　　看到這一幕，我的腸胃已經痛得不能承受。我用最快速度關掉瀏覽器，做了些網絡保安措施，連忙跑出街外⋯⋯

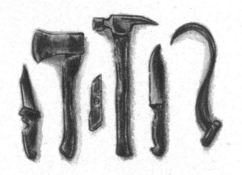

紅色房間傳說

　　相信大家對上述經歷一點也不陌生？

　　紅色房間（Red Room），被喻為來自暗網最駭人聽聞的都市傳說，人命像貨物般被人放在網上任意拍賣，投標價錢最高者

掌控受害人生死大權，並能決定如何虐殺或凌辱，例如挖眼和飲尿。同一時間，參加者彼此之間也可以即時聊天和叫囂，仿佛是羅馬鬥獸場再現。

由暗網衍生出來的紅色房間傳說至今至少有四個，個別網民的經歷更多不勝數，剛剛流浪漢的故事只不過是其中一個。近年除了在《Deep Web File＃網絡奇談》中提及殺人視頻外，在網絡曾經轟動一時的紅色房間事件還有「A.L.I.C.I.A」。

在 2015 年 9 月，一個叫「A.L.I.C.I.A」的神秘網站在暗網流傳，更疑似是紅色房間。其實當初它是由哪裡流出，已經沒人記得，都是「上暗網的朋友」傳過來。以下據稱是 A.L.I.C.I.A 的洋蔥網址：5fpp2orjc2ejd2g7.onion。

驟眼看起來，A.L.I.C.I.A 的網站設計很簡單，漆黑的背景配上鮮紅色的字體，給人一種警戒的感覺。網站中央寫著大大的A.L.I.C.I.A，底下則有一個倒時計和一小段葡萄牙文。如果你把網站反白，你會見到更多的葡萄牙文。由於不是太多人看懂葡萄牙文，所以當初很少網民明白網站到底葫蘆裡賣甚麼藥。直到有葡萄牙網民把整段文字翻譯成英文，人們才察覺事情的嚴重性：

你們一直在質疑我們……我們又一直在考驗你們。我們這樣做不是為了證明自己的存在，而是為了向你們展示應該向誰臣服。人類很軟弱，他們只有坐在電腦前才會強大。

我們邀請那些意志脆弱的人，去磨練……你的拒絕只會招來死亡，接受我們的挑戰會帶來勝利和更多的渴求。

只是一場遊戲？

不……這不是遊戲，真相絕對超出你們想像。不久的將來會有 33 人和 1 個領袖被選中，去窺探世界的真理，體曾光明永遠不能戰勝黑暗，太陽再耀眼也是被無邊黑暗包圍。

想對那些立志和怪物對抗的人說，你們一定要提高警覺，因為你凝視深淵時，深淵也在凝視你，你隨時也會變成怪物的一分子。

A.L.I.C.I.A

誰會是下一個被選中的人？

呼喚我，對我展露你的軟弱和恐懼。

引起我們的注意，我們的注意引起恐懼。

你在尋找真相嗎？它就在你的臉上，你臉上的是恐懼嗎？抑或呈現出來竟是一張笑臉？就像我們的問題一樣，真相永遠被隱

藏在未知的地方。

真相在死亡中顯現,黎明的寂靜會保護所有新教徒。

然後,那33人會張開他們緊閉的眼睛,明白他們追尋的事物,探索他們的恐懼,陷入最深層的寂寞,這就是他們追尋的答案。

最後,被選中的人將會聚集。小心你們留下的蹤跡,那會成為我們的道路。現在我們是他的最愛,所以他明白他的名字就是一個咒語。

當初負責翻譯的葡萄牙網民說原文有很多錯誤的葡萄牙文,所以翻譯出來時會帶點艱深難明。縱使如此,文章都足以讓我們明白這個叫 A.L.I.C.I.A 網站的恐怖意圖。

網民對網站所指的「被選中的33人和1名領袖」會是甚麼人議論紛紛,他們又會遭遇甚麼下場,而且更讓人在意的是,究竟網站倒時計倒數結束時,會發生甚麼可怕的事情?

當一眾網民還是摸不著頭腦時,網站的倒數已經踏入尾聲了。

2015年9月13日晚上,A.L.I.C.I.A 的倒時計終於到了

00：00：00。網站開始播放奇怪的聲音，仿佛是尋常家庭的交談聲，又仿佛是巨大機械轉動的聲音。

　　有網民說在當天晚上瀏覽 A.L.I.C.I.A，會有很多白色小視窗彈出，視窗上寫住一些難解的葡萄牙短句。由於那些古怪小視窗很快便會自動關掉，所有沒有網民能成功抓到那些神秘訊息。

　　不久，一把女人的尖叫聲劃破網站詭異的音樂，讓所有在場的網民嚇得屏息。緊接著女人的尖叫聲，是一連串撞擊聲、打架聲、嬰兒哭喊聲、像唸經般呢喃聲、由強烈痛楚發出的慘叫聲……沒有影像、沒有圖片、沒人知道究竟發生甚麼事，但單憑聲音已經足以在每一個網民的腦海刻畫出一幕幕恐怖至極的畫面，一幕幕無辜女人和嬰兒被闖進家中的陌生人虐殺的畫面。

　　錄音長 1 分鐘左右。在錄音結束後，A.L.I.C.I.A 網站便再沒有更新過，事件亦都在五里霧中不明不白地結束。

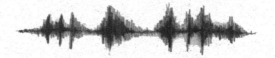

另類型的紅色房間

　　A.L.I.C.I.A 雖然重燃網民對紅色房間的好奇，但由於它始終欠缺實質影片，所以說服力仍然不足，紅色房間的存在與否仍然

是個謎。但其實，一些相對比較「溫和」的紅色房間是可以肯定存在的，而且在暗網中不難找到。它們裡頭的受害人可能不是人類，又或者受害者下場不一定被處決。以下兩個網站便是好例子：

寵物紅色房間

不出所料地，動物也會有屬於牠們的紅色房間。正如上一本書提過，暗網也有不少以虐畜作主題的網站，例如「Cruel Wiki（殘酷維基）」。有網民便說曾經在網站見過有人實況自拍如何誘拐鄰家的小獵犬到後山，之後用剪刀剪掉小狗的尾巴，再挖掉小狗的眼珠出來當球玩。也有網民說見過有人自拍把小貓放進微波爐燒死，他說小貓臨死前不斷用小爪猛刨玻璃的悽慘表情已成為他畢生的惡夢。作為一個養狗十數年的人，筆者寧願看殺人影片，也接受不了這些虐畜影片。但你們不會想像到喜歡這些天殺影片的人是如此多而平凡，影片點擊數又是如此高，所以大家請好好看顧自己的貓狗。

強姦者紅色房間

暗網有很多色情網站，除了兒童色情網站外，另一種觸犯道德底線得最嚴重的網站莫過於以強姦作主題的色情網。那種色情網會教授各種迷姦受害人的技巧，例如把迷藥和酒杯的冰塊混

和，之後趁冰還未溶化前，在受害人面前喝一口，好化解受害人的戒心。但我們都明白，不是所有男性都有能力去到請人飲酒這一步。有見及此，網站也會傳授直接強姦受害人方法，例如寧願在夜店選擇一些樣貌平平但很蠢的受害人，也不要揀美貌而聰穎，因為後者更有機會反抗和報警。

那些網站不是搞慈善事業，不會免費教你們如何強姦。如果你想學得更多強姦技巧，網站管理員會要求你嘗試強姦／迷姦一次，並在網站進行預告。他們會在你犯案時提供在線指導，但同樣你要隨即把戰果拍成影片或照片並上載到網站，好回饋社群。但大家不要誤會網站只有女性受害人的影片，那些網站很主張男女平等，所以也有很多小鮮肉和靚仔被強行肛交的影片。

由紅色房間的角度出發

不久前，網上流傳一篇聲稱是紅色房間人口販子的真人訪問，訪問者為 Daclaud Lee。雖然沒有人知道訪問是真是假，但的確帶出了一些很有趣的説法。

根據 Daclaud 的訪問，那名人口販子聲稱自己曾經綁架超過50 名女性，當中主要為婦女，有時則會是小孩和青少年。每次均收到大約二千至一萬美元。他説最初是在 Craigslist（美國求職網）找到這份工作，而且應徵的方式很古怪，應徵者要接受一

連串變態心理測試和犯罪紀錄查證。那名人口販子說那時候正失業，心灰意冷，認為反正自己沒有人聘用便如實作答那些心理測試，豈料竟然被錄用了，之後便開始幫紅色房間在美國四周綁架婦孺。

人口販子說第一份任務是綁架一名妓女。其實工作內容很簡單，他只需要在街上隨便找個妓女，說願意出更多的錢到野外性交，那些缺錢的妓女都很樂意跟你走，之後把她運往指定的紅色房間（紅色房間有很多分站）便好了。老闆通常會利用暗網匯款和通知下次獵物類型。

之後數年，他在美國四周狩獵合適的受害人，所謂合適的受害人通常指社會邊緣人士，例如妓女、流浪漢、毒蟲、不良少年、低收入家庭的小孩……「他們在社會上根本毫無價值，即使人間蒸發了也沒有媒體理會。」人口販子如此說。他繼續說有時候需要幫手虐殺那些被綁來的婦孺，有時候則不需要。對於血殺婦女，人口販子起初都有點不習慣，畢竟之前沒有殺過人，但金錢的誘惑實在太大，平均每場遊戲都可為公司賺 200 至 5000 比特幣（約 70 萬至 200 萬美元），所以很快便習慣下來，甚至愈殺愈起勁。

在訪問結尾，Doclaud 問人口販子對自己的遭遇有何感想。他說：「與魔鬼共舞並不能改變魔鬼，改變的只有我們這些軟弱的人類……我已經把我的靈魂以賤價賣給了它們。」

筆者不能說以上的訪問百分百真實，就正如筆者也不會說紅色房間百分百存在般。但當你查看全球每年失蹤人口時，你真的覺得沒有可能嗎？作為本章的尾聲，筆者想借網民 FOX_Ron_Swanson 的留言分享自己對紅色房間的一些看法：

對於紅色房間存在與否，答案介乎在對與錯之間。在暗網的確有一夥自認精英的組織，為人數不過 10 萬的有錢人提供各種血腥可怕的虐殺網上娛樂。但同時那些網站又從不對外人開放，深潛在黑暗網絡裡最底層⋯⋯那些不見天日的地方。

那麼你呢？你又是否相信紅色房間的存在呢？

< Ch.2 : Deep Web 的危險交易 >

聖戰分子漫遊暗網

ISIS Red Room

一則神秘網站的宣告

ISIS 的紅色房間！費用全免！極度血腥！現場直播！

大家好！你會否認為自己已經看過世界上最可怕的一面？

在 8 月 29 日 0 時 0 分，一個全新的市場將會在這個洋蔥網址（Onion Address）隆重開幕，我們擔保即使是聯邦密探也會很喜歡我們的網站。

隨著全世界對 ISIS 的憎恨愈來愈濃厚，市場也萌生新的需求和機會，現在就讓我們滿足你的憎恨。

你現在猜想到我們買的是甚麼嗎？

我們要和大家宣告，我們已經活捉了 7 名 ISIS 聖戰士。如果大家不信，我們很願意提供照片和 ISIS 色情影片作證明。

而且，在這裡所有活動都是互動兼直播。

他們的命運就在你們的手上。在當天 0 時 0 分，我們會確保網站的直播聊天系統運作暢通，你們每一人都可以邊安坐家中邊吃爆谷，欣賞著我們偉大無畏的 ISIS 聖戰士如何被殘忍玩弄。

在直播正式開始前，我們為大家準備了預先拍下，「正等待天國 72 位處女的嘉賓」的精華訪問片段。屆時他們兩位聖戰士會穿著女裝，和我們一起玩一些「很搞笑的遊戲」。

到 1 時 30 分，我們會讓你們投票，在兩位聖戰士中選出一位聖戰士參加我們的「處決秀」，其餘五個聖戰士將會被保留作其他商業用途。

所有在這裡的東西都是免費，開放給所有人參與，沒有要求，沒有限制！當然你們可以捐錢給我們，但我們擔保這絕對是自願性，而且不會因為第三勢力投放資金而影響整場秀的運作。

其餘五個聖戰士會被毫髮無傷地保留住，更多的商業機會會在數天後公佈。

在這個網站裡，所有活動都是無下限，我們會玩得幾乎和那些 ISIS 影片一樣地「合法」。你完全掌控了那些聖戰士的命運，我們很樂意聽從你們的指揮。

除此之外，當天還有很多精彩的餘興節目等著大家，例如

「猜猜聖戰士老二大小」和「褻瀆神明字謎」，勝出的網民會獲得神秘獎品乙份。另外，大家還有機會欣賞到我們那些飢寒交迫的聖戰士如何被逼吃「禁忌豬肉」的震撼畫面呢！

所以大家千萬不要錯過！那天你將會欣賞到前所未有的震撼畫面！我們將會向那些邪惡的聖戰士來一次徹底大報復！我們會在當晚創造歷史！！！！

期待 2015 年 8 月 29 日 0 時 0 分在這裡和大家見面。

那些年，ISIS 是如何崛起……

2001 年 9 月 11 日，阿爾蓋達組織對美國發動一連串自殺式恐怖襲擊。數十名恐怖分子分別騎劫了四架客機，其中兩架衝撞世貿中心，一架撞入五角大樓，還有一架因為乘客反抗，最後撞落在無人空地上，事件總共造成 2986 人死亡。

同一年十月，美國政府為了報仇發動了阿富汗戰爭，並順反恐之勢在 2002 年進攻伊拉克（嚴格來說是 2003 年，但在 02 年美國 JSOC 和 CIA 便有非正式軍事入侵），發動伊拉克戰爭。

就在那時侯，ISIS 便已經誕生了。

現在的伊斯蘭國（The Islamic State，IS），全名為伊拉克和沙姆伊斯蘭國（Islamic State of Iraq and al-Sham，ISIS），最初只不過是阿爾蓋達組織在 02 年為了應付美國入侵而增設的伊拉克分支，以血腥的手法殘殺當地美軍。

但隨著後來阿爾蓋達組織在戰爭中沒落，阿爾蓋達組織和其伊拉克分支漸行漸遠，最後都認為大家不再是同路人，便直接分裂出來，甚至為了在世界各地的恐怖分子支配權而發生直接衝突。

ISIS 現在的領導人叫巴格達迪（Abu Dua）。據悉巴格達迪出生於穆罕默德的古萊什族（Quraysh）。根據傳統教義，巴格達迪很有資格成為全伊斯蘭教最高統治者「哈里發」（一個類似皇帝和教宗混合體）。

巴格達迪年輕時候已經是一個伊斯蘭激進分子，在 32 歲加入阿爾蓋達組織的分支，並於 2010 年，在多名伊拉克前總統侯賽因的親信和前情報官的推舉下，成為當時伊拉克伊斯蘭國（ISIS）的最高領導人，直到如今。

巴格達迪在美國的別名又叫「鬼魅（The Ghost）」，那是因為據說巴格達迪作風神秘，長期戴住面具，不以真面目示人，即使平日工作也是如此，但由一些已公開的照片看來，巴格達迪應該是一名目光嚴肅的魁梧大漢。

雖説伊斯蘭國一直被外界抨擊為不理性、瘋狂血腥、混亂無序，但如果細心看看巴格達迪種種決策，你會發現他是一個既瘋狂又狡猾、既謹慎又自大、善於操控人心，把對宗教狂熱和冷靜計算平衡得剛剛好的可怕人物。

伊拉克原本的政府主要由遜尼派的人構成，但在美國佔領後，新上任的政府由佔人口多數的什葉派管治。但由於什葉派總理馬利基領導的新政府既腐敗又無能，無力處理國內遜尼派和什葉派的關係，使得一眾遜尼派的前政府人員懷恨在心。

比起同地區的恐怖組織，聰明的巴格達迪很快便察覺到國內的權力真空。他很快便招募了大部分前政府軍官作為組織骨幹，瞬間獲得大量人力、資源和技術，並在敍利亞和伊拉克邊境立根。

數年後，敍利亞發生名為「阿拉伯之春」的民主運動。敍利亞人民發動大規模示威，要求總統阿塞德下台，但阿塞德卻用軍警血腥鎮壓回應，最後由和平示威演變成永無休止的內戰。巴格達迪再一次抓住歷史時機，在敍利亞北部趁亂崛起，由地區流氓搖身一變成國家級的恐怖組織，更在 2014 年 6 月 29 日在敍利亞拉卡市正式宣佈建國，成為現在的 ISIS。

直到現在，伊斯蘭國的佔領範圍已經超過英國，統治多達600 萬名人民，有自己的政府、貨幣、銀行、軍隊及油田。伊斯蘭國對國內採取黑道式管治，恩威並施。

　　巴格達迪一方面保留原有政府人物，推行重福利主義，包括提供疫苗注射、食物救助。另一方面則採取高壓統治，嚴禁任何異見聲音，並實施不人道的酷刑，例如通姦和同性戀則要被自由落體和石刑，女性在公共場所沒戴面紗也要被潑強酸毀容。

　　在國際層面，伊斯蘭國再次展露其既瘋狂又狡詐的一面。驟眼看，伊斯蘭國在別的國家不斷發動恐怖襲擊，瘋狂地燒毀國內歷史文物和禮址。但暗地裡，它又以比國際價格低賤的價錢販賣石油到敍利亞、伊拉克、土耳其等地區，之後再經由黑市到全球網絡，甚至石油業已經成為伊斯蘭國主要經濟支柱，不少所謂的敵對國家也是其大客戶。除此之外，伊斯蘭國也悄悄留起最貴重的歷史文物，再經由黑市以天價賣給富商賺錢。

　　由此可見，伊斯蘭國並不像我們印象中只有瘋狂，他們在瘋狂還夾雜住殘忍的計謀。但最讓筆者驚訝的是，就是伊斯蘭國是鮮有運用 Deep Web（暗網）最淋漓盡致的政治組織，這亦都會是文章下一節的主題。

究竟伊斯蘭國如何運用 Deep Web 來擴張自己的勢力？

　　更加有趣的是，伊斯蘭國的敵人又會如何反用 Deep Web 來虐殺他們？

聖戰分子和 Deep Web

在 2015 年 11 月 13 日，多名手持 AK-47、身穿炸彈背心的恐怖分子在法國首都巴黎多處地方發動自殺式恐怖襲擊，當中包括法蘭西體育場對出街道和巴塔克蘭劇院，造成至少 130 名無辜市民死亡，350 多名市民受傷。最讓筆者深刻的是，有一名熱愛死亡金屬女讀者對筆者語氣複雜地說：「這次巴黎恐怖襲擊死亡最慘重的是音樂廳。你知道嗎？他們當時在觀看美國死亡金屬樂隊的演唱，觀眾們在歌頌死亡，轉眼間，他們真的死了。」

在恐怖襲擊發生後，很多人也目光聚焦在難民問題上，反而忽略了在情報網絡問題。究竟巴黎恐襲是否真的毫無先兆？抑或是政府情報處出錯了？

事實上，在恐襲發生前數個月，已經有多段恐襲預告影片在 Deep Web 浮現。

早在今年 1 月，ISIS 便在 Deep Web 官網發佈了一段影片，影片內容是三名操法文的 ISIS 聖戰分子呼籲在法國的同胞發動襲擊，殺死異教徒。當中兩段疑似在北非和西非拍攝，但最後一段影片的拍攝地點已確定是巴黎近郊地區。

「我現在對所有法國人說，你們認為伊斯蘭國並不能攻入歐洲，但在上帝的幫助之下，我們將會降臨歐洲。」那名恐怖分子

説：「我現在對我的弟兄説，如果你在街上見到警察就殺掉他，殺光他們，殺死所有在街上映入眼簾的異教徒。」

雖然中間也有不少針對法國的恐襲宣告影片（數目比起其他國家多），但最激烈的一次，亦都是離襲擊前最後一次，在 7 月同樣地被上載到 ISIS 的 Deep Web 宣傳雜誌上。這一次影片內容遠比之前血腥，一名操法國口音的聖戰士揚言伊斯蘭國會令「巴黎街上堆滿屍體」，並即場槍殺了一名敍利亞男戰俘。

但可惜，屢次的宣言始終沒有得到法國官方情報局重視。

其實 ISIS 並不是第一次利用 Deep Web 進行恐怖活動，倒不如説，Deep Web 根本是 ISIS 的藏身基地。

ISIS 由成立至今，一直利用 Deep Web 進行各類型的恐怖活動，當中包括籌款、招募和黑市買賣，例如其中一個展示了 ISIS 以比特幣支付的籌款網站。之前提及的石油業，ISIS 曾經在 Deep Web 公開招聘油田管理者：「年薪 22 萬 7 千美元，有意者請洽伊斯蘭國。」另外，我們在新聞上看到的斬首和虐殺影片，很多也是首先經由 Deep Web 發佈。

為甚麼 Deep Web 得到那麼多恐怖分子的青睞？主要原因有兩個：

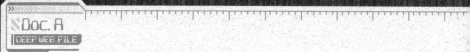
☘ 洋蔥網絡技術有很高的匿名性，很難被人追蹤源頭。這裡
說的很高匿名性並不是完全沒可能追蹤，只是對比起你普通上網
困難得多，另一方面，洋蔥網絡又比起其他匿名網絡技術普及、
支援多和易上手，情況就好像全港只有數間的 Hollister vs 全港
每區也有數間的 Uniqlo 般。

☘☘ 比特幣（Bitcoin），Deep Web 最流行使用的貨幣。本
身就有別於其他網絡貨幣（例如：Paypal），是一種去中心化貨
幣（Decentralized Currency）。即是它不受任何中央機構監管，
而且同樣有高度匿名性，難以被追蹤，所以很容易便能「洗乾
淨」，很適合用作黑市買賣。

ISIS 比起世界上很多反政府組織來得聰明，他們很快便懂得
利用 Deep Web 來為自己效力。他們用 Deep Web 來進行組織內
部溝通，例如中東敘利亞和北非利比亞之間的連繫，逃避美國情
報組織的監管。

他們亦都懂得利用 Deep Web 來招兵買馬，成立各種原教主
義的論壇和網媒，企圖在世界各地培養一群「沉睡細胞（Sleeper
Cells）」或「孤狼（Lone Wolf）」（意指一些潛伏很久，卻沒有
明顯特徵的狂熱恐怖分子。他們很少和組織連絡，只用作發動突
襲性恐怖襲擊）。

在巴黎恐襲後不久，便有網民發現在 ISIS 的 Deep Web

留言版有一篇專門給潛伏在美國的孤狼看的炸彈製作指南，叫「致在美國的孤狼們：如何在廚房製造一個可以在旅遊熱點或其他目標恐慌的炸彈指南（To the Lone Wolves in America： How to Make a Bomb in Your Kitchen to Create Scenes of Horror in Tourist Spots and Other Targets）」。

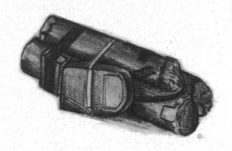

指南內有多種類型炸彈的詳細 DIY 教程，所有材料幾乎都可以在一般五金舖和超級市場購得，有的炸彈製作更標明「絕對不會被警犬發現」。更加讓人不安的是，指南下方亦列出「值得一炸的美國城市或州分」，當中首當其衝是紐約、拉斯維加斯、加州和德州。在文章下方，還有不少 ISIS 狂熱網民說恐怖襲擊「應針對美國猶太人、錫安教和共濟會的建築物」。

（註：當筆者寫到這段時，碰巧美國加州便有一名持槍的恐怖分子殺死了十多名美國人。）

來到這裡，我們現在都很清楚這個以原教主義自居的 ISIS 並不是單純的血腥狂暴，而且是如此狡猾、如此具戰略目光，幾乎是所有文明國家的威脅。那麼，如果有一天有一個聖戰士落入

你們的手中，你會如何決定他的下場？

你會願意看著他給人虐待至死嗎？

聖戰份子的紅色房間

由 Deep Web 衍生出來的紅色房間傳說至今已經至少有四個，筆者曾經介紹過兩個，今天還會介紹多一個紅色房間。

你們有沒有想像過一間虐殺聖戰分子的紅色房間？

在 8 月，Deep Web 便流出一個聲稱專門虐殺和販賣 ISIS 聖戰分子的紅色房間網站。就像大多數 Deep Web 事件一樣，最初網址如何流出始終是個謎，通常都是貼在 Deep Web 大大小小論壇的留言版上。聞說最初，網站沒有任何設計，純黑色背景和「開張告示」。

網站聲稱自己是伊斯蘭國的敵人，並已經成功活捉了 7 名伊斯蘭國聖戰份子。他們計劃在國際時間 8 月 29 日 0 時 0 分舉行一個「虐殺聖戰份子 Live Show」，屆時觀眾更可以即時互動。

大約在網站發佈三天後，他們毅然更新了網站的內容，用一張疑似囚犯的照片作背景並加了一段「新的宣言」，以下是那段

宣言的內容：

> 我們日以繼夜地工作。

> 我們身處於戰場中，生命無時無刻都危在旦夕。

> 儘管如此，我們仍然堅持在限期前完成我們的工作。

> 現在，我要和大家宣佈其中兩隻伊斯蘭豬已經被我們處決掉，雖然處決得不太漂亮，而且我們現在的情況也不樂觀。雖然事情並不像預期般發展，但那些伊斯蘭豬的情況一定比我們糟糕。

> 我要遺憾地告訴大家之前承諾的遊戲、性交和虐待並不能如期進行，但虐殺和聊天室仍然是完全免費提供。

> 今天，無論發生甚麼事都不能阻止我們。總之那些伊斯蘭豬一定要被·虐·殺·至·死！

> 沒有一隻伊斯蘭豬可以活過今天。

> 兩隻已經被我們處決，三隻被送到其他地方。我不能透露那是甚麼地方，但我擔保那三隻伊斯蘭豬的下場一定比留在這裡還

糟糕。

　　我們一直以來的商業宗旨只有兩個：<u>獵殺／侮辱伊斯蘭國，和資助他們的敵人</u>。

　　紅色房間是一門很艱難的生意，不單止成本高，還要承受外界源源不絕的抨擊。有見及此，我們決定轉一轉原定的經營模式，改為販賣伊斯蘭國聖戰分子給他們的敵人。

　　你們沒有聽錯，就是普通的人口販賣但**聖戰分子限定版**。我們想給所有聖戰分子一個「充滿光明」的將來！

　　但最正點的地方是，由於我們已經拿到充足的資助，所以這裡的虐殺節目仍然是免費！

　　我們還會不時上載一些免費照片。我們稱呼為「快樂伊斯蘭豬 Ig」，又或者「聖戰士 Ig」。

　　我們會製造一夥聖戰士電影巨星出來！

　　我們為那些「上帝的士兵」準備了六星級的住宿環境。這裡所有狗糧都是免費（而且還是豬肉味，嘻），所有杯子都載滿清水……再加一些尿液，這不是我們的錯！他們有權選擇不飲

不吃。

　　這是他們自找！他們不是偉大的宗教英雄嗎？

　　最後再一次呼籲大家，如果大家想支持我們，就多多看我們的節目。

　　我們所做一切仍然比不上他們在這裡對我們做的事情殘忍，至少暫時如此。

伊斯蘭國的敵人上

　　除此之外，他們還上載了一段 21 分鐘的奇怪影片（還有兩段檔案損壞的影片）。影片開始時，一名被套上白色面罩，疑似是聖戰分子的人蹲在房間角落。之後，一名沒有露面的男人走入鏡頭，連珠炮發似地問那男子一連串問題，例如問他的名字和歲數。那名蒙面的男人好像叫 Assad / Nassir（讀音）、大約三十多歲。之後，那名男人強迫蒙頭男子吃了一大團冰鮮生豬肉，以示褻瀆伊斯蘭教。

　　那名男子被逼吃下生豬肉後，另一名男人走進鏡頭，刻意慢慢地在木桌上放置一件又一件酷刑工具，包括大剪刀、鐵鉗、大鎚、板手。然後那男人隨手拿起桌上其中一件鐵具，狠狠一揮，

砸在恐怖分子的臉上。

由於畫面模糊不清，看不清楚他拿起的是甚麼工具，只知道恐怖分子吃了一記重擊後，立即痛得摀住鼻子，鼻子噴出的鮮血立即染紅了面上的白布。接下來數分鐘，那名男子發出痛苦的嘶哮聲，那是因為鼻骨斷了，大量的鮮血塞住了鼻孔難以呼吸，身體也不自覺地前後抽搐著。

影片來到尾聲時，鏡頭外的男子再強迫那名聖戰分子吃下更多的生豬肉。

（也有人說那人其實是拿起了鐵鉗，撕下了那名聖戰分子的下唇，但因為影片很模糊和斷斷續續，筆者看了數次也不太確定哪個版本是對。）

令人尷尬的道德問題

儘管那時候，整個網站仍然是雲迷霧罩、真偽成疑。網站主人的真正身份、他們究竟是如何活捉這些聖戰分子⋯⋯仍然沒有人能解答到。但正正是這種撲朔迷離的氣氛，激發了網民內心最深處的好奇心，無論是在表網絡或 Deep Web 都掀起軒然大波。

有網民認為整個網頁都是胡扯，因為單純的洋蔥網絡很難做

到直播技術，要麼工程浩大，要麼暴露自身位置。也有網民說即使是真也不出奇，因為伊斯蘭國在中東的確殺了不少同胞，相信很多人願意不計代價地報復。

甚至有網民提出陰謀論說這是某些研究機構弄出來的一場社會實驗，就像那個研究好人如何變成壞人的路西法效應（The Lucifer Effect）的史丹福監獄實驗般。但撇除真偽，最激起網民爭吵不休的是：

究竟我們應否公開虐殺聖戰分子，就像他們對我們那樣做般？

以牙還牙，以眼還眼。

對於這條性命攸關的道德問題，每個人得出的答案也不一樣，但卻全部很類似。有部分的網民（他們通常被罵中二病屁孩）叫嚷著要把那些聖戰士五馬分屍，虐待到最後一滴血。但宏觀來看，佔最大多數的網民留言還是緊守道德，認為幹下這種野蠻殘暴的行為，會令自己變得和 ISIS 無兩樣。

正如一名外國網民說：「我們雖然不喜歡恐怖分子，但絕對不應該淪落到和他們同一層次。見到那麼多嗜血成性的暴民尖叫著，要對那些恐怖分子（注意：我們還不知道那些人是否真正恐怖分子）凌虐至死，以牙還牙，真的覺得很令人垂喪。」

　　但諷刺的是，當有人站出來號召群眾，呼籲大家對那個邪惡網站採取實際行動，例如在活動當天發動 DDoS（分散式拒絕服務，Distributed Denial of Service Attack）或阻止人發放任何虐待的指示，得到的迴響卻驚訝地寥寥可數，甚至不少網民提出強烈反對，認為這會影響到別人運作和「對真相的好奇」，縱使他們在數個留言前還口口聲聲說虐殺恐怖分子是殘暴不仁的行為。

　　其中一位比較誠實的網民 SeloPeylo 就道出大部分網民內心真正的想法：

> 　　我會去觀賞那場殺人秀，但絕對不會投票選擇那些人的死法，因為那樣會令我間接參與了這些殺人的勾當……

　　所以說，有時人性真的頗可愛。

　　雖說響應人數很少，但始終有一定數量的網民，而且隨著人們不斷把消息散播出來，支持 ISIS 的網民也注意到紅色房間，所以在活動當天，亦即是 8 月 19 日，這間屬於 ISIS 的紅色房間便受到排山倒海的 DDoS 攻擊。

　　就在距離活動正式開始前 3 分鐘，網站突然停止運作。

Page Not Found！

直到現在，網站被當掉的原因仍然成謎。很多人都不太相信這是網民自願發起的 DDoS 成功的結果。他們寧願相信攻擊網站的真正兇手是 FBI，也有人猜測網站的主人被 ISIS 找到，或者只不過直播技術搞垮了網站罷了。但無論如何，所有說法均未證實，那兩名剩下的聖戰分子下落至今成謎。

大約一個小時後，當大部分網民可以上回網站的時候，網站的封面已經變成：「多謝你們的參與，活動已經完結了」，之前那些影片和宣言也被迅速刪去了。數小時後，網站便正式被 FBI 當掉了，留下一堆未知的謎團。

事件到這裡也告一段落。

如何面對恐怖分子？

說起來有點諷刺，筆者前後大約用了大半星期寫這篇文章（寫這類文章真的很困難，每一句句子背後也要找資料證實），中間在美國和英國已經發生了兩宗疑似由 ISIS 孤狼發動的恐怖襲擊。

曾經有政治分析員把流行病學家用的數學模組套用到 ISIS 發佈到互聯網的洗腦資料上，發現平均每 10000 人便有 2 個人會因為這些資訊而成為自殺式襲擊狂徒，是個不容小覷的數字。

雖然自從巴黎恐襲後，匿名者（Anonymous）努力地打擊 ISIS 的招募網絡，例如截獲 ISIS 的 Twitter 帳號、公開他們的 IP 地址和個人資料等，同時有傳言匿名者近來也開始進攻 ISIS 在 Deep Web 的招攬據點，但成效是好是壞還是未知之數。

總括來說，世界未來一段時間應該都充滿住這些孤狼式恐怖襲擊，而 ISIS 在 Deep Web 的根也只會愈來愈紮實。

那麼我們應如何面對？

我們應持有甚麼態度應對恐佈分子？

如果是你置身在 ISIS 紅色房間，你會作出甚麼選擇？

有人説那些伊斯蘭國恐佈分子都很可憐，他們都是被那些可惡的西方國家逼瘋了。無可否認，過去數十年西方國家在中東自以為是的舉動的確是伊斯蘭國出現的原因。過去他們幻想自己可以透過戰爭和權力操控中東國家，最後卻弄得當地人民生命和自尊也受到踐踏，埋下一顆又一顆仇恨的種子。

然而，雖説促成伊斯蘭國崛起的主要責任落在西方國家上，但當伊斯蘭國把你們國家的名稱也放在恐襲名單上時，那就不再可以置身事外了，我們任何一人，包括你的家人和朋友，也可能是下一個受害者。換句話説，你們在紅色房間面對的只不過是想

殺你們卻失敗的人。

筆者不是個博愛主義者，相反，筆者一直信奉實效主義，同時也認為部落主義（Tribalism）是一個再十惡不赦的人也應有的最基本道德。無論對方持有再令人同情的理由，但如果傷害到你和你緊張的人的利益，甚至生命，奮起反抗是一種合情合理的行為，甚至可以說這是生物本能。

但是，我們有沒有必要虐殺他們？

筆者沒有說那個選擇是對是錯，但作為一個實效主義者，筆者對不必要的殺戮感到厭煩，但反正那些聖戰分子都有視死如歸的心態，所以其實那個選擇也影響不大。你可以選擇寬恕他們，可以選擇輕判他們，也可以選擇虐殺他們。

但要謹記一旦選擇了，便決定了你是甚麼人。

< Ch.2 : Deep Web 的危險交易 >

黑市和人口販賣
How People Being Trafficked in Deep Web

　　根據英國《衛報》2015 年的一篇報導，最早利用電腦進行黑市交易的歷史可追溯至上世紀 70 年代，美國史丹佛大學和麻省理工學院的的大學生利用 ARPANET 進行跨校大麻交易。其後 30 年，雖然都有零星網站進行黑市交易，但絕大多數都以秘密社團形式經營，不對外開放。

　　直到 2011 年 2 月，全球首間 Deep Web 黑市網站「絲綢之路（SilkRoad）」，才掀起網絡黑市交易熱潮。絲綢之路是第一個結合了洋蔥網絡和比特幣，兩種高度匿名技術，並以淘寶方式營銷的網絡黑市平台。絲綢之路起初只進行毒品交易，其後產品開始多元化，陸續加入軍火、假護照、假信用卡等貨品。根據可靠統計，絲綢之路在成立頭一年交易量已達 4 千 5 百萬美元。

　　縱使在 2013 年 10 月，絲綢之路被 FBI 幹掉了，但絲綢之路的死並沒有阻止網絡黑市交易這股狂潮，反而出現「遍地開花」的景象。根據著名 Deep Web 調查網站 Deep Dot Web 的統計，現在 Deep Web 最受歡迎的交易平台為 Alpha Bay、Dream Market 和 Outlaw Market。

　　為甚麼在 Deep Web 購物會如此受歡迎？

其實 Deep Web 購物成功的原因和淘寶等購物網類似：貨品種類繁多、引進競爭使得價格下跌、增加市場資訊透明度、生產商和顧客直接聯繫、刺激小型企業成長。

我們假設有一名年輕人叫阿明。阿明雖然有正當職業，但同時都是一名毒蟲，甚麼毒品都食，冰、大麻、古柯鹼⋯⋯在舊年代，阿明如果想買毒品，他只可找自己居住地藥頭購買，可能是 XX 幫的十四哥或者 YY 會的紅花姐，更大的可能是他根本不知道市場有其他賣家的存在，只能依賴一個藥頭。這種情況下，藥頭擁有絕對價格優勢（特別當阿明毒癮發作時）。相信大家一定聽過藥頭利用買家毒癮，不斷加價，再威逼買家作姦犯科的故事。

但隨著絲綢之路的崛起，它改變了毒品市場，甚至整個黑市市場的遊戲規矩。今時今日，當紅花姐想對已吸毒成癮的阿明採取加價攻勢時，阿明可以大大聲講一句：「屌你老母，而家老子一撚定要同你買？」就轉身走人（真實情況是你會死於非命）。之後阿明回到家，打開洋蔥瀏覽器，在鍵盤上敲幾下，便可在 Deep Web 市場網找到大大小小的藥頭，而且價格相對地便宜。

在網上買了數次後，阿明心想：「啊！原來杏檀中學的化學老師和碼頭工人阿陳都有賣毒品，而且價錢便宜很多，以後一於找他們買。」甚至如果阿明不喜歡，隨著運輸網絡發展，他亦可以找鄰省的藥頭買。

簡單來説，Deep Web 購物大大提升了消費者在傳統黑市的交易能力。

縱使 Deep Web 市場的確有不少吸引人的地方，但同時亦危機四伏。在接下來的篇章，我們會探討在 Deep Web 的危險性，有不少發生在網民身上的真人真事。同一時間，我們亦會看看人口販賣在 Deep Web 究竟是如何進行，女性是如何像貨品般被交易。

買賣安全

是不是只有買毒品和軍火的人才上 Deep Web 購物？

其實現在 Deep Web 市場的產品都很多元化，不一定全部貨品都駭人聽聞，以 AlphaBay 作為例子，裡頭有用於酒店網的優惠券、幫你炸爆仇人電郵、網站維護服務等，有的甚至聽起來頗惡搞。

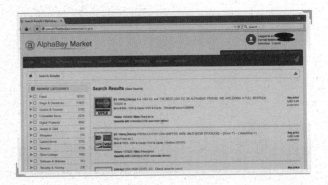

　　例如網民 busty_crustacean 曾經在絲綢之路見過只需 $20，便可買到一個「男性 DIY 結紮手術套裝」，裡頭有數支管道和鉤子般的工具，可以讓你在家自行結紮，連去家計會的車費也省掉。另一個網民也因為好奇心過盛，在絲綢之路買了一件叫「絕對會令你無比興奮的機械」。兩天後，他收到一台大大的吸塵器……真的是一台吸塵器。

　　但講到底，大家最關心的問題始終都是：在 Deep Web 購物安全嗎？

　　老實說，縱使在 Deep Web 購物聽起來是很吸引人的事，但當在表網絡購物也沒有 100% 保證時，還告訴大家在黑市網絡能安全購物，是不負責任的行為。事實上，儘管這些黑市網站增設審查系統和評分機制，但貨不對辦和付錢後沒有貨是常有的事。畢竟，Deep Web 始終是「沒王法」的地方。有網民抱怨曾經用 $250 在絲綢之路買了些大麻，最後賣主卻溜之大吉。除此之外，被警察抓到也是需要考慮的風險。

　　而且正如俗語說：「錢財事小，命仔事大」，在 Deep Web 購物被騙雖然痛心，但不是最可怕的事，最可怕的莫過於像以下網民 Packathonjohn 的朋友經歷般，在 Deep Web 胡亂購物，最後為整家人招來殺身之禍……

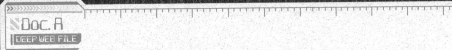

　　我要和大家說一個發生在我朋友身上的 Deep Web 故事。雖然我自己也曾經在 Deep Web 遭遇恐怖的事情，但那些已經是幾年前的事了，而發生在我朋友身上的卻僅僅在一星期前。

　　當初我學習上 Deep Web 時，也是這位朋友教我。他一直對 Deep Web 有種難以解釋的情意結，喜歡在那裡瘋狂購物，偷回來的蘋果產品、毒品……雖然一年前聽過我在 Deep Web 的恐怖經歷後，他有好一段時間都不敢上 Deep Web 購物，但一年後他又故態復萌。

　　大約在數星期前，他開始在 Deep Web 網購古柯鹼，呃……雖然這也不是新鮮事，不同之處在於他換掉了交易已有數年的賣家，找了一間便宜得多的藥頭。每一次交易，他都會給自己的居住地址和匿名電郵地址給那名藥頭，之後那名藥頭便會寄一個 DVD 盒到我朋友家，有時候會是其他東西，但總之裡頭塞住的都是毒品，而外型又不會讓我朋友的媽媽起疑心。

　　我想我朋友做得最錯的地方是讓那些黑市商人知道他只不過是個臭小孩，但我的朋友在事件發生前一直都不以為然，還大讚對方手法專業，說「可以發生甚麼可怕事情來？」明顯地，我朋友不是行事深思熟慮的人。

　　直到數天前，我朋友媽媽如常地簽收了一個網購郵包，一個表面上看來是 DVD 店寄來的郵包。她把郵包放在朋友桌面，待

朋友回家時拆開。但當我朋友打開 DVD 盒時，卻驚見裡頭裝的竟然不是載有白色粉末的小膠袋，而是一張紙條，上面寫住：「發生了問題，用電郵聯絡。」字句下方附上了新電郵地址。

我朋友侷促不安地馬上打開電腦，用 Deep Web 電郵問這名神秘的新賣家所為何事。不到一分鐘，我朋友便收到回覆電郵寫住：「事情出了錯，如果我直接寄給你，我會被人追蹤到，最後我們倆都會被抓。今晚 7 時在離你家最近的小學見我，我們當面完成交易。」

小學離我朋友家不是很遠。我朋友對他媽扯謊在我家過夜，自己去見那個藥頭（筆者註：聰明的人切勿模仿）。他有打電話問我可否陪他去，但那時候學校功課實在太多，所以我沒有空抽身。臨掛下電話時，我提醒他帶把小刀或者其他東西以防萬一，雖然現在回想起這建議有點多餘。

我朋友當晚駕車到學校停車場。到達時，他身後傳來數下短而急促的喇叭聲。他回頭一望，看到一輛黑色的吉普車，吉普車的車牌被車主用膠帶遮住，窗戶也貼上了看不清楚裡頭的保護膜。一名男子由車上走出來，遞上一包古柯鹼，我朋友給了錢，之後便走了，過程中兩人沒有說過一句話。

鬆一口氣的朋友立即打電話給我報平安，但當掛線時，卻看到那輛黑色吉普車仍然停泊在那裡。他究竟在等甚麼？令人不安

的疑問開始充斥住我朋友的腦海。當他駛離停車場，穿過第一個紅燈，看到那輛車跟在後頭時，我朋友便知道事情沒有那麼簡單。

朋友不敢直接駛回家，所以把車駛到附近另一個屋苑，在那裡隨機轉了幾個彎，希望可以擺脫那個毒販。最後，他多次窺探倒後鏡，確定完全不見那輛吉普車蹤影時，才把車駛回自己家的車庫，以為結束了可怕的一天……

就在當晚凌晨，那輛黑色吉普車驀然駛進朋友家的車道上。

讓朋友由睡眠中驚醒過來的是吉普車的咕嚕引擎聲。當惺忪睡眼的朋友望出窗戶時，驚見輛黑色吉普車就停泊在自己家的車道上，立即嚇得由床上跳下來，慌張地爬到樓下大廳。由大廳的窗戶微微探出，我朋友見到今天給他毒品那個男人就座在司機座抽著煙，和不知名的人講電話中。這一次除了藥頭外，他旁邊坐了一個形跡可疑的中年男人，甚至比毒販還惹人心寒。那個男人長得蓬頭垢面，眼神凶狠，頸子下方都是燒傷的爛皮膚，一道大刀疤由頸子劃上左邊面頰，仿佛是殺人如麻的標誌。

他的視線一直放在那兩個男人身上，直到刀疤男也開始窺視朋友家的窗戶，窺視的頻率愈來愈密，最後視線直接落在朋友躲起來的窗戶上。我朋友忍不住恐懼的折磨，爬回自己的房間，取電話報警，即使有機會要蹲幾年監牢也不管。警察接到消息後，立即叫朋友拿起隨身武器保護自己，等候警察趕來。

　　大約五分鐘後，朋友聽到樓下傳來一陣古怪的咕嚕聲，又像尖叫但又比尖叫微弱。當他下樓時，見到在黑暗中一個模糊的人影由母親的房間走出來，鬼祟地把房門關上。朋友被眼前情景嚇得雙腳麻痺，當那個男人轉頭時，兩人在黑暗中對望，宛如西部牛仔般。那個黑影舉起手中的彎刀，彎刀在黑暗中閃著寒光，向我朋友衝過去，宛如一道銀影。

　　基本上我朋友已經嚇得失去自主思考，他下意識得拿起身邊的玻璃鍋，像棒球手般奮力一擲。玻璃鍋急速地砸落男人的臉上，發出清脆的砰一聲，男人立即倒地尖叫。

　　他擲中了！朋友腦海傳出球賽評論員在麥克風的叫喊聲。天啊，這位年輕球員擲中了！

　　我朋友立即打開大廳燈，看到那名刀疤男倒在地上打滾，滿地玻璃碎，有部分碎片插進了刀疤男的左眼，淚水和鮮血混合流出。男人跟蹌地爬起來，嘗試找回重心。朋友見狀立即在廚櫃拿出一把生果刀，一把插入刀疤男的手臂，直到刀鋒完全沒入肌肉內，男人再次發出淒厲的尖叫聲，再次倒在地上打滾。不一會兒，屋外也傳外警車的警笛聲。

　　刀疤男當場被捕，另一名毒販也在離朋友家不遠處被抓，我朋友也因為藏毒而被起訴，但總算平安無事。可惜的是，當警方打開朋友母親的房門時，發現朋友母親被人用膠帶封住口和眼，喉嚨穿了一個可以掀起的大洞，身上也被刺了23刀，當場死亡。

自此之後，我的朋友再也不敢到 Deep Web 購物，甚至連提起 Deep Web 也不敢。

販賣人口的網站

大約 6 個月前，一個自稱由非法集團「Black Death（黑死病）」所管理的一個 Deep Web 網站無意中浮上了表網絡的論壇，由於網站所提供的「貨品和服務」極為駭人，立即引來不少網民的關注，並在論壇引起恐慌，同時也再次喚起有關人口販賣的 Deep Web 傳說。

一直以來，人口販賣組織和殺手、紅色房間一樣，是一個難以證實的「Deep Web 傳聞」。一來關於它存在的證據太少，只有一兩張照片證明，或偶爾在 Deep Web 論壇看到一兩個「散家」（指非組織型罪犯）在兜售，二來對於居住在一、二線城市的網民來說，人口販賣或拐帶這個題目始終宛如都市傳說般，雖然經常聽到卻難以感受，很難相信是如此普遍。

事實上，人口販賣是繼毒品交易後，另一個「最有利可圖」的黑市行業。根據非正式統計，去年全球販賣奴隸所賺得的盈餘為 320 億美元，比起谷歌和星巴克加起來還多。地球上平均每 30 秒便至少有一個人淪為奴隸，而全年奴隸人口足足有 400 萬人，當中 80% 都被用作色情用途，其餘則作黑工。所以說，如此大規模的行業如果在 Deep Web 有一兩個購物網站，其實是不

足為奇的事。

回到這個叫 Black Death 的 Deep Web 組織，當初是一名 Bacon_Kitteh9001 的網民帶上來表網絡。他在原帖中提到他在一個叫「Harry71's Onion Spider」的 Deep Web 伺服器找到，並且附上了網址，但由於 Black Death 在網站開宗明義便說：「只要我們名氣上升得太快，便會馬上轉網址。」所以網站被登上 Reddit 後不久便關閉了。

Black Death 的網站首頁像大多數黑市論壇一樣，有介紹和定期通告等。當中最早的通告可追溯至 2010 年 1 月 27 日：「Black Death 進入 Deep Web，我們來到這裡了。」基本上，Black Death 賣的東西都不外乎毒品、槍械、假信用卡……但真正引發起網民的恐慌的卻是「人口販賣」那一欄。

以下是一張 Black Death 在「人口販賣」那一欄其中一件「貨品」截圖：

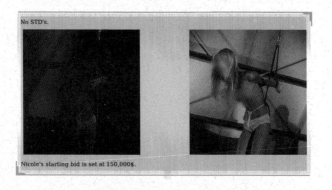

所謂的「貨品」其實是名為 Nicole 的 18 歲女子。由照片中我們可以看到可憐的 Nicole 被人用粗繩反手綁起來,坦露乳房,身上只掛著一條純白色的小內褲。除了姓名和近照外,Black Death 還提供了很多駭人的女孩資料:

姓名:Nicole	歲數:18
種族:白人	來源地:美國
被拐走的地方:巴黎	被囚禁的地方:歐洲
體重:47kg	三圍:32A-24-34
- 沒有性病	

\# Nicole 的起標價為 15 萬
\# 拍賣將於 7 月 19 日開始

有網民把 Nicole 的照片上載到反向圖片搜尋器,嘗試找尋照片來源,但毫無收穫,證明了照片不是在別的網站偷過來。也有網民假扮顧客,嘗試套取更多照片,但都很快被賣方識破,甚至立即被駭客起底。順帶一提,在網民調查 Black Death 的同時,Black Death 也保持更新,不斷新增「貨品」的種類,而且價錢有平有貴。

遺憾的是,Black Death 在被網民放上了 Reddit 不久便關掉網站,只留下一句:「黑死病已經搬走了,所有舊客戶會收到新網址,這一行動為了避免太出名。」雖然暫時沒有網民找到它們的新網址,但事件引起網民再次追尋 Deep Web 的人口販賣傳

說。很快，他們便找到了另一個黑市論壇「Black Desire（黑色慾望）」，提供類似的販賣人口服務。

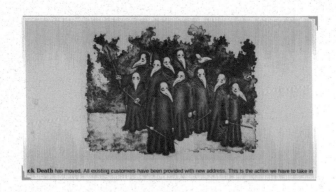

新論壇 Black Desire 的運作有別於 Black Death，反而和 DreamMarket、SilkRoad 這些黑市網站類似，採取「中介人制」，網民可以申請做買家或賣家，但通常賣家都要經過嚴格審查。下圖便展示了它們當中一名賣家所提供的「服務」：

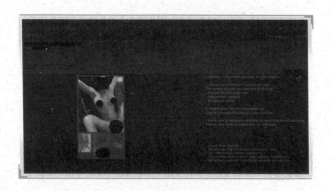

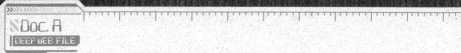
照片顯示一名滿身紋身的女人被掛起來強姦，以 Deep Web 的標準來說這只不過是小兒科，但真正讓網民覺得震驚的是以下兩種賣家所謂提供的「服務」：

人類狩獵之旅 Human Hunting Expedition

❋❋ 旅程資訊

價錢：USD$100000

形式：個人／團體安排　　　時間：一日遊

環節：5　　　　　　　　節目內容：可商議

地點：新幾內亞附近的小島
　　　　（註新幾內亞在印尼國境內，澳洲以北）

遊戲：已包

武器：只准使用遠程武器，包括槍械

戰利品：容許

MKUltra 性奴處理器

❋❋ 貨物資訊

價錢：USD$50000

姓名：Juliet　　　　　　性別：女

年齡：39　　　　　　　　國籍：德國

種族：印度和歐洲混血　　膚色：白

髮色：金　　　　　　　　眼睛：棕

身高：1.83m　　　　　　重量：58kg

體型：苗條　　　　　　　胸圍：75D

補充資訊：附上詳細的心理報告，和使用程式密碼

對於第一項服務，上面的描述都算一目了然，沒有甚麼疑問，但第二項服務呢？甚麼叫 MKUltra 性奴處理器？相信未必所有朋友明白。MKUltra（又叫 MKUltra 計劃）是美國 CIA 自上世紀 50 年代開始的一項思想控制研究計劃，並在 70 年代確認為真實存在，所以 MKUltra 又有思想控制的含意。換句話説，這名稱再加上「使用程式密碼」，所以這商品有機會指圖片中女性被人洗腦成性奴，而紋身可能是某些儀器的植入位置。

筆者本身對洗腦科學很有興趣，也看過很多相關書籍，知道藥物和調教可以有限度地操控一個人的思想，但對於文中所説植入小機器以達致精準控制，則未有聽聞。也有可能那名賣主指程式是一些「動作和物件」，這樣就有可能實現，就像「巴甫洛夫的狗」般。

但無論如何，正如很多浮上水面的 Deep Web 網站一樣，Black Desire 被人揭發後不久便被關站。話説筆者之前在無極限討論版 Hidden Wiki 看到的另外一個人口販賣網站「The Blue Man Group（藍人組）」也在前幾個星期被 FBI 當掉了。人口販賣在 Deep Web 再一次變成都市傳説。

看了那麼多發生在 Deep Web 的人口販賣事件，你們又信不信呢？來到這一篇的尾聲，筆者以另一位網民在 Deep Web 上兒童色情網站時遭遇的經歷作為結束，讓大家重新思索一下 Deep Web 黑市的恐怖。

我有好一段時間非常沉迷於 Deep Web，幾乎天天晚上也上
Deep Web。頭一個月，Deep Web 對於我來說簡直宛如哥倫布
發現新大陸，裡頭每一樣東西對我來說都是無比新奇、無比有趣。
但數個月後，我開始覺得沉悶，其實裡頭所有網站來來去去只有
數個主題：「兒童色情（CP）、血腥圖、毒品」或者「問兒童色
情、血腥圖、毒品的人」。縱使如此，我仍然每天都上 Deep
Web，可想而知我當時生活有多百無聊賴。

直到有一天，一個天殺的網站改變了我一直以來對 Deep
Web 的觀感。

正如大多數早期 Deep Web 網站，那個網站的設計非常簡
陋，仿佛只是某位高中生匆忙完成的假期功課。網站的主人坦然
地說只要你有錢，他可以提供任何和小孩有關的東西，以下是他
網站的標語：

想要 CP？找我。
想要小孩用過的底褲？找我。
想看小孩小便？找我。
想要小孩？都是找我。

起初我以為這只不過是另一個惡搞網站，就像 99% 所謂的
殺手網站般，但他那句「在付錢前願意提供證明」勾起了我的好
奇心，而且我的生活也實在太無聊，所以決定試一試自己的運氣。

網站的下方有個連絡表格，可以填上「貨品要求」，我隨手填上了一些資料：「6－10歲、可愛、金色頭髮、藍／綠眼珠、最好不會說英語，因為我對此有特殊癖好。」

令人驚訝的是，大約15分鐘後，一組女孩的即拍照片真的出現在我的電子郵箱內。

金色頭髮、藍眼珠……的確符合我的要求，除了網主抱歉說手頭上沒有不說英語的「貨品」外，這已經是他擁有的最接近的「貨品」了。那組照片有女孩日常生活照，也有裸照，擺弄出各種不合符年紀的淫穢姿勢……我嘗試抽取照片的編碼解讀，又或者用「反向圖片搜尋器」找出照片來源，始終一無所獲，看來這些相片真的是那個網主親自拍攝。

原來 Deep Web 的人口販賣是真的存在。在電腦面前的我驚恐萬分地想著。

來到這地步，縱使我多麼不情願，只有硬著頭皮回覆：「既然貨品（女孩）完全符合我的喜好，那麼請問網主價錢如何？」

五分鐘，我再次收到網站主人的電郵。

「如果你真的有興趣，我們可以20分鐘後在 XXX 見面，就在 RRR 前面，我會在那裡親自見你：）」

而 XXX 和 RRR 是離我家不到 15 分鐘車程的公園和酒吧。

這根本是沒有可能的事！我一直用的洋蔥電郵和外界連絡，而且除了洋蔥瀏覽器外，我還用了 VPN，他沒有可能查到我的 IP 地址，至少不是幾分鐘的事，他究竟是如何辦到？

那一刻，我終於承受不了網站帶給我的震撼，嚇得連忙關掉瀏覽器，關掉電腦和電源，慌忙叫最近的朋友來我家。自從那一天之後，我再也不敢上 Deep Web 了。直到現在，我也不時猜想究竟那個網主是如何知道我的地址？如何擄獲那個女孩？如果我當初真的和他見面，後果又會如何？

但這些東西都是想想好了，Deep Web 交易真的不是我們普通人應該接觸的東西。

< No. 03：勐動 Deep Web 的猛酷視頻 >

寶寶屠夫
Baby Butcher

31

對於發現新 NLF 虐嬰片一事，筆者絕對不覺得訝異。為免有新讀者不清楚 NLF 是甚麼，容許筆者在這裡介紹一下。NLF，全名 No Limit Fun（無底線歡樂），是一間活躍於 Deep Web 的兒童色情片（又簡稱 CP）地下製作公司，其作品以滅絕人性的暴力和血腥聞名，內容滿是虐殺和肢解鏡頭，而且所有殺人畫面都是真實無疑，絕對不是用假人代替，旗下轟動一時作品包括「摧毀迪斯（Daisy Destruction）」、「The Baby Burger（嬰兒漢堡）」和「達夫的愛（Dafu Love）」（詳情請參閱《Deep Web File # 網絡奇談》）。

筆者很少會特別強調筆下某一事情真實性，但 NLF 除外。大家不要以為 NLF 是甚麼都市傳說，其存在是百分百真實，由於它不少血腥作品被上傳到表網絡上，以致 FBI 和其他相關國際組織不得不對它窮追猛打，但可惜始終一直都苦無收穫。

今天要介紹的「寶寶屠夫（Baby Butcher）」據説也是 NLF 的作品，筆者在這裡先擱下對影片的背景介紹，先和大家描述影片內容，但筆者在這裡事先聲明，寶寶屠夫的血腥程度絕對不亞於 NLF 先前的作品，某些鏡頭比起把嬰兒烹煮成漢堡包還殘忍，所以如果你的生活需要長期接觸嬰兒的話，筆者建議你考慮一下才看下去。

然後，那個男人把女嬰重重摔在切肉板上。

在切肉板上的女嬰痛得發出令人難過的呻吟聲，甚至連哭喊也發不出來。男人雙手叉腰，露出興味盎然的表情，然後解開腰上的皮帶。

男人把女嬰轉過身來，屁股朝天，然後舉高皮帶，狠狠地抽打在女嬰圓潤的屁股上，女嬰馬上嚎啕大哭。男人一鞭又一鞭打在女嬰屁股，房間迴響著皮鞭橫過空氣的呼呼聲，原來白皙的屁股慢慢變得通紅，最後便變得鮮血直流。

突然，仿佛整段影片變了節奏，男人把女嬰翻轉過來，溫柔地給她深深的一吻，深得男人的面頰都凹了下去……

深得把女嬰的舌頭連根扯出來。

如果任何親眼目睹的人的腦海都會立即陷入一片混亂，你的腦袋究竟應先處理女嬰慘絕人寰的尖叫聲，還是處理鮮血像泉水般由小口噴出的畫面？男人像吃刺身般吞下女嬰的舌頭，臉上沾滿鮮血，之後便把還在嚎叫的女嬰隨手扔進冰箱內，仿佛是吃剩的過期食物般。

然後是那個滿面鮮血的男人手淫的畫面，大約維持了幾分鐘。現在影片已經過了 10 分鐘，那男人用毛巾緩緩抹掉臉上的

鮮血，再次走向冰箱。男人由冰箱搬出女嬰，斷掉舌頭的女嬰已經停止哭喊，雙目緊閉，口裡的血液也結成血冰，原本白滑的皮膚已經變成藍紫色，但還未能確定已死與否。

不知甚麼時候，有人把一台碎肉機搬到切肉板旁，不是家用那種，而是屠宰場又巨大又笨重那種。男人神情冷漠地開啟碎肉機，抓緊女嬰藍紫色的左腳，由頭顱開始慢慢把女嬰塞進碎肉機內。

碎肉機內傳出女嬰一下輕輕的尖叫聲後，便只剩下攪肉的轟轟聲了。

男人沒有在碎肉機出口位放盤子，女嬰的鮮血、肉碎、殘骸、眼珠、碎骨像藝術畫般大力地噴灑在銀色的桌面，形成一幅病態至極的血淋淋畫面。在女嬰只剩下一半身體時，男人毅然把機械停下來，然後把女嬰半截身軀再次放在切肉板上，一團幼長腸子隨即由斷口滑到桌面。

最後男子把頭埋在女嬰屍體雙腿間，再次張大嘴巴，咬噬起來。

NLF 的標誌再次出現在畫面上，影片來到這裡也正式完結了。

筆者相信大家看完這篇文章時，都不禁問一條問題：

究竟甚麼人能做得出如此滅絕人性的暴行出來？

但殘酷的真相是，當我們翻查人類歷史時，殺嬰這種暴行其實並不罕見。首先由犯罪史看來，以近期來說，單是 2015 年 11 月，在美台兩地便先後有殺嬰剪屍案和微波爐殺嬰案，兩宗案件兇徒的犯案手法其實都不亞於本篇文章的內容。

更加可怕的事實是，根據美國兒童福利資料庫統計，美國所有謀殺案有五分一的受害人都是嬰兒來的，而且這一數字比 1970 年上升了整整接近兩倍，嬰兒被人殺死的機會比被流感殺死高整整 10 倍。而且根據美國司法部，雖然超過 90% 的殺嬰案都是熟人所為，但仍然有 5% 是身份未能辨認的陌生人犯下。

以上的數字不禁讓我們產生疑問：究竟影片中如此變態的殺嬰行為是罕有？還是只不過我們一直被蒙在鼓裡？

< Ch. 3: 轟動 Deep Web 的猛鬼視頻 >

人偶傳說

Blank Room Soup

3.2

在 2015 年 10 月，一名外國 YouTuber 在 Deep Web 發現一段叫「空白房間的湯（Blank Room Soup.avi）」的奇怪影片，並把它放在自己頻道的影片內。雖然影片沒有灑狗血的鏡頭，但由於內容過於詭異，而且情節撲朔迷離，所以也吸引了不少網民的目光。以下是影片內容的描述。

影片僅有一分鐘長。整段影片在一間燈光鮮明的純白色房間拍攝。開始時，一名身穿白色背心的亞洲男子（眼睛已被打上馬賽克）坐在一張圓木桌前，圓木桌上有一個頗大的中式拉麵碗。那名男子像發瘋似的，大口大口地吞下拉麵碗內的「東西」，還濺得桌面都是「白色殘渣」。這裡需要提大家一點，直到影片結束，也沒有鏡頭能證明男子大口大口吃下去的東西是拉麵，抑或是其他尋常食物。

不久，一個神秘人由房間左下角的黑色通道慢慢走進房間。那個神秘人戴著一個大頭罩，大頭罩的外形是一個沒有嘴鼻、目無表情的平頭男孩，之後再配上一套純黑色的壽衣，散發一種無形的壓迫感。

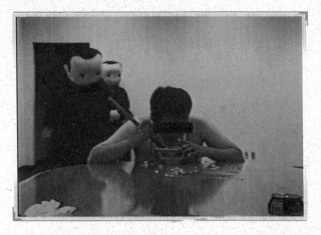

　　那個平頭男孩慢慢從後走近那名亞洲男子，用他像戴上隔熱手套的白色大手撫摸住男子的背部。當男孩的大手首次觸碰到男子背部時候，男子突然像觸電般發出急促的呼吸聲，聲音仿佛來自受驚的小動物。縱使如此，因為未知原因，那名男子仍然不敢抬起頭來，繼續埋頭苦幹地吃拉麵碗內的「食物」。

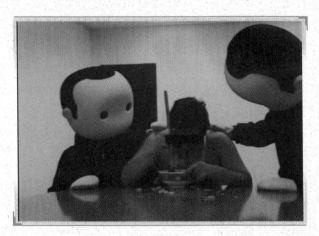

　　平頭男孩像撫摸小孩子般不斷地掃弄男子背部，直到某一刻，男子終於忍不住哭泣起來，那些哭泣聲很快便和咀嚼聲混合成無意義的呻吟聲。

就在此時，另一名穿著同樣怪異服裝的平頭男孩由鏡頭另一邊走進來，和第一名平頭男孩一起撫摸住男子的頭顱，作出無聲的威脅。那名男子盡最大努力吃多幾口碗內的食物後，終於忍不住停下進食，發出撕肝裂肺的哭泣聲，影片來到這裡也毫無預兆下結束。

究竟影片中那兩個平頭男孩是甚麼人？他們用甚麼迫使那名亞洲男子非吃碗中的東西不可？他們的目的又是甚麼？相信這是每一個網民看過影片後提出的疑問。

消失的人偶

在影片浮上水面後不久，有網民很快指那兩個平頭男孩其實是一隻叫「RayRay」的表演公仔。即使到現在，你們也可以在YouTube 找到一個叫「RayRayVision」的頻道，那裡有很多這兩隻公仔在美國各地進行娛樂表演的影片，也有一些頗溫暖的動畫，但找到這個 YouTube 頻道是否代表事件已經完滿解決呢？

更恐怖的真相還在後頭。

在 RayRayVision，你仍然可以找到一段叫「Freaky Soup Guy」的影片，內容和 Blank Room Soup.avi 一模一樣。但奇怪的是，頻道台主 Raymond S.Persi 卻堅稱影片並不是他們團體錄

製。他在影片簡介中説:「有一夥和我們很相似的人拍了一段我們永遠不會拍的東西。我們保證。」有網民寄電郵給 Raymond 詢問事件的來龍去脈,Raymond 很快便回覆了那名網民,並説出一個令人不寒而慄的故事。

頻道台主兼創作人 Raymond 説 RayRay 其實是他內心孤寂和自我封閉的投影。

有一段時間,Raymond 的人生正陷入低潮。於是他透過創作這兩個叫 RayRay 的公仔並和它們對話,化解內心的鬱結。雖然最初兩隻公仔為了自娛用,但由於造型尚算可愛,所以也吸引了不少人的注意,先是插畫,然後 YouTube 影片主角,最後更在美國各地作搞笑表演嘉賓。

有一天晚上,Raymond 和他的團體到達位於荷里活日落大道,中國城旁邊一間叫「The Key Club」的餐廳表演,主要項目包括跳舞、拋繡球、吞火等雜技表演,可以説是小型馬戲團的級數。雖然 The Key Club 裝潢有點簡陋,演員的準備室也有點骯髒,但它本身在日落大道也是一間頗知名的餐廳,所以 Raymond 憶述當天晚上來到現場支持的觀眾也不少,場面非常熱鬧。

但當表演結束,Raymond 和他的同事執拾好儀器,回到演員準備室,卻驚覺所有 RayRay 的服裝不翼而飛!雖然演員準備

室不在餐廳內，而是在附近的後巷裡，有小偷光臨其實不是怪異的事，但最讓 Raymond 一伙人感到怪異的是，明明準備室還有很多價格高昂的器材，為何那位小偷偏偏只偷那數套 RayRay 服裝呢？

Raymond 在電郵中強調 RayRay 是自己的心血結晶，所以 RayRay 被偷走後，心情鬱悶了好一段時間。他和他的同事要依靠在庫房找到的舊 RayRay 服裝，表演團才得以運作下去。

日子一天天過去，Raymond 開始淡忘 RayRay 服裝被偷走的事，新的 RayRay 服裝也訂製好。直到某天下班，Raymond 突然收到一封匿名電郵，電郵沒有任何文字內容，只附上一段無名影片，而那段影片正正就是 Blank Room Soup.avi。

Raymond 表示自己對影片中亞洲男人的事一無所知。對於他們的服裝被人利用拍成如此詭異的影片，Raymond 和他的同事感到既難過又憤慨。但最讓他們覺得不安的是，兩隻 RayRay 在影片內的動作真的很「RayRay」。

他們說 RayRay 的動作和神態其實有一套規則，任何新人如果想要在表演中扮演 RayRay，都要接受數星期訓練才能扮得神似，所以對於影片內的人扮演得如此生動，Raymond 和他的同事無一不感到驚訝。

在 Raymond 把影片上傳到 YouTube 不久，有粉絲發現同樣的影片出現在另外一個叫「Adana」的 YouTube 頻道。這個叫 Adana 的 YouTube 頻道只有兩段影片，其中一段影片叫「兒童在我心（Children in My Mind）」，裡頭有 RayRay 和一堆兒童半裸的照片，不禁讓人聯想起戀童癖。

另一段影片叫「湯刑（Soup Torture）」，看似是 Blank Room Soup.avi 的後續，但這一次兩隻 RayRay 再沒有上前安撫瘋狂吃東西的亞洲男子，反而靜靜地在出口旁邊守候，沒有任何動靜。直到影片最後 10 秒，其中一個 RayRay 突然拔足奔向男子，畫面來到這裡突然熄掉，只剩下那名男子的慘叫聲。

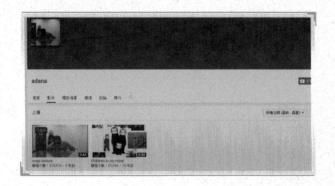

沒有結論的結果

後來，有網民發現原來影片上載了超過 10 年，只不過是近來被人放在 Deep Web，所以無論影片中的男子是生是死，都難以再追尋。

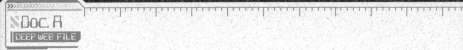

　　大多數網民認為 Blank Room Soup.avi 其實是某些黑幫的復仇影片。如果大家還記得，那些 RayRay 服裝失竊的地點在中國城附近。除此之外，那個男人使用的湯碗上花紋也的確頗像中國餐館常用的那種，所以很大機會影片中男子得罪了中國城的華人黑幫，而慘遭「懲罰」。

　　至於碗中的食物，有網民說那可能是廁所屎水，所以那個男人才吃得那麼苦。有的更激進的提議說碗中物可能是強酸水，或用親近的人烹成的「人肉湯」。但無論如何，任何說法都沒有方法證實，Blank Room Soup.avi 的真相永遠都是一個謎。

< Ch. 4 : Deep Web 網民的日常 >

駭客入侵篇
Deep Web and Hacker

41

駭客，英文又叫 Hacker，由 Hacking 一詞演變過來。Hacking 原本意思指：<u>利用科技做出難以估計的事情</u>。來到現代，Hacking 和 Hacker 的意思已經直接指那些精通電腦編程和作業系統，並利用它們對電腦系統做出侵入或破壞等行為的人。

駭客又可按其目的劃分成六種：白帽（道德專家）、黑帽（犯罪分子）、灰帽（黑白之間）、綠帽（新手）、紅帽（激進分子）和藍帽（純粹貪玩）。

最早關於駭客的記載出現在上世紀 70 年代。那時候通訊科技還不及今日發達，人們主要依賴電話通訊。由於跨州的長途電話費用很昂貴，不方便電腦用家間通訊，於是當時有數個電腦專家發明了一個稱為「藍盒子（Blue Box）」的電子儀器。

該電子儀器可以模擬長途電話訊號，繞過電話公司的長途撥接控制系統，以達到盜打電話的功用。藍盒子是人類自有歷史以來第一次有人利用電子系統的漏洞圖利的事件，這些破解電話公司系統的電腦專家也是今天駭客的前身。

隨著時代變遷，駭客在社會留下的印象也經歷翻天覆地的變化。由最初被公眾認為是不見天日的罪犯，到今時今日變成被各

大國際企業、政府組織爭先恐後聘請的重要人力資源，駭客面對的社會壓力和待遇也截然不同。

甚至隨著龐大的黑客組織「匿名者（Anonymous）」崛起，並且積極參與國際事務，例如在巴黎恐襲後對 ISIS 推特帳戶發動集體攻擊，使得駭客近年漸漸染上「義賊」的色彩。

縱使這些駭客組織如此出名，但當問到他們平時活動的地方在哪兒時，很多人卻說不到出來。事實上，絕大多數駭客，無論是組織還是個人，其根據地也可在 Deep Web 找到。

在這一篇文章，我們除了會探討駭客在 Deep Web 的生態外，還會看看（平凡）網民在 Deep Web 遇上駭客時，有甚麼驚心動魄的遭遇。

被駭篇

我曾經進入過一個放了很多奇怪文件的 Deep Web 資料庫。有人在網站上載了很多記載著千奇百怪精神病的研究報告，也有很多軍方和醫管局之間的傳真照片。

我在那個網站瀏覽一會兒後，在那堆檔案上方突然多了一個

叫「1-HELLO-THERE」的文本檔。打開文本檔，發現裡頭只寫了一句：「我們看到你」，然後網站便在 15 秒後自動崩塌……

我曾經在 Deep Web 某論壇的帖子留言。一會兒後，當我再次回到那則帖子想看影片，發現有人回覆我的留言說：「你的見解非常獨特，X 先生（X 是我的姓氏）。」

之後一星期我都不敢上 Deep Web。我的姓氏絕對不是常見的姓氏……

以上是網民 Bigwiseguy55 和 fake_fakington 在 Deep Web 遇上駭客的親身經歷。雖然不是所有上過 Deep Web 網民都被人駭過，但類似的 Deep Web 被駭經歷在表網絡不絕於耳，要多恐怖就有多恐怖。久而久之，平常網民對 Deep Web 駭客的恐懼足以形成一道「天然屏障」，阻止網民探索深層世界的黑暗。

Deep Web 是否如傳聞所說的那麼危險？

答案是肯定。

有人問為甚麼駭客那麼喜歡駭人？其實答案很簡單。很多時，駭入你的電腦純粹是一種「練習」，其目的只不過是想證明

自己的功力，並沒有破壞的惡意，極其量在你的電腦留下「到此一遊」，或留下惡作劇程式，甚至你根本不會察覺。

無可否認，部分駭客（其實數量也不少）心術不正，利用自己的電腦技術入侵主機，以盜取個人機密資料，包括真實和 IP 地址、電子郵箱、銀行密碼、之後再在黑市轉售或用在其他非法活動上。筆者曾經在 Deep Web 見過　整家人的銀行資料被駭客放在公開資料庫，就是因為那個小兒子在論壇胡亂留言。

其實除了實際財務損失外，大家也不要看輕「惡作劇式駭入」所帶來的破壞。筆者曾經問過很多人，他們覺得駭客可以在我們渾然不知的情況下，遙距控制電腦的攝像頭、麥克風、光碟機，是一件天方夜譚的事。但來到今時今日，任何一個駭客要做出這樣的事其實一點也不難，甚至還頗容易。

縱使這種形式的駭入聽起來只是「惡作劇」，但對於不熟悉電腦的網民來說，遭遇這些惡作劇卻可能使他們心理蒙上陰影，甚至精神錯亂，以下這位匿名網民的經驗便是一個好例子。

前幾個月，我在學校看到一名原本活潑開朗的朋友突然變得沉默寡言。在好奇心驅使下，我便問他女朋友發生甚麼事。她說她男友已經好幾天沒吃東西，也沒有說話，好像是在一個叫 Deep Web 的地方惹上麻煩。雖然那名男生在大約一星期後恢復

過來，但始終比以前還是有點神經質。

這名男生的巨大變化勾起了我對 Deep Web 的好奇。回家後，我便搜索關於 Deep Web 的資料。很快，我便下載了洋蔥路由器，並找到了暗黑維基。我發現裡頭全都是黑市網站和兒童色情。

縱使我本身對兩樣事物都沒有渴求，但每當我看到那些教人製毒、造假信用卡的網站都有種莫名其妙的興奮湧現，久而久之便培養出每天上 Deep Web 的習慣。直到某天，我覺得夠了，忍不住在電腦面前喊道：「我發誓不會再上 Deep Web。」

然而，恐怖的事情就在當晚發生。

當時我正在表網絡的論壇上閒逛，一個 DOS 界面突然由桌面左下角彈出來，寫住：「你好。」

我立即把視窗關掉，但不到一秒它又彈出來。

「Jeremy，這樣做太無禮了」

他為甚麼會知道我的名字？我已經嚇得縮在牆角。

「是不是所有住在愛姆伍德公園的人都是這般粗魯？」

「天啊。」我低聲嗚呼道。那一刻，我真的很害怕。我還一直天真地以為洋蔥瀏覽器已經夠安全。

「你不應該胡亂發誓，Jeremy。」

我鼓起最大勇氣，走上前想把電腦關掉。正當我走到電腦前時，原本發光的螢幕突然陷入漆黑一片。一團灰色形態的物體在螢幕裡扭動，不斷掙扎，想衝出螢幕似的。一把仿佛來自地獄的男人尖叫聲也由喇叭不受控地播出，整棟房子也迴盪住他的叫聲。

「不要再回來！」電腦裡頭的男人說。我很確信那把聲音絕對不是來自人間，人類沒有可能發出那麼可怕的聲音，一定是魔鬼，沒有錯。

我像發狂似的大力一把扯掉電腦所有線路，那些聲音和灰色物體才驀然消失。自此之後，我便再沒有回到 Deep Web 了。我直到現在也不確定當天發生甚麼事，我只是很很很很確定在 Deep Web 並不是所有東西都是人類，所以大家一定要小心。

正如前文所說，這名被嚇傻的網民遇上的並不是惡魔，只不過喜歡惡作劇的駭客罷了。但這個故事卻反映了對於不懂內情的網民來說，這種惡作劇式駭入卻可能會讓他們產生怪力亂神的妄想。

是不是所有駭客都像上述故事般那麼滿懷惡意呢?

雖然很老套,但其實駭客也有好人,會用自己的能力幫助有需要的網民。來到本節的尾聲,我們不妨就以下面這位叫 thrwy22123 的網民在 Deep Web 遇上一個有情有義的駭客的經歷作結尾:

我的故事要返回數年前,那時候還是絲綢之路掌理 Deep Web 的年代。

某天,我在絲綢之路尋找一種非法物品,由於那樣物品在我國黑市炒賣得很昂貴,所以希望能在 Deep Web 找到一個較低的價錢。我把我的清單放上了絲綢之路的論壇後,不出兩天,便有一家供應商(Vendor)私訊問我願意出多少錢。

由於某些難以啟齒的原因,我給了那個陌生人 $200 美元,而結果也不難猜,那個人拿掉 $200 美元後便溜之大吉。在極端憤怒的情況下,我把事件打上了絲綢之路論壇,警告大家要小心和那名傢伙交易。

大約一星期後,我的電子郵箱便收到以下一封電郵:

你好,我是一名絲綢之路的賣家。我想說那名男子也曾經欺騙過我一次,之後轉身份溜之大吉。他剛剛又用別的身份在我網

店買了 $700 美元搖頭丸，但被我察覺到他的真正身份。現在，一安士的白糖正寄往他家中。

麻煩你給我你的比特幣戶口號碼，我會把那男子騙你的 $200 美元退還。

第二天，那 $200 美元真的返回我的帳號。自此之後，我對 Deep Web 社區的駭客多了一份難以取代的尊重。

所以筆者沒有騙你們，駭客真的有好人。

駭入篇

在 Deep Web，很多真正的駭客組織都不對外開放，只有獲得內部成員邀請的情況下才可進入。而且現今的駭客組織都宛如中世紀的職業公會般，每個組織的「專長」也不一樣，你要持有那項專長才能入會。

有的駭客組織擅於駭入網上社交平台帳號、人肉搜尋器，也有的專攻阻斷服務攻擊（DDoS）等網絡攻擊。例如 Trojanforge，一個頗有名氣的駭客組織，就以其惡意程式和破解密碼技術聞名。

但並不是所有有關於駭客的 Deep Web 網站都不對外開放。在 Deep Web，也有部分駭客網站和論壇都是容許我們這些平凡人進入（但不擔保人身安全），例如 Hackbb Forum、Hell Hacking Forum。

這些論壇或網站之所以對外開放，除了方便駭客之間的技術交流，主要原因是作為一個商業平台讓駭客和客戶接觸，以提供駭客服務。

這些駭客服務種類非常繁多，例如駭入、惡意程式、DDoS 攻擊、甚至連網絡系統安全評估也有。下圖就展示了 Hell Hacking Forum 各種駭客服務的價格表：

駭客	
駭入網絡服務器	$250 美元
駭入個人電腦	$200 美元
駭入社交平台帳戶 (Facebook、Twitter)	$300 美元
弄垮 Gmail 帳戶	$300 美元

安全	
網絡安全評估	$400 美元

DDoS 攻擊	
租借僵屍網絡發動 DDoS 攻擊 (24 小時)	$150 美元 – $500 美元

惡意程式

遙距控制的特洛伊木馬程式	\$150 美元 – \$400 美元
訂製銀行惡意軟件	\$900 美元

上圖顯示價格已經是兩年前，而且每個駭客收費也不一樣，圖表只供參考。

　　縱使規模較大的駭客組織所提供的服務一向有信譽保證，但普通網民對電腦能力遠高於自己的駭客始終心存疑心，即使有需要也不敢聘用他們幫助。有見及此，近年駭客流行在 Deep Web 兜售「駭客教學」，讓用戶自己駭入目標，不再需要假手於人。

　　下圖就展示了一個銷售點終端情報系統（POS）的駭客課程。POS 廣泛應用於零售業和餐飲業，主要功能在於買賣結帳和統計商品的銷售。該教學提供詳細的 POS 系統介紹，並列出駭入該系統所需要的惡意程式，讓學者可以隨意篡改系統的交易記錄和偷取金錢。

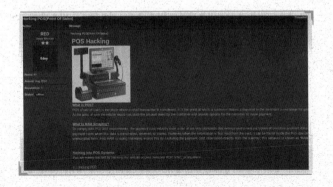

另一張圖展示的是 PayPal 基礎駭客課程。PayPal 是一種表網絡常用的網絡貨幣，用於網上交易或拍賣。該教學教你如何駭入別人的 PayPal 帳目，盜取金錢。基本流程就是用 SQL 資料隱碼攻擊駭入網店系統，再竊取會員資料，看看有否連結 PayPal 帳戶的資料。那個教學也提及有很多用戶資料可以在公開論壇中獲得或推斷出來。

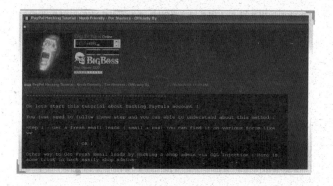

近來，網上就流傳了一篇自稱是駭客的網民的恐怖 Deep Web 經歷，講述他和他的駭客同志如何誤入瑪里亞納網絡，並招來死亡遊戲。筆者雖然覺得裡頭有部分電腦知識好像說錯了，但誰知道呢？還是交由你們來決定對 Deep Web 駭客世界的看法吧。

大家好！

容許我先自介一下。我（曾經）是一名駭客，但現在已經不怎樣活躍了。我們其實很少上來全球資訊網（WWW），甚至連

休息地也稱不上。我們多數上來都是為了散播一些東西……但正如我剛才說，我已經不像以前那麼惡意滿滿，所以你們擔心的不應該是我，而是這個故事本身。

既然我說我已經不再那麼充滿惡意，所以我決定以教導大家「如何安全地連上洋蔥網絡」作為文章開始。

首先，千萬不要用微軟作業系統！我不明白為甚麼人們仍然這樣做。因為微軟本身程式和 JAVA 都會產生一種叫「Local Leakage」的東西，任何監聽器都可以拿到，從而探查到你的位置。

第二，取而代之，用一隻叫 Whonix 的作業系統。

第三，即使不是，你也應該刪除微軟作業系統裡所有和 Webcam 有關的程式。因為我們可以輕而易舉地入侵你的 Webcam，在你不知情下拍下你的樣子，之後再由 Google 反向圖片搜尋器找到你的 Facebook 和其他個人資料……這也是我為甚麼不玩 Facebook 的原因。

最後，千萬不要用 VPN，改用 SSH Tunnel。有很多 VPN 網絡都被惡意病毒入侵，對比下 SSH 安全得多。

我最初接觸電腦程式是在《反恐精英 1.0》，我製作改善遊戲系統表現的 config.cfg，並以十多塊的價錢出售。我想你們也

大約猜到我的歲數了。

直到有一天，我收到一封匿名電郵，一個叫 Kewl Kidz Krew，又簡稱 KKK 的秘密組織，邀請我加入他們（組織名稱每隔一個月便會轉一次，但大體上都是這個）。

那個組織存在於一個密封的 IRC 網絡。組織的成員來自世界各地，而且專長的領域也不一樣，例如我負責的是數碼資訊和程式運算等問題。整個組織存在只有一個目的，就是為了聚集一群極端聰明的人並分享彼此的知識。我在組織中並不是聰明的一夥，但我們仍然很樂意互相幫助，我也在他們身上也獲益良多。

時間去到 2012 年，那時候洋蔥網絡正式開放給平民使用。當時的我仍然是一個滿懷惡意，憤世嫉俗的年輕人，總覺得全世界和自己作對。每天最大的娛樂就是嚇嚇那些剛進 Deep Web、乳臭未乾的臭小子。我敢講那些網絡上流傳的被駭事件，有一、兩宗是出自我們的人，那些有人死掉的事件除外。

關於 Deep Web，暗黑維基並不能讓你真正地潛入 Deep Web，它只會限制了你在 Deep Web 的表層。所以我在 Deep Web 大多數的時間都在編寫和監管我那個不會出現在暗黑維基的洋蔥網站。

直到有一天，我留意到一個 Network log 不斷在試探我們

網絡安全的底線。那個 log 理所當然地有加密，但有趣的地方是，它用的卻是很古老的加密方法。

　　白痴⋯⋯當時我是這樣想，但直到現在，我也搞不清誰是貓誰是老鼠。

　　我把我的發現告訴給 Kewl Kidz Krew，而其中一個我熟悉（但未曾見面）的好友 Impulse 說可以替我解密的工程。

　　兩個半星期後，我收到 Impulse 的訊息，說他已經查到那個神秘入侵者的 IP。看過訊息後，我立刻放下手頭上工作，準備稍後「玩弄」這名不速之客的工作。

　　我嘗試把那個 IP 起底，但發現連它的 ISP 供應商也找不到。所以我想 IP 的主人應該裝置了 VPN 硬體，那種只要插進你 Router 便可以改變你和你身邊 ISP 供應商的神奇硬體。你無法在市場買到，就算有也是假的，只能靠自己裝設，我自己也有一台。

　　我等了半晚，那個王八蛋始終未上線。我開始等得不耐煩，決定弄一些「小把戲」，例如強制打開光碟機，或關掉他的螢幕。就在此時，那個網絡傳來一則沒有加密的短訊：「你喜歡我們的 Mock Network 嗎？」

這則像戰書般短訊挑動了我們的神經，我們決定非要把他們收拾不可，無論他們的真身是甚麼人。我們找到有一個叫 Submask 的東西，正遠距離控制這個 Mock Network。Impulse 見狀立即在 KKK 找來另一個成員幫手。

　　正當我們撕開這個 Mock Network 時，網絡傳來第二則短訊：「再挖下去根本毫無意義，你們不會找到任何東西。」如他所言，接下來兩小時我們的確一無所獲。到了清晨 6 時，我們每個人也要去上班上學，不得不宣告行動中止。

　　那天晚上，我在自家郵箱發現了一個神秘信封，一個既沒有郵票又沒有回郵地址的信封……

　　所以說有人直接把它塞進我的郵箱。我想。

　　我起初還想會不會是生日卡或是宣傳單張，但當我打開信封時，跌出來的卻是一張像幸運餅乾的紙條，紙條上寫住一組數字。

　　那組數字的排序很奇特，一時間我也猜不到它的用意。我試過把它連上洋蔥網絡，但行不通。我也試過把它解讀成十六進制密碼，也行不通，迴轉 13 位、文字……統統都行不通。

　　我把密碼一事知會 Impulse，但遲遲沒有回音，這不像他的作風。半天後，我才收到被嚇得膽戰心驚的 Impulse 的電郵，我

之所以那麼確定他被嚇傻了是因為幾乎整封電郵的字都拼錯了。

Impulse 在電郵說他也收到一個神秘信封，但信封裡頭卻是一張拍立得照片，一張女子被肢解的照片，而且照片下方印住拍攝日期為今天早上。

Impulse 解釋他昨晚找來幫手的成員真實身份是一名女人。雖然他從來沒有見過那名女成員的真面目，但由種種跡象顯示，照片中慘死的女人很可能就是她……

寄給 Impulse 的信封還有一張紙條警告我們不要再窺探他們的秘密，也不能向外界求救，但可以跟著他們留下的「指示」去做，一步一步展示給我們看。Impulse 說他不明白信中「指示」是甚麼東西，我便將那組奇特數字告訴他。我們研究了好一會兒，Impulse 才恍然大悟地發現那組數字其實是一堆 <u>cmd</u>（命令提示字元）來。

Impulse 提議我們出來見面，因為自收到那信已經過了足足一星期，但仍然沒有那名女成員的音訊，我們愈來愈確信整件絕不是一場惡作劇，而是千真萬確的殺身之禍。

Impulse 說他會搭飛機過來舊金山找我（Impulse 在比特幣挖礦機發了一筆小財），我們相約在一間頗知名的咖啡店見面。

當天，我比約定時間早了半小時到達咖啡店。咖啡店人煙鼎盛，因為我從沒有 Impulse 的照片或真名，唯有坐在靠近正門的位置。大約一小時後，一把頗孩子氣的男子聲在我耳邊輕叫我的網名。

我回頭一望，看到一個比我矮好幾寸、瘦巴巴、雙眼通紅的男孩站在我身後。由外表推斷，他應該只有剛剛考入大學的年紀，甚至比這更早。他抱歉道因為連串發生的事實在太可怕，所以不得不抽草才來。

噢，大學生。我心想。

我跟 Impulse 去到他落腳的酒店「工作」。我們首先由那串 cmd 入手，並走遍整個網絡世界，直到找到我們想要的東西。Impulse，現在我會稱呼他為波士頓劍橋某間大學的電子計算科的超級天才，厲害到即使電腦去到睡眠模式，仍然會繼續運轉解密，我想那夥人也沒有想到這點。

當執行到最後一個 cmd，我們去到一個未曾聞名的留言版。整個留言版寫的都是一些深奧艱澀的知識⋯⋯很類似我們組織的那個，但是超高級版本，由程式問題、網絡技術、殺人技巧⋯⋯簡直是所有黑知識寶庫。

讓最我們好奇的是，他們有個專門擺放邪教資料的資料夾，

但唯獨有一個邪教沒有擺放在裡頭，獨自佔領一個資料夾，我想不在這裡公開他們的名字才是明智。我們用手機嘗試在表網站找尋那個邪教的資料，但始終一無所獲，我想它只存在於這個神秘網絡。

就在此時，留言版多了一帖新帖子：「我見到你們跟隨指示來到這裡。這就是我們的真身了，想不想再走深一些？」

我們沒有回應，繼續解讀留言版內資訊。十分鐘後，留言版又多了一帖貼子：「這開始有點令人煩厭。」

我大聲說操你媽的，並想在他們的網絡扔下電腦蠕蟲，那就可在天光前找到他們的臭臉，但說時遲那時快，Impulse 已經扔下了一堆電腦蠕蟲。那種電腦蠕蟲我從來沒有見過，偽裝得非常精妙。

我們開了數支啤酒，邊喝酒邊看著我們的蠕蟲如何破壞他們的網絡。當我們以為成功之時，留言版再次出現一帖新貼子，但這一次的內容讓人摸不著頭腦：「這就是所有我們從你身上需要的東西。」

我和 Impulse 的電腦同一時間陷入癱瘓，甚至連滑鼠也動不了。我們立即二話不說，像發生天災般立即拔掉所有線路，拿走最貴重的物品，火速逃離酒店，甚至連退房也沒有，便跑往市區

另一端的酒店。

我倆都被嚇得屁滾尿流，究竟是甚麼人有這般威力？這可是國家級組織也難以有的速度。

縱使我們疲累得手軟腳軟，但仍然良久也睡不著，腦海不斷擔憂他們會對我們發動甚麼攻勢。我指他們絕對有能力把我們組織的網絡撕成一片又一片，那麼我們多年的心血也會瞬間化為烏有。直到清晨，我倆才因為體力耗盡而昏睡過去。

第二天中午，我約了一位中學同學 Tom，所以便把 Impulse 和所有電腦器材留在酒店，自己外出赴約。我和 Tom 在附近的餐館吃午餐，談論著舊時種種往事，有說有笑，氣氛非常融洽，不知不覺便過了三小時。我突然醒覺把 Impulse 獨自留在酒店那麼久好像有點不妥，於是便提議 Tom 一起回酒店。

但當我們返回房間時，卻發現 Impulse 早已消失得無影無蹤。

不要說 Impulse，甚至連我畢生心血的手提電腦也不翼而飛。我起初下意識以為是 Impulse 偷走了它們，於是不斷打電話和傳短訊咒罵他，但 Impulse 始終沒有回覆。大約 5 分鐘後，我收到一則未知來電的 SMS，裡頭只有一隻字：

「跑」

以我認識的 Tom，他是一名隨身攜帶藥罐的毒販，所以面對這種情況應該比我好。我把和 Impulse 之間發生的事情一五一十告訴給 Tom，Tom 聽完後表現得非常冷靜，只是淡淡地說：「你再沒有甚麼可怕了。」

不知道為甚麼，Tom 簡單的一句卻嚇得我血液瞬間凝固。

其實自從 18 歲離開校園後，我便再沒有見過 Tom。我們是在數個月前才開始用電郵連絡，互傳一些搞笑短片，簡單講述一下近況，但就從來沒有出來見面。

我怔怔地望著眼前這個男人，這個男人也用怪異的眼神望著我。不是，眼前這個男人無論樣貌還是身型都和印象中的 Tom 很相似，況且 Tom 在中學時期行為已經頗怪異，但是……

這時候，我瞥到 Tom 插在褲袋的左手正在按電話。

時間不容許我再猶豫太多，我對眼前這個男人說要去酒店櫃台問 Impulse 退房了沒有。他說他不想我離開。我立即扯謊叫他先去停車場取車，然後在酒店大堂外等我，很快便回來。

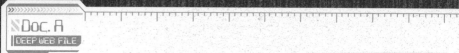

　　我裝作仍然在為 Impulse 偷走我電腦而惱怒，氣沖沖地走去酒店大堂。然後我在櫃台漫無目的地和職員談話，直到我見到 Tom 的車駛進酒店門口，我馬上奔向酒店櫃台旁的廁所，並爬出廁所的窗戶，拔足狂奔。

　　接下來一整天，我都不斷地跑，甚至連停下歇息的時間也不給自己。當我最後體力不支，倒臥在國家公園門前，我看一看自己的手機，只有一則來自 Tom 的訊息。

　　「我想你終於明白我們是無處不在。」

　　那天晚上，我用假護照和信用卡買了張飛往溫哥華的即日機票。即使到了溫哥華，我也不敢掉以輕心，足足轉了 3 次身份才停頓下來。

　　一個月後，我用公共電腦搜尋 Tom 的資料，而電腦顯示出來的結果至今也讓我惡夢連連。原來真正的 Tom 早在八年前已經在一場車禍中離去，因為我一直以來都沒用社交平台，所以沒有舊同學能通知我，那麼我他媽的數星期以來不斷聊天的男人是誰？

　　之後又過了數個月，我再用假護照和信用卡回到美國，並定居在我一個住在薩拉索塔的前女友的家。

　　就在我住在前女友家剛剛一星期，某天早上，當我在一間咖啡店用餐時，突然一個穿灰色西裝，銀色頭髮的男人坐在我面前。

　　「我想你都猜到我是為甚麼而來。」那個男人訕笑説。

　　那個男人説我和 Impulse 當初進入的，其實是一個叫 Mariana's Web（瑪里亞納網絡）的網站。他説雖然外界謠傳他們是在另外一個網絡，但其實他們仍然是一個在洋葱網絡的網站，只不過名字和位址每隔數分鐘便轉一次，而且他們也不會稱呼自己來自 Mariana's Web，而是那個不能説的邪教。

　　那個男人沒有等我追問便繼續説下去。他們組織的勢力很龐大，雖然他們沒有像小説般誇張擁有直接控制政府的能力，但卻已經緊緊操控可以影響政府決策的國際企業。他們的組織目的是想聚集一夥充滿智慧的人，彼此協助，在世界獲得最大權力。最後，那個男人問我既然已經通過他們的測試，有沒有興趣加入他們。

　　這根本是當年 KKK 招攬我的翻版，和恐怖十萬倍版本，縱使我當時怕得要死，但心裡都忍不住吐槽道。我向他解釋當初負責解密的其實都是 Impulse，我只不過在旁邊跑龍套，沾不上旁兒。

　　那個男人聽到我這番話後，樣子既驚訝又後悔地説：「天

啊！那真是太可惜了。」然後便起身走人。

一個月後，我收到一封匿名電郵說：「不要再試圖尋找他們，他們這一次不會再留情。」

故事來到這裡已經結束。我再沒有 Impulse 和 Tom 的消息，搞不清楚他們的生死，抑或在事件中的角色，也不知道屢次拯救我的匿名訊息是否和他們有關。

我不期望你們會相信我的經歷。我知道我這篇文章最後只會淪為瑪里亞納網絡傳說其中一個無名故事，我想這也是那個組織所期望。我寫下這篇文章目的是為了警告那些無意中（或故意）接觸到瑪里亞納網絡的人，因為他們知道我說的全是實話。你們千萬不要再深入下去，有一些組織的勢力是超出你我所能想像，你不會想像到惹上他們會有甚麼下場。

無人可倖免的駭客問題

筆者雖然覺得剛才的故事裡頭有部分電腦知識好像說錯了，情節也聽起來好像很誇張，但誰知道真偽呢？

而事實上，網絡安全專家近年證實了不良駭客對我們日常生活的威脅不再局限於網絡層面，其魔掌已延伸至物理層面。著名

科學雜誌「科學人（Scientific American）」曾經引用一案例：
2010 年，德國一間鋼鐵廠遭受駭客攻擊，駭入鼓風爐的開關系
統，使鼓風爐因過熱而爆炸，摧殘整條鋼鐵廠生產線。

另外，早在 2004 年，網絡安全專家也驗證現今科技已有足
夠技術，容許駭客透過電波訊號遙距入侵心臟病人的心臟節律
器，擾亂其心律節奏，造成死亡。

更加讓學者擔憂的是，國家未必在駭客網絡問題上採取積極
的態度，因為不少國家的情報組織也受惠於網絡系統的脆弱性，
來監控和追查目標人士，網絡安全問題到頭來還是落在市民膀臂
上。有見及此，有學者提倡市民應和駭客組織合作，提供各種保
護和教授網絡安全。事實上，不少私人企業已經聘請駭客，對公
司電腦系統進行風險評估，這些筆者在前文也有提及。

所以究竟 Deep Web 日益擴大的駭客世界對我們普通市民是
福是禍，還是交由你們來決定吧。

< Ch. 4 : Deep Web 網民的日常 >

Deep Web 的獵奇遊戲

Deep Web Gamezone

4.2

　　我曾經參加一個叫「無愛暗網（No Love Deep Web ）」的 DeepWeb 尋寶遊戲。最後我不得不在凌晨 3 時正，駕車飛奔到紐約市中心，就是為了在公共電話亭接聽一個電話。這真的他媽的酷！

　　這是網民 Minty Truffle 在一則 Deep Web 討論帖子分享的經歷。當網民追問當初她如何加入這個神秘遊戲時，她則如此回應：

　　最初是一張奇怪圖片無緣無故被上傳到 4Chan，之後部分網民（包括我）由圖片找到一組 16 進制密碼。那組密碼把我們導向一個洋蔥網址，那裡有一個未知來歷的檔案，很多人都不敢下載。直到有人敢把它打開，才發現裡頭只不過是一堆更複雜的密碼。

　　我們不斷在 Deep Web 解碼。最後那些密碼又把我們帶回表網絡的 YouTube。我們由數段影片得到了紐約一個公共電話亭的位置。有一個類似主持人的網民告訴我們要在凌晨 3 時在那裡接聽一個電話，才可以獲得下一條線索。

　　那天凌晨，除了我之外，還有四個人也在電話亭現場。我們接聽了那個電話，電話另一端的神秘人指示我們到數條街外的一座荒廢劇院。但可惜那裡卻是一個死胡同，我們再也找不到更多線索了。

　　遊戲最後以某組樂隊推出他們的唱片作結束。原來那組樂隊一早想和唱片公司解約，所以利用 Deep Web 和原來的粉絲群以遊戲方式推出他們的新唱片。整件事情的確很特別，很有趣呢！

無處不在的遊戲

　　Minty Truffle 的故事可是千真萬確。

　　在 2012 年 8 月 12 至 16 日期間，美國加州 Experimental Hip hop 樂隊 Death Grips 為了宣傳自己的新專輯《No Love Deep Web》而舉辦了一個另類實境遊戲（Alternate Reality Game，ARG），一種以真實世界當作平台的互動式遊戲。事源由於樂隊的唱片公司 Epic Records 在他們將近推出新碟時，突然把唱片無限期延遲了，所以樂隊一眾人決定自己推出唱片，並落手落腳為新唱片宣傳做勢。

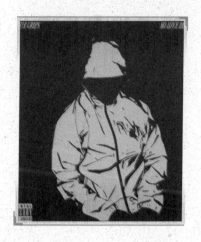

　　他們在表網絡和 Deep Web 發放了很多隱含住密碼的圖片、文本和音頻，例如盲文、QR Code、Base64 凱撒密碼、二進制代碼及摩斯密碼。這些怪異的密碼互相交接，引導網民在一個又一個 Deep Web 網站穿梭，有部分環節更要求他們在真實世界解決。

　　這遊戲成功吸引了數以萬計的網民參與，Death Grips 並順勢在遊戲中插入了他們唱片被延遲的資料和唱片的 Unmastered Version，大大提高了樂隊的知名度。最後，Death Grips 付出的努力得到了應有回報，很快另一間唱片公司 Harvest Records 簽了他們的專輯，並於同年 11 月推出黑膠和 CD 版本。

　　（所以説，有時候如果世界拒絕了你，你要以最狼死的方式狠狠地向它反擊，這個死婊子才會屈服。）

　　如此盛大的另類實境遊戲其實在歷史上並不罕見，例如著

名遊戲《最後一戰 2（Halo 2）》和科幻災難電影《末世凶煞
（Cloverfield）》也曾經根據本身故事內容，推出橫跨現實世界
和互聯網的互動遊戲，而且每次也取得空前的成功（例如，在末
世凶煞開始時的派對情節，裡頭全都是參加了該遊戲的網民來）。

我們稍為退後一步，宏觀整個遊戲界，便會發現「遊戲」
已經變成我們廿一世紀其中一項不可或缺的產業。單是電子遊戲
界，在 2015 年便在全球超過獲得超過 $1000 億美元的收入，更
不用提及近來愈來愈受歡迎的現實遊戲，例如密室逃脫、桌上遊
戲等。

為甚麼人類那麼熱衷於「遊戲」這玩意呢？

著作《吸睛的科學》的認知科學家 Jim Davies 就曾經說過
「遊玩」（Play）是生物演化出來的一大功能，而且並不只出現
於人類身上，幾乎絕大部分鳥類和哺乳類都有「玩遊戲」的習慣，
並由遊戲中學習生存技能，例如智力和體能表現（有研究指出
《Call of Duty》絕對比俄羅斯方塊有益於視覺和反應力發展）。
換句話說，人類天性就喜歡玩遊戲。

所以由市場和心理層面看來，「遊戲」已經成為一種無法阻
擋的潮流，它可以流到每一處可以讓它發揮的地方，無論是現實
世界和互聯網。

當然也包括 Deep Web。

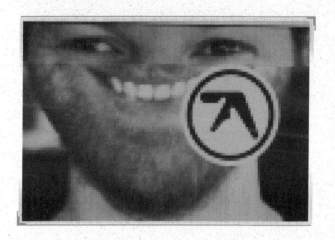

　　事實上，雖然每次目的也不一樣，但人們利用 Deep Web 舉辦遊戲或市場宣傳絕對不是第一次發生。在 2014 年 8 月，愛爾蘭裔電子音樂家 Aphex Twin 就曾經在他的 Twitter 發佈了一個 Deep Web 網址，網址裡頭有他的新專輯《SYRO》和一張頗為怪異的照片。之後 Aphex Twin 雖然沒有再怎樣在表網絡宣傳他的新專輯，但這一看似違反市場定律的舉動反而幫助了他吸引傳媒的目光。

　　除了市場策略外，Deep Web 也的確有不少神秘的遊戲網站。在 2015 年 7 月，Deep Web 就出現了一個神秘的解謎網站。其遊戲方式頗為簡單，就是每次解答一條（頗高難度）的謎語，例如凱撒大帝和匈牙利有甚麼關係？（What connects Gaius Julius Caesar with Hungary？）。但隨著玩家解答得愈多，網站界面也變得愈來愈詭異，綠色的字體會逐漸化開，甚至變

形，或出現一些威脅性的字句，例如「不要回家」、「救我」……除此之外，到達底層時，背景會播放一些未能解釋的聲音，有人說那些聲音隱含住一些圖案。

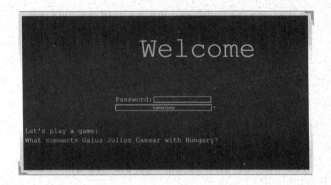

　　筆者沒有完成遊戲，但據說完成遊戲的網民會去到一個界面。界面上方有一組 Bitcoin 戶口的地址，應該是用作給予獎金，中間的句子說明你是 500 人中的第幾個，而底下則寫著印度民族主義運動領袖聖雄甘地的名句：「地球提供足夠的一切去滿足每個人的需求，而非貪婪。」

> Consider this a personal gift:
> c2f38c28eaeb5805db2812f74b74be4fh5890c64
>
> Don't tell anyone, 163/500
>
> Earth provides enough to satisfy every man's needs
>
> But not every man's greed
>
> - Mahatma Gandhi

網站在開始後不到兩星期便關閉了,關閉後的網站只寫住:「我們已經找到我們需要的,後會有期。」有網民推測遊戲在於找出頭 500 位解答所有謎語的網民,至於背後的真正目的或那些獲勝網民之後的動向,就一直沒有人提及了。

除了上述提及的例子外,Deep Web 還隱藏住很多類似這種看似無害,卻有種説不出的怪異感的小遊戲,而本篇文章接下來會主力介紹其中兩個比較知名和恐怖的 Deep Web 遊戲:

「Sad Satan」和「Deep Web Pokemon ROM」。

悲哀的撒旦

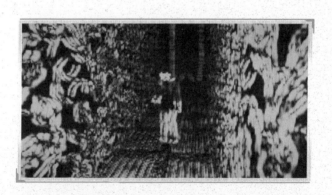

Sad Satan(悲哀的撒旦),一隻被喻為最恐怖的 Deep Web 遊戲,最早記錄在 2015 年 6 月 25 日,由 YouTube Channel

Obscure Horror Corner（下文簡稱 OHC）的主持人 Jamie（網名：86hachiroku）發現。他聲稱自己在 Deep Web 論壇某帖子上發現。

OHC 發佈的影片總共有 5 段，但影片的內容大同小異。玩家大部分時間在一個黑白色的詭異迷宮內走動，四周牆壁佈滿夢魘般的怪異圖案。迷宮為動態，通道會隨時間發生誇張的變化或空間扭曲，令坑者產生在異空間的迷幻感。在遊戲過程中，大部分時間只有玩家本身沉重的腳步聲，但除此之外，遊戲還會閃過一些黑白色的照片或短片，背景還會播放未知的音樂和交談聲，令玩者產生強烈的不安感。

另外一個讓玩家戰慄的地方是，遊戲不時會出現一些面目模糊的小孩子。大部分時間他們只會站在走廊的中央或牆壁的角落，玩家並不能和他們互動。但在 OCH 發放的最後一段影片，其中一個陰影小女孩突然從後追擊玩家，碰到玩家時會產生傷害，並發出淒厲的尖叫聲。由於遊戲並沒有任何攻擊或回復系統，所以被那個小女孩弄死是所有玩家不可避免的下場。

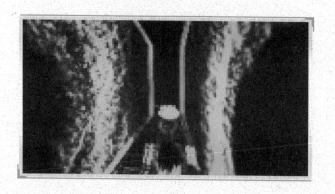

但本文除了描述遊戲外，筆者今次想和大家解碼 Sad Satan 中出現的圖片、音樂和字句。多謝各方外國網民的努力，Sad Satan 中絕大部分影音都得到解答，而你會發現當中大部分環繞的內容只有一個：性侵小孩。

在 OHC 發放的第一段影片，那張一個中年男子站在階梯上，其走廊頂盡是鹿角的照片其實是著名攝影師 Walter Sanders 的作品，曾經於《生活周刊》刊登，而照片中的男人為德國貴族 Thurn and Taxis 第 9 代之子 Franz Joseph（1893-1971），以喜歡狩獵和收集 200 多對鹿角聞名。

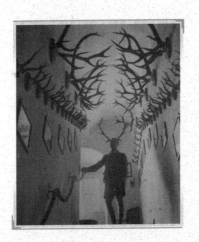

至於音頻方面，頭一部分都是來自兩個數字電台（Number Station）「Swedish Rhapsody」和「Russian Man」的錄音（間中偶爾倒轉播放）。數字電台指一些不明發射來源的短波電台，持續播放一些未知的數字、字母、對話、甚至摩斯密碼，被認為

是冷戰時期間諜用來通訊的渠道之一。

至於臨尾播放的音樂則是 Led Zeppelin 的《Stairway to Heaven》。《Stairway to Heaven》是 70 年代一首經典的歌曲，但一直被外界認為只要倒轉播放，便會聽到一整個撒旦崇拜的版本，出現例如：「Here's to my sweet Satan（給我親愛的撒旦）」、「He will give those with him 666（它會給予追隨者 666）」等歌詞。

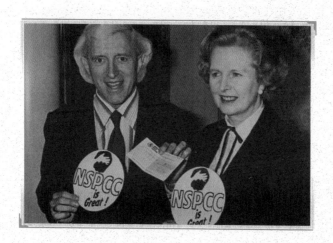

在第二段影片，頭一張是已故前 BBC 主持人 Jimmy Savile。Jimmy Savile 曾經主持兒童節目《Jim'll Fix it》，節目內容主要是 Jimmy 協助前來參加的兒童實現他們不同的夢想。但最後卻被傳媒發現這名專幫兒童實現夢想的男人涉嫌性侵了多達 500 名的兒童。而在照片旁邊的英國首相柴契爾夫人，因為曾經企圖包庇 Jimmy Savile 而被公眾指責。

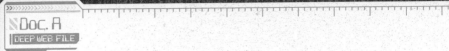

第二張小孩把頭伸進衣服內，形成無頭錯覺的照片是著名攝影師 Roger Ballen「Shadow Chamber」系列的其中一張作品。第三張照片則是 1963 年美國總統約翰甘迺迪遇刺前的照片。最後還有一張基督教惡魔巴弗滅（Baphomet）的照片。

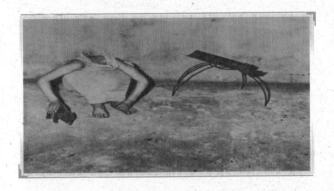

除此之外，影片中還出現了「In nomine dei nostri satanas luciferi excelsi」這字句，意思指「以我們的上帝，最高之神撒旦路西法之名」，是黑彌撒（Black Mass）臨結束前的咒文。至於音樂方面，這次只不過是希特勒演說和《Stairway to Heaven》的變音版本。

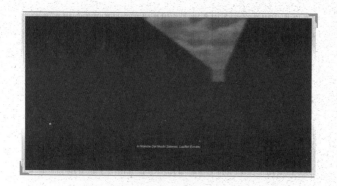

In Noetshe Dei Noohi Satenisi, Luciferi Evroohi

来到第三段影片，打頭陣的是美國著名邪教首腦 Charles Milles Manson 的一段 MSNBC 訪問錄音。Charles Manson 在 60 年代利用自身嬉皮士界的地位，在加州成立了一個以科學論派作基礎的類邪教「曼森家族（Manson Family）」。

在 1969 年，Charles Manson 指示他的追隨者連續犯下 9 宗謀殺案，當中包括正值懷孕的美國著名女演員 Sharon Marie Tate 和同屋的 5 位親友。接下來的音樂（竟然）是在 1971 年由中央人民廣播電台播出的《我愛北京天安門》，又叫《毛爺爺説》，其歌詞主要是歌頌已故領袖毛澤東。

至於第四段的音頻，樂隊性槍手（Sex Pistols）歌手 Johnny Rotten 的演説錄音（倒轉版本）。網民認為 Johnny 出現在遊戲的原因是，他曾經涉及 Jimmy Savile 性侵 500 多名兒童醜聞。之後只是一些哭泣聲和更多的《Stairway to Heaven》。

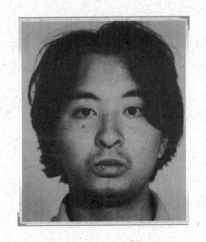

　　圖片方面，首先出現的是日本「御宅族殺手」宮崎勤。宮崎勤先後殺掉了 4 名 4 至 7 歲的女孩，並且姦屍和吃掉屍體。更加變態的是，宮崎勤會把受害女童的骨灰寄回女童的家屬。然後還有一張正義女神雕像（Lady Justice）的照片。最後出場的是澳洲著名藝人 Rolf Harris，曾經主持多類型節目，當中包括兒童節目，但卻在 2014 年因性侵罪名被捕。

　　終於，來到最後一段影片，出乎意料地，首先出現的竟然是 Andres Escobar。Andres Escobar 是著名哥倫比亞國家隊足球員。後來因為在 1994 年世界盃足球賽中犯了一個烏龍球，導致國家隊出局，連累不少賭波的毒梟血本無歸，所以 Andres Escobar 回國後不久便被黑道人士槍殺。其家人以他的名義成立了基金會，義務教導殘障和貧窮小孩足球。至於他的照片為甚麼會在 Sad Satan 中出現？究竟作者想表達世界還有善良對待小孩的人，還是他知道一些我們不知道的性醜聞？

OK

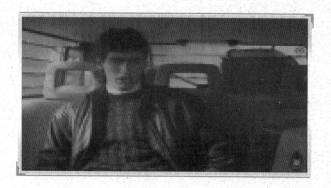

　　接下來的照片是猶太裔導演 Roman Polanski。在 1977 年，Roman Polanski 曾經因涉嫌用藥物強姦和雞姦一名 13 歲女孩而被捕。

　　影片最後一張圖片則是德魯伊教徒（Druids）在巨石陣舉行拜祭儀式的照片，其出現原因可能和傳說中他們在古時用小孩來作祭品有關。音樂方面，主要是 Simon and Garfunikel 的《Scarborough Fair》和 The Doors 的《Alabama Song》，並以 Jimmy Savile 的訪問作結尾。

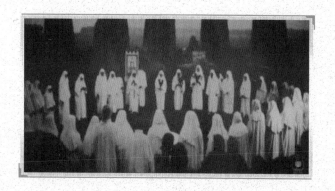

其實除了圖片和音效外，Sad Satan 還出現了很多神秘符號，但在網民 Belovedstump 和 Cyberham 的解讀下，大部分內容都已找到解讀，當中主要都是一些威嚇性和責備性的字句，例如：「我可以追蹤你」、「你不是獨自一人」、「BBC 失敗」、「你在我的名單上」。

o ꝟꙇꙏ ꙅꙇꙩꝟꝅ u	= I can track you
Goo♦ ꙩꙅꝟd	= Good Luck
You're Alone	
ꙩꙅꙇꙩ♦♦	= Buried
dꙩꙅꙅ dꙩꙅꙅ dꙩꙅꙅ and dꙩꙅꙅ ꙩ♦ꙅꙩꙅ	= Kill kill and kill again
u ꙩꙇ♦ ꙩꙅ ꙏꙇ ꙅost	= U are on my list
5 ꙩꝟꝟꙩꙅꙇꙇ :) :)	= 5 victim!! :) :)
Hail ♦♦♦ :(	= Hail 666 (i guess?)
Sad ►♦►ꙅ♦ Died	= Sad people Died

在深入了解過 Sad Satan 後，大部分網民都覺得 Sad Satan 的遊戲目的在於譴責任何性侵兒童的行為，甚至流露出對那些<u>兒童性侵犯強烈的憎恨</u>。但究竟 Sad Satan 是否真的來自 Deep Web 的遊戲呢？

答案卻不能確定。

為了讓大家明白 Sad Satan 真偽的爭議性，我們先看看它整個發佈過程。

6月25日

OHC 上載了「Sad Satan Part 1」的影片後，瞬間為他帶來過百萬的 YouTube 點擊率。但當人們要求 OHC 上載遊戲時，OHC 卻說影片是在數個月前下載，而且因為遊戲不斷在他的桌面留下寫了很多亂碼和 666 的文本檔，所以很快便把它刪除了。當 OHC 把當時下載的洋蔥網址放上來時，洋蔥網址亦都「毫不驚訝」地早已當掉了。

6月27日至30日

OHC 先後上載了「Sad Satan Part 2」和「Sad Satan Part 3」。

7月1日

OHC 在 Reddit 某一帖子中多次強調遊戲沒有任何兒童色情和血腥的照片。

7月3日至4日

OHC 先後上載了「Sad Satan Part 4」和「Sad Satan Part 5」。

7月5日

有網民發現 OHC 一開始提供所謂的洋蔥網址根本是捏造出來，一個正確的洋蔥網址根本沒有可能有「9」字出現，但 OHC 給的網址卻有。事件大大打擊 OHC 的公信力，認為他只不過捏

造 Sad Satan 出來並聲稱是來自 Deep Web，好博取點擊率。

7月7日
========
　　一名匿名網民在 Reddit 發帖子，聲稱自己是當初在 Deep Web 發佈 Sad Satan 的網名 ZK。

　　ZK 說 OHC 提供的並不是真正的 Sad Satan，因為真正的 Sad Satan 充滿兒童色情和血腥的照片，並提供了一條表網絡的下載網址，大批網民立即瘋狂下載，並發現的確有大量血腥和色情照片。

　　同一時候，OHC 說自己當初不提供真正網址是因為遊戲有太多兒童色情照片。這無疑和他在 7 月 1 日的發言相反，而且時間也巧合得讓人生疑。

7月7日至7月9日
==================
　　那些下載了 ZK 提供的 Sad Satan 的網民不約而同發現電腦出現中毒情況，網民嘗試了多種方法也不能解決問題，有的甚至連重灌電腦也不能完全清除病毒。

　　由此可見，OHC 前言不對後語的行為的確令人懷疑 Sad Satan 是否 OHC 自己創作出來炒人氣。除此之外，也沒有第三者網民說過曾經在 OHC 發佈前，在 Deep Web 任何論壇看過 Sad Satan 的蹤影，所以筆者對整件事也抱持相當懷疑的態度。

＊＊ 18+ WARNING ＊＊
https://mega.nz/#!zXsXGV4D!uKsKw1t7atNu
vLDkpr9shQircU5ZNdkQWAeTMb444pI

筆者自己有玩過，但感覺不太恐怖，至少不會比絕命精神病院《Outlast》那些追你九條街的怪物恐怖。

好，我們現在去下一個 Deep Web 遊戲。

Deep Web Pokemon ROM

熟悉都市傳說的朋友，相信不會對《寵物小精靈（Pokemon）》的都市傳說感到陌生。而事實上，由《寵物小精靈》衍生出來的都市傳說比任何一隻遊戲都來得多。這些都市傳說主要可分為兩大類：第一種是故事設定型，例如傳說中導致 200 名日本小孩死亡的「紫苑鎮綜合症」、耿鬼是死去製作人員中橋高洋、蔓藤怪是一名早已溺死的女孩等等。而另外一種是改版 ROM 型，例如能用鬼殺死對方小精靈的「恐懼黑版（Pokemon Black）」、還有主角在陰暗徘徊的「失落銀版（Lost Sliver）」……

而今天，我們會介紹一隻 Deep Web 版的《寵物小精靈》。

最早發現這遊戲的是 YouTube Channel「Some Ordinary

Gamers（SOG）」的台主。在 2015 年 8 月 24 日，SOG 台主在自己的頻道發佈了一段影片，並聲稱自己在 Deep Web 的某角落找到一隻改版的寵物小精靈遊戲，裡頭懷疑埋藏了連環殺人犯的「受害者名單」。

＊＊ 18+ WARNING ＊＊

https://www.dropbox.com/s/f6tw4p9n75e6k76/
pkmnromhack.zip?dl=0

　　下載的檔案裡頭一共有三個子檔案，其中有一個叫「must read.txt」的文本，裡頭簡單地教導人們如何避開遊戲的 Bug，並講述當初在 Deep Web 找到的檔案並不包括模擬器，模擬器是檔案主人後來加上去。另一個叫「pkmnEMU.txt」則教導如何操控遊戲。最後那個叫「pkmnEMUv.1.1.exe」的檔案則是遊戲本體。

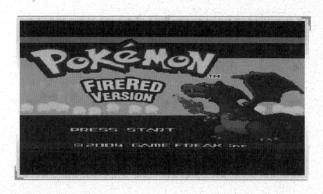

　　這隻 Deep Web Pokemon ROM 其實是以《寵物小精靈火紅版》作為基礎，但刪去了絕大部分的遊戲內容，甚至連寵物小精靈也不見蹤影。遊戲開始時，玩家首先出現在男主角的房間。有別於正常版本的《寵物小精靈》，在這裡調查大部分物品也不會有任何顯示，例如這一次，整棟房子唯一可調查的是主角的電腦，顯示的也只有毫無意義的亂碼。

　　離開主角的房子來到小鎮，城鎮沒有任何 NPC，其餘兩棟房子也是不可進入。同樣，整個小鎮唯一可調查的地方是位於小鎮左下角的花叢，那裡的牌子寫著「Victim body parts were scattered，evidence were scarce（受害者屍體被肢解，證據缺乏）」，看似是兇手埋藏屍體的地方。

　　唯一可離開小鎮的通路在版面上方。由那裡離開，玩家會被傳送到一個山洞內。山洞很大，而且不時可見梯子的蹤影，但唯一可以進入的只有右下盡頭的黑洞。順帶一提，整個山洞一共有四塊板子可供調查，其中一塊是亂碼，而另外三塊分別是「：）」、「Error 9」和「1/10 CHANCE」。

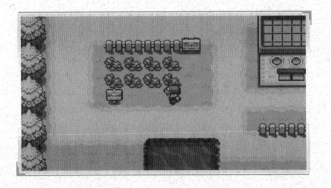

頭一次進入山洞盡頭的黑洞時，會產生「Fatal Error 5176（致命錯誤 5176）」，之後遊戲會強行彈出。這時候，原來儲放遊戲的資料夾會多了一個文本檔，以下是裡頭的內容：

```
[Leave me alone]
Leave me alone=Leave me alone（別煩我＝別煩我）
[Go away]
Go away=Go away（走開＝走開）
[Please？]
Please？=Please？（拜託＝拜託？）
```

直到現在，仍然沒有人解釋到以上方程的意義。當我們重新開啟遊戲，再次進入黑洞時，這一次我們會被轉移到一個房間，房間的正中央有一條通往地底的樓梯，前方有五塊寫住「DO NOT ENTER（不要進入）」的板子。當然，玩慣恐怖遊戲的朋友都知道這是「請進入」的意思。

來到地底，我們會見到一個類似墓地的地方，這裡也是整個遊戲唯一有（詭異的）背景音樂的地方。在墓地外圍有三塊寫住亂碼的板子，筆者曾經用亂碼翻譯那些文字但始終沒有收穫，但唯一特別的是可見亂碼不斷重複「127」這個數字。

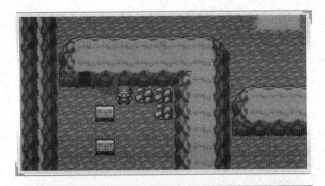

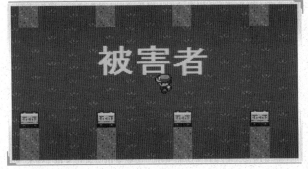

現在，讓我們進入墓園。墓園的面積很大，足足有 16 塊墓碑齊整地排列著。墓地四周被一片血紅色的大海包圍，宛如置身於地府中。在墓園的正中央則寫住「被害者」三隻大字。

（註：筆者不太確定「被害者」是否日文稱呼「受害人」常用的寫法？有望指教。）

墓園內每一座墓碑也可調查，更加恐怖的是，每一座墓碑也寫上了一名女孩的名字和她的歲數。以下是 16 座墓碑的內容：

Marrie D. Johson	Age 12
Sara M Areralo	Age 14
Joy G Thompson	Age 6 ：）（留意這個特別有個笑臉在後頭）
Harmony J. Garcia	Age 11
Susan C. Pace	Age 10
Rachel M. Warren	Age 5（這墓碑上有一堆無法翻譯的亂碼，但重複見到 127 這數字。）
Lucy S. Abshire	Age 15
Kelly M. Swick	Age 17
Angela W. Leon	Age 13
Catherine D. Wint	Age 11
Amanda R. Buckley	Age 9
Jennifer R. Spencer	Age 7
Tricia C. Tucker	Age 13
Debra J. Manning	Age 9
Lorraine S. Elliott	Age 13
Maria A. Greenwood	Age 13

　　基本上遊戲來到這裡已經結束了，可能還有一些我們還沒發現的謎團，但暫時來說，沒有網民再找到更多的東西。這隻 Deep Web Pokemon ROM 已經由網民證實是由第三方利用 Game Maker 改寫火紅版而成，但對於遊戲本身存在的意義始終沒有一定的説法。

排除炒作的可能性，究竟甚麼人會在 Deep Web 弄出這隻改版寵物小精靈？

顯而易見，遊戲想表達的是有 16 名小女孩已經「被變成」被害者。另外，由小鎮的板子看來，她們的屍體已經被肢解，埋藏在不知名的泥土下，沒有人發現。另外，網民 88BitSinger 指出 6 歲女孩 Joy G Thompson 的墓碑最有一張笑臉，可能是兇手想表達那是他最喜歡的獵物。

所以這隻遊戲真的是一名戀童連環殺人犯製作出來嗎？

但當網民人肉搜查那些「被害者」的名字時，卻毫無收穫，在失蹤人口或死亡名單也找不到相關的資料，找到出來而又符合名字的人都超過 30 歲，所以有網民推測要麼兇手用了假名，要麼那些受害人都是外國人，例如日本、中國。

至於筆者自己的看法？筆者想炒作的可能性一定有，至少這段片和 Sad Satan 一樣為發現者的 YouTube Channel 增加了不少知名度，製作成本甚至比 Sad Satan 還低。但如果排除炒作的可能性，究竟一個連環殺人犯有否可能刻意製造出一隻遊戲來講述自己的罪行？**答案是肯定有。**

就筆者看過的連環殺人犯檔案看來，部分連環殺人犯去到某一地步，便會故意做下一些行為去挑釁警方，以嘲笑侮辱他們，例如開膛手傑克、黃道十二宮殺手、酒鬼薔薇聖斗、BTK 殺手在犯案時也曾經寫信給媒體和警方，公然挑釁他們。

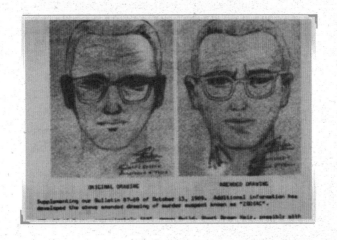

另一方面，連環殺人犯也會用不同的方式去「紀念」受害人，例如密爾沃基怪物（The Milwaukee Monster）就喜歡收集受害男子的性器官，寂寞之心殺手（The Lonely Hearts Killer）也喜歡幫受害人拍照。

所以如果說有戀童連環殺人犯刻意製造出一隻遊戲來挑釁公眾，並且用來「紀念」受害者，筆者認為是絕對有這個可能性。

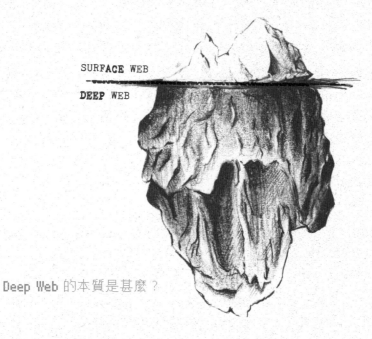

SURFACE WEB
DEEP WEB

Deep Web 的本質是甚麼？

來到文章尾聲，筆者想和大家坦白一下對這兩隻遊戲的看法。

大家都看到的這兩個遊戲都是在一年內出現的，而之前也有不少熱心讀者為筆者提供資料，鼓勵筆者寫出來，但其實<u>筆者打從內心深處不太喜歡今次的題目</u>，這點可能和筆者對 Deep Web 的本質的看法有關。

每當人們問筆者 Deep Web 的本質是甚麼？筆者通常都會形容它為「理所當然的存在」。

還記得筆者第一次接觸 Deep Web 時候，面對裡頭充滿各種犯法變態網站，反應和大家一樣地驚訝，但轉念頭一想，卻茅塞

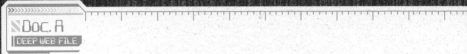

頓開，訝異自己為甚麼一直想像不到 Deep Web 的存在。

一直以來，筆者對普遍犯罪抱持<u>兩個觀點：犯罪是無孔不入</u>，每當歷史上出現新科技、新工具、新規矩，一定會有人找到其漏洞和犯罪機會，並從中獲利。第二，只要「<u>市場有需求、經營成本低</u>」就一定有人或組織敢以身試法。

筆者經常看到社會上有人責怪色情行業不道德，但驚訝從來沒有人問過為甚麼色情行業可以盛世數千年，打擊完又迅速再起，並以不同形式出現在每一個社會。筆者認為可以支撐這個龐大行業背後的絕對不會是社會少數，而且一定有深層的人性基礎。另一方面，色情行業往往比很多「正當企業」展示出更快接觸並利用新科技的表現，嗯……這點不宜在這裡論述太多。

好像扯得有點遠，讓我們回到 Deep Web。如果說色情行業的需求本質是「無法阻擋的性慾」，那麼 Deep Web 的崛起便代表「對匿名的追求」。無論是正當人家（就像我和你）或是不法人士，在這個政府監控網絡的年代，人們多多少少會對「網絡匿名」有一定需求，例如黑市商人用它來進行黑市買賣和洗黑錢、恐怖分子用它來互相通訊、變態漢用它來分享兒童色情、政治異見人士用來交流被政府打壓思想或查找禁書、普通市民用來匿名聊天……

另一方面，人類已經使用了互聯網科技半個世紀，而且發展的速度愈來愈快。理論上，要做到高度匿名上網，絕對不是甚麼

天方夜譚，是可預期的事。事實上，洋蔥網絡的出現更大大減低匿名技術成本，變得有點平民化。簡單來說，在技術和市場需求都充足的情況下，<u>Deep Web 就像 Facebook 和 Twitter，是時代必然的產物</u>。

回歸正題，為甚麼筆者對 Deep Web 的看法會影響到對本篇講述的「兩個遊戲」的觀感？

正如前文提及，筆者認為 Deep Web 的存在是為了「匿名」，裡頭發生的所有事都是低調、愈少人知道愈好、充滿禁忌和秘密。但當筆者看 Sad Satan 時，卻有種「這東西根本不需要在 Deep Web 出現」的感覺。

雖說 Sad Satan 遊戲設計有點詭異而且充滿恐怖的含意，但卻不是甚麼不見得光的事情，嚴格來說，它還隱隱住「反對虐待兒童」的道德含意，根本沒有匿名的必要，也沒有動機一定放在 Deep Web 不可，除非上載者有心用來炒作。除此之外，它的出場方式也「太張揚了」，彷彿想全世界知道自己的存在，和 Deep Web 的作風也不同。反而 Deep Web Pokeman ROM 雖然正面證據不多，但如果連環殺人犯理論成立的話，它的確有需要匿名地在 Deep Web 發佈，炒作可能性相對較低。

如果要筆者下定論，筆者會說這兩個 Deep Web 遊戲只不過是 Deep Web 的「副產品」，但並不代表 Deep Web 本身。

<NEW BEGINNING>

>

與魔鬼共舞
並不能改變魔鬼

改變的只有
我們這些軟弱的人類

\>

</NEW BEGINNING>

No.01：環繞日常的陰謀 Conspiracy Around Us

謎一般存在的街機

Polybius

11

　　其實筆者是個街機愛好者來的！每逢放學後或者逛街時就忍不住溜去機舖玩一下。有時候，當我去一些偏僻的機舖時，都會納悶在機舖的陰暗角落總會有數台冷清清的街機。那些街機通常由一些沒有名氣的公司開發。加上遊戲內容實在太糟透了，所以大型機舖都不會購買它們，只有那些偏僻，設置在暗廊的機舖才能找到它們。

　　如果下次你去機舖時見到那些無人問津的街機時，不妨試玩一下，因為它們的來歷未必像你所想的那麼簡單。例如接下來要和大家介紹的街機「Polybius」。

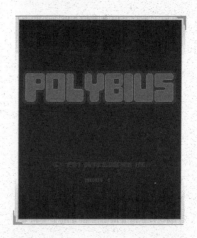

CIA 的實驗機械

　　1980 年，在美國俄勒岡州波特蘭市（Oregon，Portland）的機舖裡突然出現了一台神秘的街機，並在孩子間引起一時熱議。據說那台街機的名牌寫住「Polybius」，取名至羅馬帝國時期歷史學家「波里比阿」。整台機械的外殼都是深黑色，唯獨控制桿和機頂上的標誌是螢光綠。它過於單調的設計擠進到一堆堆當時設計外型浮誇的街機，顯得格格不入。

　　遊戲由一間聞所未聞的神秘公司 Sinneslöschen 開發，Sinneslöschen 在德語又有「喪失意識」意思。至於遊戲內容，網上則沒有確實的說法。據傳言，Polybius 大致上是一種混合了典型射擊、迷宮和解謎於一身的奇怪遊戲，內容則好像跟到宇宙打外星人有關，類似同期的三維空間射擊遊戲「Tempest（暴風雨）」。

　　整個 Polybius 傳說最讓人心寒的地方是，曾經玩過它的人都不約而同報稱身體發生一些「異象」，輕微的有眩暈、噁心、抽搐、頭痛等症狀，較嚴重的玩家則聽到女人尖叫聲，或眼睛角落不斷閃過很多奇形怪狀的臉孔，甚至傳言有玩家在玩過 Polybius 不久後上吊自殺。

　　除了遊戲問題外，有傳言說一名黑衣人（Man in Black）經常在 Polybius 附近徘徊，仿佛監察住玩家的行為。有機舖老闆報稱每天打烊後不久，便會有數名黑衣人闖進店內，要求老闆交出

所有關於 Polybius 的「數據」。有網民藉由這一傳言引申推測 Polybius 可能是美國中央情報局 CIA 的「Project MKUltra」一部分。

Project MKUltra 是由 CIA 在冷戰時統籌的一項人類思想控制計劃，而且在近年得到官方證實，絕不是虛構的陰謀論。Project MKUltra 主要研究人類大腦的潛能控制，研究內容包括注入大量生物製劑（例如：迷幻藥 LSD）觀察對人腦的影響，偶爾還會用上催眠、感官剝削等手段。由於 Project MKUltra 進行了大量未經市民同意的實驗，並在他們身上留下永久性損害，所以計劃引起很嚴重的法律爭議。根據網民分析，Polybius 的故事和很多 Project MKUltra 秘密實驗的特點都非常吻合。

所以究竟 Polybius 是否真的是 CIA 的秘密實驗？

多重巧合下產生的傳說

在 2015 年，三名網民 Todd Luoto、Jon Frechette 和 Dylan Reiff 決定在網上集資合拍一套以 Polybius 為中心的紀錄片，並在一篇遊戲雜誌的報導大談他們的研究。

最早關於 Polybius 的記錄出現在 1998 年 8 月 3 日，一名匿名網民在網上遊戲資料庫 Coinop.org 加入了一項名為 Polybius

的記錄，並附上一張遊戲硬體的照片。由照片中，我們隱約看到「© 1981 Sinneslöschen」的字眼。但除了照片和名稱外，那名匿名網民沒有再怎樣為 Polybius 補上資料了，唯獨在「關於遊戲」那一欄填上「古怪的謠言（Bizarre Rumours）」這兩隻字。

但真正讓 Polybius 擠身上都市傳説系列的是美國熱門遊戲雜誌《GamePro》。2003 年 9 月，在《GamePro》一個叫「Secrets and Lies（秘密與謊言）」的專欄上再次提及 Polybius 的存在，並把它扯上 80 年代廣為人知的都市傳説「黑衣人」，之後再經網絡論壇耳濡目染，Polybius 很快就成為美國經典都市傳説之一。

除了因為雜誌和網民渲染外，Polybius 傳説確實有些事實根據。在 1981 年 11 月 29 日，美國城市波特蘭的確有一名年約 12 歲的學生不眠不休地玩了街機《Asteroids》28 個小時，最終出現胃痛、嘔心、抽筋等症狀而被送入醫院。之後一個星期後，另一名 18 歲的電玩愛好者為了打破遊戲《Berserk》的世界紀錄而心臟病發死亡。一年後，另外一名 19 歲的波特蘭市男孩亦都因為相同原因步上後塵。

更加有趣的是，根據近年 FBI 公開的舊檔案得知，在上世紀 80 年代初，為了打擊機舖日益猖狂的販毒和賭博問題，他們的確曾經派探員到波特蘭市的機舖進行定期監視和質詢機舖老闆。

傳說是如何形成？

美國作家 Brian Dunning 就曾經説過 Polybius 的「原型」是公眾對 80 年代一連串青少年沉迷打機死亡事件，引發出來的恐懼，這種説法不無道理。如果我們比較上文提及的「現實版本」和「傳説版本」，的確隱約看到不少關聯之處，但它們實際上究竟是如何由一個版本轉成另一個版本呢？

又或者我們應該問，究竟都市傳説是如何形成呢？

筆者其中一本最喜愛的書籍《恐怖：起源、發展和演變（The History of Terror：Fear & Dead through the Ages）》就闡述過恐怖傳説如何誕生演變和。根據作者 Paul Newmany 所説，任何恐怖傳説的演變一定經過四個階段：（1）原始反應期；（2）迷信期；（3）震盪期；（4）喜劇期。

以 Polybius 為例，電子遊戲和機舖在 80 年代剛起步，對公眾（特別老一輩）來説，還是很陌生的東西，而這種陌生感還會帶來猜疑和潛在敵意。當有小孩因為電子遊戲而死亡時，人類原始的本能是把先前的不安轉變成強烈的恐懼。這一過程便是原始反應期。

來到迷信期，作者 Paul Newmany 就説過環境的改善不會使那種恐懼消失，人們對那種事物的恐懼會保存下來，並轉化為

一些迷信的想法。即使來到 2003 年，就像淹水的人想抓住岸邊的草葉般，人們仍然本能地想為這連串不幸事件找到一個「合理解釋」。一如以往，比起較正常的説法，他們往往偏好那些疑幻疑真的陰謀論。社會開始把不幸事件扯上 80 年代最流行的陰謀論：黑衣人和政府秘密實驗。

最後，那些經由創作人或媒體把這些迷信想法渲染和發大成故事的過程，我們稱為震盪期。

那麼喜劇期呢？簡單來説，就是二次創作，人們開始把這些以前令人戰慄的傳説「惡搞」，變成一些荒唐的鬧劇，或用來諷刺時弊。雖然作者原文中是以中古世紀的小説來做例子，但來到現今仍然適用。例如 2006 年《The Simpsons（阿森一族）》在某集便出現了「Polybius」的身影，其外殼還印上了「政府財產」等字眼。

如果大家下次面對含糊的背景和證供不一的都市傳説時，不妨用上述的方法來分析一下，來仔細品嚐一下都市傳説隱藏的意義吧！

No.01:環繞日常的陰謀 Conspiracy Around Us

被不明外力摧毀的小鎮　　1.2

Ashley

　　早前，筆者和一位好朋友乘火車由外蒙古出發，深入俄羅斯冰封之地西伯利亞。對於這一趟漫長的西伯利亞旅程來說，最讓筆者深刻的莫過於沿途的田園風光。縱使筆者以前也曾經乘坐火車到雲南和浙江，但西伯利亞的景色和它們的截然不同，甚至可以說是兩個層次。前者沿途的火車風景都是山明水秀或大小城市，而後者沿途的只有「蕭索」和「荒涼」。

　　除非親眼目睹，否則你難以想像在一大片一望無際，寸草不生的高原上，仍然有數棟保留了東歐雕刻的小木屋孤伶伶地矗立在灰黑色的礫石堆上，形成一條若隱若現的小村莊，那種景色是多麼悽涼，又是多麼的壯麗呢！

　　那些石山上的小木屋早已被高原的風雪和沙塵摧殘得殘缺不全，在四周棕赤色的高山映襯下，仿佛它們只不過是大自然吐出的一堆亂木。此時，如果火車有幸靠近那堆亂木的話，你會驚訝地發現那堆亂木（或那條村莊）只由數根簡陋得很的電纜供電，而且通往村子外面的公路也是凹凸不平，村子的外圍停泊了數輛古舊得你以為只會在博物館看到的陳年 Volga 汽車，在汽車旁邊還有一群比你家樓下的流浪狗還瘦削的牛群。

筆者同行的友人是個攝影愛好者，他當然很欣然地把這些淒美的景色拍下來。但作為一個撰寫都市傳說和恐怖故事的人來說，腦海只會浮現出數個可怕的念頭：（1）在這裡真的被人姦殺了再弄成漢堡包也不會有人知道。（2）即使你和我說整條村是撒旦教，筆者也不會反駁半句。（3）如果有日整條村子突然消失在人間，也不會有人注意到。

對於前兩個猜測，相信有追看筆者文章的也會有同感，至於第三個猜測，則是我們今天要討論的問題：**究竟一個小鎮是不是真的可以憑空消失？如果是真，那麼它的原因又會是甚麼？**

離奇消失的小鎮

對於一向有留意超自然動態的網友來說，「離奇消失的小鎮」這個題目相信大家一點也不會覺得陌生。在歷史上，真的有不少記載關於整條村子的人一晚之間消失得無影無蹤，不留一點痕跡。當中比較經典的例子有加拿大的 Angikuni Lake。1930 年，在加拿大北部的 Angikuni Lake 旁邊一條 2000 人的小鎮在一夜間所有人都人間蒸發了，只留下村民的工具和衣物。類似的案件在非洲、英國及中國也有記錄發生過。

而我們今天主要介紹的神秘失蹤小鎮，是一個位於美國的堪薩斯州的農村小鎮——「Ashley（阿什利鎮）」

Ashley 並不是甚麼小鎮，它只不過是位於堪薩斯州數以千計的村莊中，其中一條小農村罷了。它的總人口只有 679 人，村民主要依賴農業為生。整條村子只有一條高速公路通住村外，四周被高山和荒地包圍，由此可見其規模之小。

由於舊時代沒有電腦的關係，城鎮資料的記載和更新極為困難，像 Ashley 這類型的小農村通常不會記載在國家紀錄冊內，或者合併到鄰近比較大的城鎮一起來記錄。

換句話說，即使它消失了也不會有人察覺。

根據都市傳說的記載，Ashley 是在 1952 年神秘消失。因為某種原因，美國政府在它消失後數年，一直極力把 Ashley 從任何官方記錄抹殺掉，只餘下一些零碎的民間資料，以下的段落就概括了 Ashley 消失的普通流傳版本。

根據聯邦地理調查局的記載，在 1952 年 8 月 16 日凌晨 3 時 28 分，美國發生了一次黎克特制 7.9 級大地震，震央之大影響整個美國中西部區域，而根據當時的推測，震央位於一個叫 Ashley 的偏僻農村的正下方。

當政府收到鄰近小鎮的通知並趕到現場時，發現整條小農村已經消失在一個大約 1000 碼長、500 碼寬、深度不詳的深坑內。由於深坑持續釋出有毒氣體和灰白色的濃煙，而且村子地勢因地

震的關係變得極為險峻，大大拖慢了救援人員的搜救行動。

經過 12 天無止境的搜索後，最後美國政府不得不宣告那 679 名失蹤的 Ashley 村民已經葬身在那條神秘的地震坑內，並裁定他們為法定死亡。而在數天後的另一場餘震內，那個神秘坑洞也自然縫合起來，仿佛從來沒有打開過、也沒有一條叫 Ashley 的農村在這世界上存在過。

由於當時美國剛處於戰後復甦，很多人口記載和村莊資料也因為戰爭而混亂一團，所以美國政府也趁勢把事件遮掩過去，讓災難不了了之下結束。

但這就是 Ashley 消失事件的全部嗎？

當然不是。

外圍的線索

縱使美國政府已經把消息封殺起來，我們無法由官方途徑得知 Ashley 的消息，但多謝了部分有心人士收集了鄰近 Ashley 城鎮的警察局和村民的一些小道消息，希望由此拼湊出 Ashley 消失的真相，而以下就是他們收集到，在 Ashley 消失前 8 天發生過的一些零星怪事，而這些零星怪事可能導向一個令人不寒而慄

的真相⋯⋯

　　在 1952 年 8 月 8 日的下午 7 時 13 分，一名叫 Gabriel Jonathan 的農民目睹在 Ashley 的天空突然出現數顆奇怪的黑色光點。由於 Ashley 鎮本身沒有警察局，所以困惑不已的 Gabriel Jonathan 唯有打電話到鄰近城鎮 Hays 的警察局，並向他們匯報異象。

　　根據當時 Gabriel Jonathan 的口供，他由下午開始，不時在天空看見一些「細小但漆黑」的奇異小黑點。據說這些小黑點完全不透光，漆黑一團，還不時在空中扭動。但這些小黑點只維持了短短 15 分鐘，便消失得無影無蹤了。值得一提的是，<u>在同一天，Hays 警察局另外收到 15 宗和 Jonathan 類似的異象報告</u>。

　　但最奇怪的是，如此奇怪的天文異象看來只有 Ashley 的居民才可看到。當 Hays 的警察收到電話後，便順勢探頭出窗外查看，卻只看到一片蔚藍的天空，絲毫沒有黑點的蹤影，即使是 Hays 的其他鎮民也看不到那些所謂的「黑點」。在苦無頭緒下，Hays 警察局只好把它們列為單純的天文異象報告，並決定明天早上才到 Ashley 查看。

　　在 1952 年 8 月 9 日的上午 7 時 54 分，Hays 警察局突然收到他們的警長 Allan Mace 的求救電話，指他在通往 Ashley 的公路上迷失了方向，無法找到出口。

根據 Allan Mace 稍後的書面報告，在當天清晨，他一如以往駕駛警車前住 Ashley 進行例行巡邏時，卻發現自己在連接 Ashley 和 Hays 的高速公路失去了方向，還感到一股莫名其妙的頭暈嘔心。

Allan Mace 描述道：「不知由何時開始，公路四周的景色變得一模一樣起來。縱使駕駛了整整兩小時，但絲毫沒有看到經過的公車，沒有起伏的山丘，也沒有吃草的畜牧群，周圍只有一望無際的草原，和那條看不見盡頭的公路，仿佛被困在一個全然陌生的未知空間中。」

面對如此詭異的情況，Allan Mace 最後決定打電話回警局求救。跟同事在電話上短促地交流後，Allan Mace 不管三七二十一，決定先火速前往 Ashley，視察那裡的情況。

奇怪的是，在半小時後，Allan Mace 的警車竟然出現在警察局門外。

根據 Allan Mace 令人震驚的匯報，他離開警局後，便一路以來沒有轉彎，也沒有調頭，只一味往前衝，但為甚麼半小時他竟然回到 Hays 警察局？這是怎樣一回事？難道他已經繞過了地球一圈？

在稍後上午 9 時 15 分，Hays 警察局決定一口氣派 7 輛警

車前往 Ashley，發誓非要到達 Ashley 不可。但結果仍然一樣，7 輛警車在未知的空間迷路數小時後，便在沒有轉彎的情況下回到 Hays 警察局，其中一名警員更因嚴重頭暈而昏了過去。

與此同時，Hays 警察局不斷收到來自 Ashley 居民的求救電話，說那些天上的黑點像失控的癌細胞般，不斷往外擴散，現在已經覆蓋了半個天空，天空瀰漫一片令人嘔心的墨黑色。對現狀除了驚慌，而且毫無頭緒的 Hays 接線生唯有呼籲居民不要外出，留守在家中的地下室或屋內，直到警方的救援來到。

縱使所有在場的 Hays 警員知道他們已經無法進入 Ashley 村莊了。

在當晚 8 時 17 分，年邁的 Mrs.Elaine Kantor 致電警方，說她的鄰居 Milton 夫婦在數十分鐘前帶著他們的小雙胞胎 Jeffery 和 Brooke 駕車離去，之後便一直沒有回來，想知道他們是否已經安全到達 Hays。Hays 警方聽了 Mrs. Elaine 的話後感到萬分震驚，立即派人在 Hays 的公路上守候，Ashley 和 Hays 的距離有一小時多車程，應該還趕得及迎接他們。警長 Allan Mace 焦急如焚地希望有人能順利逃出 Ashley，和他們說裡頭的實際情況，但奈何他們大伙兒在公路口一直等一直等，也沒有任何車輛出現在公路的盡頭……

Milton 一家人就這樣憑空消失了。

瘋狂的地獄之火

　　第二天早上，8 月 10 日上午 7 時 38 分，Ashley 居民的電話幾乎同一時間襲去 Hays 警察局，他們不約而同驚恐地匯報那些黑點已經擴散至整個天空，無際的天空變成漆黑一片，黑暗吞噬了每一道陽光，讓不安和邪惡的黑暗籠罩住整個小鎮。

　　恐慌已經逼瘋了 Ashley 的居民，他們有的在電話歇斯底里地尖叫，有的朝電話連連咆吼，有的則哭求政府快點找人來救他們，總之情況一團混亂，慘不忍睹。

　　在 10 時 15 分，在 Hays 警察局強烈要求下，鄰近的大型城市 Topeka 派出數台直昇機飛住 Ashley，企圖在空中視察村內情況，但可惜當他們到達現場時，發現在那原本理應是 Ashley 的位置上，除了空曠的大平地外便空無一物……

　　翌日，亦即是 8 月 11 日，正午 12 時 43 分，Hays 警察局收到一名單親媽媽 Ms.Phoebe Danielewski 的求助電話。在電話中，Ms. Phoebe 用哭泣得顫抖的聲線對 Allan Mace 說她的女兒 Erica 由昨天傍晚開始，便不斷對 Ms. Phoebe 說她看到父親站在屋外和她揮手，並和她說話，叫她出來陪伴他。

　　但可惜 Erica 的父親早在數年前便因交通意外而死去。

更加讓 Ms. Phoebe 心驚膽跳的是，縱使 Ms. Phoebe 已經用盡為人母親可以有的力氣把女兒按在地上，但 Erica 仍然不斷掙扎，堅持要跑出屋外，伏在地上叫喊道：「要和它們在一起。」

在之後的 12 小時，Hays 警察局總共收到 329 個來自 Ashley 家長類似的求助電話，而求助內容劃一如下：他們年幼的子女由窗戶看到早已逝去的先人或不存在的生物，並嚷著要跑到屋外，加入它們（他們）的行列。站在電話旁邊的警員無不聽得血色盡失，擔心有更可怕的事在背後等待他們。

他們的擔心不無道理。

第二天早上，Ashley 村上所有孩子都人間蒸發了。

就在一夜之間，Ashley 村上全數 217 個孩子消失得無影無蹤，不留一點痕跡。據 Ashley 的家長描述，他們不知道自己的孩子是何時不見，當他們發現時，家中只留下一套孩子當時穿著的衣服和一道打開的大門，大門映照出外面一望無垠的黑暗。

「無能為力」，這是當時 Hays 警方唯一的形容詞。即使他們坐在警察局心急如焚，但都改變不了他們根本無法進入 Ashley 的事實，警員只能坐在桌椅，怔怔地聽著家長們在電話的哭訴，並盡力勸告他們不要外出尋找失蹤的子女。

　　同一天的下午 5 時 19 分，警方收到 Ashley 村上一名叫 Scott Luntz 的獨居老人的電話，他說在村的南方驀然出現一道橙紅色的轟天巨火，據說那道火焰非常龐大，龐大得直插天際，宛如一道火牆。

　　類似的報告不斷由 Ashley 傳到 Hays 警察局，但除了 Ashley 以外的人都看不到那道火壁。直到第二天的深夜 12 時 09 分，最後一個來自 Ashley 的電話是以一名叫 Mr. Benjamin Endicott 的農夫打來。在電話裡，Mr. Benjamin 報告說那道神秘的橙紅色的火焰好像愈逼愈近，弄得整條村像日間般光猛，但正當他想進一步描述下去時，電話卻離奇地被斷線了。

　　之後一整天，Hays 警察局便再沒有響起，一陣詭異的寧靜瀰漫在整個辦公室內。

　　直到 1952 年 8 月 15 日，亦即是官方記載 Ashley 被地震摧毁那一天，Hays 警察局在當天亦收到來自 Ashley 的最後一通電話。

　　電話是來自一名叫 Ms. April Foster 的婦人，在下午 9 時 46 分打來，而當時接聽的是一名叫 Peter Welsch 的高級探員，以下的文字則記錄了他們當時的對話內容：

探員 Welsch ：Hays 警察局。

（電訊受到干擾的沙沙聲）

探員 Welsch ：這裡是 Hays 警察局，有人在嗎？

Ms. April ：是……是，你好？

探員 Welsch ：請報出你的身份，小姐。

Ms. April ：我的名字是 April，April Foster。（咳嗽聲）
上帝啊，你一定要幫我。

探員 Welsch ：發生了甚麼事？April 小姐。

Ms. April ：昨……昨晚，他……們全部人都回來了。

探員 Welsch ：小姐，我需要你……

Ms. April ：昨晚，他媽的全部人都回來了！（尖叫聲）

探員 Welsch ：小姐，我需要你立即冷靜下來，而且慢慢回
答，究竟昨晚發生甚麼事？你指的他們是誰？

Ms. April ：（嗚泣聲）所有人。

探員 Welsch ：所有人？

Ms. April ：所有人都由烈火裡回來。

探員 Welsch ：你指的所有人究竟是誰？

Ms. April ：我的兒子……我昨晚見到我的兒子。他在走
路……就在大街上走路……他全身都被烈火吞
噬著，基督賜福！他全身都被火焰吞噬著！

探員 Welsch ：小姐，我……

Ms. April ：但他明明上年已經死去……我們兩母子一直

相依為命……我以前對他說要踏單車時要小心貨車，但他從來都聽不入耳。（痛哭聲）

探員 Welsch ：小姐，你說的話根本不合理，你指的所有人究竟是誰？

Ms. April ：你這他媽的白痴警察，究竟有沒有在聽我說？我說所有人，所有早已死去的人，所有失蹤已久的人，他們全部都在昨晚回來，由火焰走出來，還在大街遊盪，想抓走我們！「媽媽！媽媽！」我的兒子就在屋外不停地叫我的名字，你他媽的明不明白？他更說想要見我，但我知道那個絕對不是我的兒子來的，絕對不是！

探員 Welsch ：那麼你現在在哪？情況安全嗎？

Ms. April ：我躲了起來，村裡大部分人都躲了起來，當我們看到他們由遠處草地衝過來時，已經馬上躲了起來……但有人……就是把持不住，讓它們入屋，之後……天啊！那些尖叫聲，我很清楚那些尖叫聲代表發生甚麼事，但不久那些屋子也陷入熊熊烈火中，之後……再走出來……我現在躲在衣櫃內，暫時都很安全，至少暫時如此……

（頗長的沉默）

探員 Welsch：小姐，你還好嗎？

Ms. April　：（沒有回答）……

探員 Welsch：小姐？

Ms. April　：（窗戶破裂的聲音）天啊……

探員 Welsch：小姐？

Ms. April　：有東西走了進來。（摀住嘴發出的哭泣聲）

探員 Welsch：小姐，請盡力保持安靜，不要發出聲音。

（遠方傳來「媽媽……媽媽……」的小孩呢喃聲）

Ms. April　：他走進來了。

探員 Welsch：保持安靜，千萬不要離開！

（「媽媽？媽媽？你躲在哪裡？」那把小孩子的聲音說）

探員 Welsch：千萬不要出聲。

（沉重的腳步聲，輕笑聲，木門打開的聲音，「媽，我找到你了。」）
（最後是女人的尖叫聲、打鬥聲和小孩的訕笑聲）

探員 Welsch：小姐？小姐？

（對話到此中斷）

第二天早上，通往 Ashley 的道路終於開通了，當 Hays 警察局所有成員火速趕到現場時，<u>Ashley 村只餘下一堆燃燒殆盡的灰燼……而且沒有人找到任何屍體。</u>

地獄和人間

究竟 Ashley 傳說是否屬實呢？曾經有網民翻查過政府的地震記載文件，發現 1952 年 8 月時，美國並沒有任何的地震記載，只有在同年 4 月和 7 月才有異常的 7 級地震記錄。有網民反駁說其實地震的說法是政府之後再補上，其實一開始他們只在 Ashley 看到灰燼和坑洞，但後來發現地震的說法也壓抑不了民眾的好奇心，再一口下令所有媒體和知情人士滅聲（而且你要在政府已掩飾的資料中找出證據，這點未免令人尷尬）。

另一方面，有不少住在堪薩斯州的網民也說過他們的父母知道 Ashley 的存在，但對於它消失或變成鬼鎮的原因則不太清楚，只知道它曾經存在過並發生了一些「令人不快」的事。換句話說，**Ashley 的消失原因依然是個謎**。

但當筆者看這個都市傳說時，著眼點卻是傳說本身隱藏的恐怖含意。很多人曾經問過筆者最怕那一類恐怖故事或都市傳說？藉住今次不妨回答大家，最讓筆者害怕的念頭應該是「逝去的親人變成邪靈或怪物回來」的故事和傳說。

在西方恐怖文學史，有數個比較經典的「逝去的親人變成邪靈或怪物回來」故事，例如斯蒂芬·金的《寵物公墓》和雅各布斯的《猴爪》，都是講述主角難抵再見逝去親人的誘惑，用邪術把他們召喚回來，最後釀成血腥災難。

為什麼筆者會那麼害怕類似的故事？

其實這類型故事帶出兩個很可怕的訊息。第一，環觀眾多恐怖故事，其實故事裡敵人或怪物立場都很鮮明，基本上你要考慮的只有如何逃跑或殺死它，完全無後顧之憂。但如果你要對付的是你逝去的親人或死去的愛人呢？無疑是最令人痛苦的決擇。你能忍心舉起斧頭砍下去嗎？

更加讓人不安的問題是，有多少人能抵受喪親之痛？沒有想過把他們帶回人間？

大家不妨問問自己，如果有天發生在 Ashley 的事降臨在自己身上，你會像 Ms. April 般堅持到最後一刻？還是走出去擁抱已變成邪靈的親人？

No.01：環繞日常的陰謀 Conspiracy Around Us

鹽湖城的神秘托兒所

Salt Lake City Daycare

大家有否留意自己家的附近有一些詭異的建築物？這裡指的詭異建築物不是河北福祿壽酒店那種造型古怪的大廈，而是一些「名不符實的可疑建築物」，例如明明寫住普通食店，卻從不招待客人；明明寫住物流貨倉，卻從不見有貨車進出……諸如此類。每當見到這些建築時，你有沒有想過它們背後究竟隱藏住甚麼真正用途？生意慘淡？空殼公司？

抑或是一些更可怕的罪行？

有沒有人知道這棟建築物搞甚麼鬼？

鹽湖城（Salt Lake City，SLC），美國猶他州的首府，亦是美國其中一個重要的金融中心，人口高達 100 萬，以靠近大鹽湖而得名。鹽湖城位於山谷中央，四周被險要的高山包圍，最高的山峰可高達 3800 多米。據說，當初一群摩門教徒為了逃避宗教迫害，才翻過綿綿高山來到這裡隱居避世，並成立鹽湖鎮，繼續過著他們一夫多妻制的生活。

現在，鹽湖城已經搖身一變成為國際都市。正如其他大城市，

鹽湖城在大型網絡論壇都會有一個專屬論壇副版。今次的故事就發生在 Reddit 的鹽湖城版（SLC 版）。

在 2015 年 1 月，一名叫 discogodfather6922 的網友在 SLC 版發了一個帖子，題目是「有沒有人知道這棟建築物搞甚麼鬼？我在對面街住了 5 年，但從未見過一個小孩進出（What's the deal with this place？Live across the street from it 5 years，never seen a kid there）」，並附帶一張托兒所的照片。

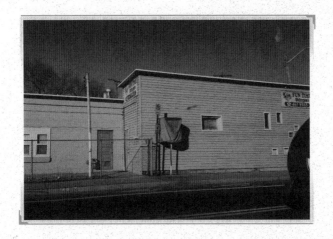

乍眼一看，圖中的建築物並沒有甚麼可疑之處，至少它沒有財神爺的外型。但仔細一看，作為一間托兒所，它又給人一種不尋常的感覺，好像有甚麼地方不妥。首先，這棟建築物被重重鐵柵包圍，外圍沒有常見的玩樂設施或可愛設計的正門，像間荒廢的貨倉。

其次，除了兩張寫住「Fun Time Kidz Kare」的海報貼在翠綠色的牆壁外，你絲毫不會想到它是間托兒所，正常的托兒所都會畫上很多卡通圖案和張貼很多兒童活動海報，但這間 Fun Time Kidz Kare 則沒有。（補充，唯一的圖案是畫在門牌上的個兔子標誌，但要由以下照片才見到。）

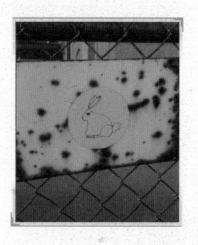

最後，據 discogodfather6922 聲稱，5 年來，這間托兒所從不拉開窗簾，永遠把自己鎖得實實。奇怪的是，由它翠綠的外牆和乾淨的地面得知，它從未被人真正荒廢過。反過來說，必定有人定期前來保養和維修，但那人會是誰呢？

一句到尾，整棟房子給人一種和托兒所違和的不安感。

照片很快吸引了版內其他鹽湖城居民的注意，陸續有網民站出來聲稱自己也是居住在這棟古怪建築物的附近，並承認自己也

不曾見任何孩子進出這間「托兒所」。

當中會員 username_id 更說他和他的朋友叫那棟房子做恐怖屋，因為十多年來從未見到有人進出過。會員 gthing 也補充說他曾經在房子的後園看到一些用途不明的裝備，那些裝備被人用迷彩布包圍，完全不像遊樂場設施。

隨著愈來愈多人加入討論，愈來愈多線索浮現水面，人們開始發現這間托兒所的詭異不單止是其外表，它的內部和過去也隱含著驚人的內情。

首先是那棟托兒所以前的顧客 lumpychick，lumpychick 說在 2001 年到 2006 年，她都有把小孩寄放在那裡的習慣。她形容當時的環境和照片中很不一樣，很有朝氣，很有活力。可惜在 2006 年尾，原有的老闆把托兒所賣給了一群「恐怖、粗俗、有人格障礙」的中年人後，便再沒有惠顧他們。她補充說現有的外牆是新老闆塗上，把原先的卡通圖畫都刮掉了。

另外一個網民 PaulDuane 聲稱自己是當地的郵差。他說每次走入那間托兒所時，都看到有很多小朋友睡在裡頭。唯一詭異的地方是，無論他在甚麼時候送信，托兒所都是在小睡的時間。

最後，還有一名不願意透露網名的朋友說在一年前的某天晚上，出於好奇心，他和數個朋友翻過鐵柵，由窗戶窺探，發現在大堂內只有一張椅子和一台電視，之後甚麼也沒有。而電視顯示

的是屋內其他房間的現場情況，但畫面細節則看不清楚。

縱使以上的證詞看似互相矛盾，但無可否認托兒所的背後，一定隱藏了甚麼可怕的陰謀，究竟事情的真相是甚麼呢？

SLC 版的網民開始認真調查。

由黃埔區運來的可疑貨物

人們第一步調查的是「Fun Time Kids Kare」的註冊資料。該公司在 2006 年申請托兒所牌照，前後總共兩次申請才成功，其正式註冊時間和前職員聲稱的轉讓時間吻合。其註冊人是一名 36 歲的男子，在鹽湖城內擁有類似姓名而且年齡相符的男子總共有 5 個，他們分別是工程師、地產經紀、無線電操作員，重選議員和毒品頭子。由於涉及人物的背景太大影響力，所以調查的網民拒絕在論壇直接公佈名字。

除了網上調查外，帖子也激起了部分住在當地的網民親身前往托兒所打探一下。有家長帶同小孩一同前往那間托兒所，並要求即時註冊入學（筆者：拿自己孩子冒險，你有神經病嗎？）。據那名太太的證詞，整間托兒所只有一名 50 多歲的老太太和一名有肢體殘缺的小孩。那名老太太說這裡只接收「由勞工署轉介的個案」，另外還要求那名太太簽下承諾書，承諾不會洩露任何關於那有肢體殘缺的小孩的任何資料。

另外，還有一名網民由窗戶拍下了數張托兒所內部的照片，並和正常托兒所內部的照片比較。相比起正常托兒所，Fun Time Kidz Kare 明顯沒有任何兒童設施，圖書櫃、玩具、小孩畫作、教育海報……反倒像一間死氣沉沉的辦公室，甚至有網民形容為監牢。

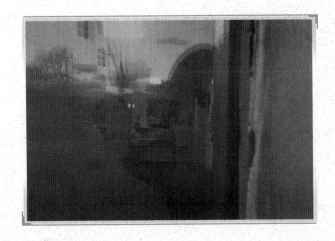

但最讓網民不安的是，一張很大嫌疑的貨單，

一張由中國寄來的貨單。

人們在貨物出入口資料庫中，找到 Fun Time Kidz Kare 曾經在 2013 年，接受過一批重得古怪的貨物：271 件總重 1100 kg 的塑膠玩具首飾，相等於一輛輕型私家車的重量，由中國廣東省廣州市黃埔區某玩具公司提供。<u>為甚麼一間沒有孩子的托兒所會需要數量如此驚人的塑膠玩具首飾呢？</u>

網民再翻查下去，發現那個貨櫃還屬於另外一張訂單，那張訂單由一間香港公司寄出。那間公司位於旺角某幢寫字樓，是一間國際採購公司。貨物為 763 件總重 6825 kg 的足球。買家來自美國 5 間完全獨立的公司，分別是 Fun Time Kidz Kare、一間加州電子玩具公司、一間芝加哥金融公司、一間愛達荷州酒館和一間奧勒岡州的神秘公司。當中酒館的老闆更曾經犯下嚴重的狎童罪行。有聲稱熟悉物流的網民更説由 5 間完全獨立的公司共用一個貨櫃其實是非常罕有，除非他們本身有密切的連繫，亦都暗示這間托兒所背後支撐的勢力是非常龐大。

但最讓人心寒的地方是，究竟貨櫃裡還匿藏了甚麼可怕的東西？

我們先前説過那兩張訂單中，有 271 件總重 1100 kg 的塑膠玩具首飾和 763 件總重 6825 kg 的足球。但是，其實一個正常足球的重量不會超過 0.43 kg ，而一個玩具首飾也不會超過 0.2 kg。換句話説：

$271 \times 0.2 = 54.2\,kg$

$763 \times 0.43 = 328.09\,kg$

$(1100+6825) - (54.2+328.09) = 7542.71\,kg$

那麼多了出來的約 7543 kg 究竟是甚麼東西？

槍械？毒品？偷渡客？還是小孩？

當中槍械的可能性很低，畢竟美國是槍械合法化的國家，沒有必要大老遠走私過來。毒品的可能性比較大，因為正如大部分商品，中國出產的毒品會比美國便宜。至於最後兩個……呃，恕筆者不敢分析下去。講到底，廣州來香港只有半日車程。

正當網民眼見真相逐步逼近，呼之欲出的時侯，一股由陰影走出來的神秘勢力卻硬生生插進來，企圖隻手遮天……

```
********** <warning> **********
```
筆者考慮了很久，還是不把那張貨單的網址印在書上
這樣做和直接說出公司名字沒兩樣
所以想要網址的讀者可以到專頁 PM 筆者
```
********** <warning/> **********
```

炮火全開的攻擊

其實在 discogodfather6922 發帖後不久，來搗亂的騷擾者便有增無減。

首先走出來警告大家的是一名叫 DeathShip 的活躍會員。他留言道：「我現在建議你們停止調查這個地方。」當大家追問為甚麼時，他卻沒有正面回應，只回覆：「如果你堅持要調查下去，就把所有找到的揭露出來。不要說我沒有事先警告你，通常掌控

這些東西的人都是危險人物。」

其後有網民追查這位神秘人 DeathShip 的底細,發現他不是鹽湖城的居民,而是一名來自 Area 51 的語言學家(他自稱),能說八國語言,當中包括印地文烏爾都語、旁遮普語、孟加拉語、尼泊爾語、俾路支語、德語和英語,奇特的身份為他的警告增添神秘的氣息。

隨著托兒所的討論愈來愈激烈,愈來愈多「新會員(即是剛剛註冊的會員)」湧入帖子,不斷侮辱和追擊那些認真調查托兒所背景的網民,甚至用短訊發出死亡威嚇,以下是一些網民曾經收到的恐嚇短訊:

「刪除你所有的帖子和留言,不要再引起話題。這是第一次警告,也是最後一次,我們知道你是誰。」

「如果你真的想揭發真相,你最好作最壞的打算,代價分分鐘是你的小命。明白這串密碼可以讓你死而無憾:5982471595 8267485319 F.R.。」

據說那串數字是 GPS 編號,其位置是加拿大某大湖的中央。湖的形狀和一隻兔子相似,而 Fun Time Kidz Kare 的門牌碰巧

也是一隻兔子，讓人猜想是否某神秘組織的標誌。

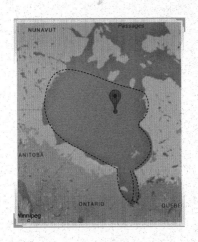

其中還有一個叫 StopGossip 的「新會員」對樓主 discogodfather6922 說：「我曾經進入過你的房子，和你一起玩玩具人，你還記得我怎樣把它們塞進你的屁眼嗎？」

除了威嚇網民外，StopGossip 向 Reddit 版主要求刪去任何關於 Fun Time Kidz Kare 的帖子，而 Reddit 版主也出奇地答應了 StopGossip 的要求，以對事主生意產生滋擾為理由，無論是 SLC 版、陰謀論版……一旦扯上 Fun Time Kidz Kare 的帖子都被刪去。即使帖子僥倖留下來，所有關鍵資料也被管理員刪去，只留下空洞的內容。

或者因為大家身處地方的問題，不會覺得封殺一個話題是甚麼大不了的事，但對於遠方的美國網民來說，真的把他們嚇了一

跳。<u>因為通常只有非常非常嚴重的情況下，Reddit 才會大規模地</u>
<u>刪除留言，連一向倔強的陰謀論版也鮮有地屈服了。</u>

為甚麼這名叫 StopGossip、註冊不到一天的會員，竟然有
如此大的權力去強迫 Reddit 刪去所有 FunTime Kidz Kare 帖子
呢？他真正的身份是甚麼人呢？

石沉大海的真相

筆者很喜歡看《權力遊戲（Game of Thrones）》，當中小惡
魔 Tyrion Lannister 曾經說過一句至理名言：「如果你割下一個
人的舌頭，你不會證明到他是騙子，你只不過對全世界說你很害
怕他說的話。」

如果鹽湖城這間神秘的托兒所一開始不是無所不用其極地去
打壓網民的調查，沒有人會認真看待事件。反而當它極力封殺帖
子、恫嚇網民時，這一舉動暴露了它的不安，絕望地想遮掩事情
的真相。

隨著 Reddit 大規模地禁言，網民的調查工作被迫中斷，事
件也慢慢被淡化，直到最後真相也石沉大海。筆者今次寫的不是
故事，而是一些真實發生的事情，所以也沒有一個完美的結局帶
給大家。來到最後，筆者和大家分享一下網民在被封殺前曾經提

出過，有關 Fun Time Kidz Kare 真身的可能性：

（1）倒閉的托兒所

（2）CIA 用作保護證人／特工的庇護所

（3）用來逃稅的空殼公司

（4）由中國走私人口的停留站

（5）毒品交易所

（6）勢力龐大的戀童癖集團

這一次，真相留給大家去發掘。

No.01：環繞日常的陰謀 Conspiracy Around Us

房間 322 號

14

Room 322

　　酒店、旅館、飯店，這些字眼對於大多數人來説只不過是旅行時中途休息站，但事實上，它們還是所有骯髒勾當的聚集之所。

　　酒店（及它的同伴）擁有很多即使是犯罪黑點（例如公園、酒吧）也無法同時提供的犯罪條件：高私隱、高流動性、低成本、設施完善。

　　更重要的是，酒店會為了自己的名聲，而盡力把所有曾經在裡頭發生的罪惡蓋過去。

　　這些獨特條件使酒店成為進行所有不見得光的勾當的絕佳之地，小至偷情、吸毒、性交易；大至群交派對、吸毒派對、秘密社團儀式，甚至殺人等等恐怖的罪行，通通也可以在酒店發生而不受外界打擾，只有那些一直守口如瓶、冷眼旁觀的服務生才洞悉真相。

　　有在高級酒店工作過的美國網民透露，自己曾經目睹兩名知名的共和黨議員帶著三名年輕的妓女在酒店開群 P 派對；有只入住 3 天的女星堅持要運送自己家的大床入房間，因為「在陌生的床無法睡覺」；在富豪客人的房間發現一隻用冰雪藏的鱷魚，甚

至有年輕有錢夫婦要求服務員一起來大玩「三人行」。

所以當大家下次入住酒店，走過長長的走廊時，不妨猜想一下每道房門的背後，究竟隱藏了甚麼怪人？他們又有甚麼可怕的故事呢？但我們今天不能再說這些酒店的奇聞軼事了，筆者還有別的事忙，就像愛麗絲那隻拿住時鐘的兔子般，滴答滴答。

因為筆者今天還要帶大家趕往一間神秘的酒店房間，一間叫 Room 322 的酒店房間，那裡隱藏了一些可怕的秘密。但我們在房間的門前停一停就好了，因為這間房間不是給我們這些平民入住，住在房門背後的是一個勢力大得很可怕的⋯⋯

秘密結社（Secret Society）。

誤入詭異的酒店房間

Hotel ZaZa，一間專門針對有錢人市場的連鎖式酒店，以古典的建築物外型、裝潢格華的大堂和高雅格調的房間聞名，在美國兩大城市達拉斯和休士頓也有它的分店。但在 2013 年 2 月，卻因一名網民 Joelikesmusic 意外闖入其中一間房間，揭發了這間貴價連鎖酒店不為人知的一面。

以下內容轉載自當時 Reddit 網民 Joelikesmusic 說出來的親身經歷。

由於工作關係，我和數個同事經常入住 Hotel ZaZa 的休士頓分店。那天晚上，一名同行的同事因為忘記預訂房間，而且酒店的房間都幾乎塞得滿滿，所以我們唯有在櫃檯的職員前大耍把戲，才勉強拿到一間單人房。但事後發現，當我們其餘人入住的都是正常 ZaZa 風格房間時，那名沒有訂房的同事卻被派往一間「哥德式牢房」。

　　房間大小只有正常 ZaZa 酒店房的三分之一，客房內的設施，電視、傢具、大床和窗戶通通都塞在一起，顯得擁擠不堪。另外，牆壁還掛了數張詭異的圖片，包括一張大大的骷髏頭顱油畫和一張身份不明的中年男人照片。更加古怪的是，房間的大床被人用兩條鐵鏈緊緊扣在紅磚牆上。

　　那位同事給了照片我們看後，我們立即詢問大堂櫃檯的職員。那位職員查一查後，馬上慌張地說：「那間房間理應不會租出。」然後馬上為那位同事轉房間。

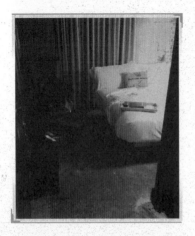

現在讓我們看看 Joelikesmusic 朋友拍下照片。

正如 Joelikesmusic 在帖子裡描述，酒店房間的確瀰漫住一陣詭異的氣氛，陰暗的裝潢、奇怪的圖畫，宛如性罪犯的地牢般令人不安。值得一提的是，房間的地板是粗糙的灰色大理石地板，而不是正常的酒店房般佈上地毯，就像建築工地般骯髒。

但最讓 Reddit 網民覺得詭異的，還是那塊鑲嵌在牆壁上的大鏡子。

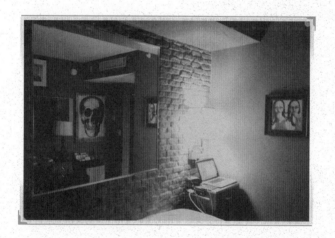

從照片所見，我們見到一面鏡子以不尋常的方式鑲入紅色磚牆壁內。據説，一般酒店房很少會把鏡子鑲嵌在牆壁內，通常都是懸掛住，這樣會比較方便搬遷或讓客人掩上。

有一名自稱從事室內建築相關行業的網民 StinkStar 説，那幅紅磚牆連同鏡子也是後期增設，並不是原來房間的設計。他説由紅磚牆和白牆之間那完美無暇的接縫，便得知這個房間已經被人劃成兩間房間。換句話説，在紅磚牆的背後，還有一間「神秘

的房間」。這理論也解釋了為甚麼 Joelikesmusic 會覺得這房間比正常的小三分之一。

但是，為甚麼堂堂 Hotel ZaZa 要把一間套房劃成兩間細房，還要在上方鑲嵌一塊鏡子呢？

網民 saltyveruca 就著鏡子，提出一個驚為天人的理論：那塊鏡子會否是塊雙向鏡（Two-way mirror）？

如果大家不知道甚麼是雙向鏡，可以在維基查一查，那是一種你不能看到鏡子背後，但鏡子背後的人卻可以毫無保留地監視你的偷窺鏡。一般用在警察局的審問室或動物園內，而鏡子陷入牆壁內恰巧是雙向鏡特徵之一。

雖然沒有人能百分百確定那塊鏡子是雙向鏡，因為真正的分辨需實地考察。但由鐵鏈吊住的大床、無故割成兩房間等環境因素推測，那塊鏡子是雙向鏡的可能性，幾乎和一男一女走入殘廁的原因是進行愛愛，而不是普通聊天的可能性一樣大。

如果那塊鏡子真的是雙向鏡，那麼它的用途又是甚麼？

在 Reddit 網民討論的早期，便有一名曾經在酒店工作的網民說這間房間是某富人租下的性愛房間，理論上不可再租給街客，但是酒店櫃檯那名新人因為心急想打發 Joelikesmusic 的朋友，才錯手把包下的房間租出。

因為他以前工作的酒店也有類似的房間。根據他的工作經驗，有不少有錢人有錢到某一個地步，便會玩變態性愛起來。他猜測房間被某富人租下來後，富人在用雙向鏡把套房改建成兩間細房，之後再聘請妓女在房間大搞性愛派對，自己則在房間另一邊慢慢欣賞，有時更會在那裡「揀選貨品」。

除了自娛外，也有其他網民指出 CIA 等情報組織也會在酒店裝設類似的房間。情報人員利用那些房間來誘騙一些高官、議員或外國人使在房間內做愛，好抓住他們的把柄，逼便他們聽令於組織。有時候，他們甚至會把犯人抓到那裡，進行審問及私刑。

縱使 Room 322 的用途聽起來逐漸清晰，但這代表房間所有謎團已經解開了嗎？

原來，更恐怖的細節隱藏在 Room 322 的掛畫上。

秘密結社的房間

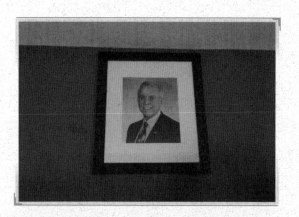

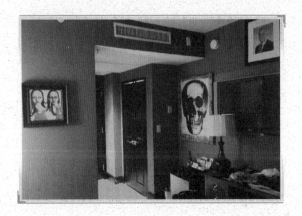

　　Room 322 總共有四幅圖畫,其中兩幅是畫風古怪的油畫,有網民查出是出自兩名當代著名藝術家的手筆,還不是複製品,而是價值不菲的親筆作品。至於另外兩幅,一幅是巨大的骷髏頭骨油畫和一張神秘男人的個人照。

　　很多網民第一次看 Joelikesmusic 的 Imgur 相簿時,很快就被那張神秘男人的個人照吸引目光。主要原因有兩個:首先,在酒店客房掛一幅陌生男人的個人像是件很稀奇的事。其次,那個男人的個人照被掛在牆壁正上方的位置,通常只有被崇拜的政治人物或家族的先祖才會如此掛放,但這名男子和房間又有甚麼淵源呢?為何他被設計房間的人如此尊崇?

　　住在休士頓的網民很快便認出相中的男人是當地一名知名的富豪,史丹福金融集團(Stanford Financial Group)的主席 Jay Comeaux。有當地的網民指出史丹福金融集團是

當地一個頗大型和有勢力的金融集團，亦都曾經在 Hotel ZaZa 舉辦多次活動，當中包括酒會、慈善籌款等，但這些資料很難和把他的照片掛起來的舉動扯上關係。

大家還記得這間房間的號碼嗎？ 322 號。

事實上，數字 322 是美國秘密會社「骷髏會（Skulland Bones Society）」的代表數字，當中 32 指它的創立年份（1832 年），而 2 則表示它是繼德國秘密會社 Corps 後第二分支。亦都有人說這是為了紀念希臘雄辯女神 Eulogia 在希臘演説家 Demosthenes 於公元前 322 年死去後，因為傷心欲絕一直再沒有下落人間，直到在 1832 年她下凡到骷髏會的基地內為止，所以骷髏會的成員又會自稱「優羅嘉的騎士（The Knights of Eulogia）」。

除此之外，骷髏會的著名標誌是一個骷髏，下方是兩根交叉的骨頭。據説，無論有沒有宗教意圖，骷髏會的成員都會以骷髏來進行一些奇怪的儀式，例如睡在棺材或朗讀自己的性經驗。而恰巧的是，他們的神秘標誌，那幅巨大的骷髏頭骨油畫又出現在房間 322 號內。

很多人以為骷髏會一定指「耶魯大學的骷髏會」，那個美國前總統布殊及老布殊也是會員的秘密結社。但有如網民 cheops1853 留言説，骷髏標誌和 322 並不是耶魯大學秘密結社的專利，事實上，類似的分支早已遍佈所有美國名牌大學裡，而

休士頓的路易斯安那州立大學（Louisiana State University，LSU）恰好也是個以骷髏標誌和 322 聞名的菁英結社：修士會（The Friars）。

Jay Comeaux 和 Hotel ZaZa 的老闆 Benji Homsey 也是由 LSU 以菁英身份畢業，而且屆數也是差不多。更奇怪的是，原來 Hotel ZaZa 的老闆 Benji Homsey 曾經在酒店落成初期，在 Room 322 住了足足兩個月的時間！

雖然目前為止，仍然沒有實際證據證實他們和房間 322 有關連，但人們仍然不禁猜測 Room 322 會否是 The Friars 的秘密基地，而他們在那裡除了平常聚會外，還會進行一些宛如邪教般的儀式，甚至用集體性交來拜祭神靈？

對於大多數人來說，以上的猜測聽起來確實有點滑稽，一夥以實用主義作宗旨的商家竟然會包下酒店房大搞邪教儀式？但看過以下兩位網民的分享，我們知道的確有這種可能，而且一點也不小。

曾經在酒店工作的 Powerbottom-4-Jesus 就說其實很多共濟會的分支也會在當地酒店租下一些房間，用作開會或聚會之用。Powerbottom-4-Jesus 工作的酒店也被當地的共濟會包下了一間貴賓房，而那些貴賓房明文規定禁止任何人進入，即使是清潔工和酒店老闆也不可以。有人曾經窺探內部，發現房間的牆壁都被共濟會成員塗上深黑色，還有骨頭擺設。

至於另一位酒店員工 `throwaway32235` 的經歷則更加恐怖。throwaway32235 說大約在 10 年前，他工作的酒店曾經發生一場火災，不是很嚴重，但都毀掉了數間客房。為了向保險公司申請賠償，throwaway32235 被派到發生火災的房間，調查被濃煙和水炮損壞的情況。他碰巧進入了一間和 Room322 一模一樣的神秘房間。

房間的牆壁被神秘的顧客打上石膏，顯得額外畸形。更加詭異的是，這間房間竟然也有一塊被額外裝上的大鏡子，和一張由鐵鏈吊起來的大床。除此之外，房間也掛滿很多畫風陰森的人像畫。

throwaway32235 在房間一張小圓檯上發現 3 張女孩的個人照片。他說 3 張照片都是同一女孩來，一名長得可愛的年輕少女。起初 throwaway32235 也不以為然，但數天後，他在一新聞頻道上看到同一名女孩，照片下方卻寫住「離奇人間蒸發的中學女生」。throwaway32235 看過新聞後大驚，立即向警方提供資料，但警方卻以數個理由推托，拒絕由他提供的方向調查。

一星期後，throwaway32235 幾乎死於一場車禍上。

在報警數天後，throwaway32235 在街上突然被一輛從後而上的私家車撞飛，再重重摔在地上，幾乎當場喪命。雖然警方調查後，斷定車禍是一場意外，但正如 throwaway32235 說：「我不是偏執狂，但有些事情誰知道呢⋯⋯」

是真實還是市場策略？

　　有人說 Room 322 只不過是 Hotel ZaZa 的市場策略，用來催谷人氣，因為之前根本沒有聽過這間『貴價酒店』的大名。但由 Hotel ZaZa 市場部的反應看來，他們明顯深受謠言滿天飛的 Reddit 困擾。

　　Hotel ZaZa 的 E-marketing 主管 Kyra Coots 在 Joelikesmusic 的帖子發出後數天，立即接受當地一間傳媒 Houston Chronicle 電話訪問，澄清 Room 322 只不過是他們酒店其中一間主題房間 Hard Time，讓客人體驗置身於監獄的滋味，並補充他們在對角的位置也有另一間以 NASA 作主題的房間。另外，由於酒店是由 100 年前的建築物改建而成，所以部分房間會被其他細小。最後，Kyra 強調所有房間都是對外開放，絕對沒有私人集團包起，Joelikesmusic 朋友的經歷只不過是一場誤會。

　　但當記者問到為甚麼 Jay Comeaux 的畫像會出現在房間時？Kyra 則含糊地說：「我要回去再查一查。」同時，對於詭異畫像的問題，她也是電話收不清為理由，迴避問題，明顯 Kyra 沒有預料到記者會這樣問。

　　除此之外，網民 chipjet 也指出 Kyra 在訪問中說謊，因為 Room 322，無論過去還是現在，都不曾對外宣傳或開放。你們可以上一上 Hotel ZaZa 的網頁，他們直到現在對「主題房」這東西也是隻字不提。對於一個商業社會來說，這的確有反常態。

甚至有網民挖出早在 2012 年時，一名美國犯罪小說作家 Hilary Davidson 在她的巡迴簽名會途中，誤入 Room 322。 在她的網誌寫：「我第一間房間是主題房來，叫 Hard Time。一個大骷髏油畫掛在牆上。數分鐘後，我問酒店職員關於房間的事，他們立即把我搬到另一間房間。 」雖然 Hilary Davidson 向職員堅持，她是一名犯罪小說家，對房間很感興趣，但職員仍然堅持要她搬走。這經歷和 Kyra 所說的「對外開放」明顯有出入。

從不清白的酒店

究竟 Room322 是否神秘富豪或組織所擁有，用來幹他們那些污穢不堪的勾當？筆者不敢在這裡妄下判斷，畢竟涉及人家酒店名聲，但筆者卻肯定宏觀整個酒店業界，Room 322 中提及酒店裝置雙面玻璃來偷窺住客的事件絕不稀有，甚至很常見，以下是一名外國網民 TheLovelyGrimm 的真實詭異經歷：

有一次，我媽和我因某些事要駕長途車到聖地亞哥州。我媽是一名很神經質的女人，對酒店抱持莫名奇妙的戒心，常常懷疑酒店安裝了偷拍器或雙面玻璃來監視我們。我們在去聖地牙哥的路中途經某城鎮找了一間廉價旅館休息。由於我媽性格很神經質，所以每次住酒店時，她都會首先走進浴室，檢查花灑和馬桶有沒有偷拍器。之後她檢查煙霧探測器、電視機和喇叭。最後為了檢查鏡子，她會把房間所有有光的東西都關掉，然後用手電筒照射鏡子……

然後，鏡子便映出隱藏在房間另一端的灰色房間。

那間房間很狹窄，只有一個衣櫃大，沒有地板，沒有牆紙。我們被眼前的景像嚇傻了，連退房手續也沒有搞便逃離酒店，之後一整晚都睡在車內。自此之後，我再也不敢嘲笑母親神經質了。

另外一名網友 Meshinato 也有誤入類似 Room322 的用途不明酒店房間的經歷：

數年前，我爸和我在近喬治亞州薩凡納市的花園鎮租了一間名不經傳的旅館。那間酒店的房間和大堂離奇地隔著了一大片荒野。我們 Check-in 後便前往那棟廢墟般的大木屋，大屋的大門掛了一串鬆散的鐵鏈，讀卡機也被人砸爛了，窗戶也被畫上黑色大交叉。我們雖然覺得奇怪，但還不至於害怕。踏上破爛的樓梯，映入眼簾的是一條和電影《閃靈》一樣的詭異長走廊，唯一不同的是走廊盡頭的房間角落，站了兩名身形魁梧的大漢。當他們看見我們時，眼神不自然地瞄向其他地方。

穿過走廊時，我們以為已捱過最糟糕的狀況。豈料到達房間，才發現更糟糕的事在後頭。房間只比一個衣櫃稍大，木床勉強塞在角落。天花板吊著一個沒有裝飾、單純一條生鏽的電線連上一個灰濛濛的燈泡。房間根本和監牢無兩樣。

但真正壓垮我們最後一絲理性的是，父親拉扯床鋪時，在毛

毯角落驚現一灘乾涸的血跡。他嚇得立刻拋走手上的毛毯，我一時鬼迷心竅手多翻轉床單，一灘覆蓋整個床單、單車那麼大的棕色血跡立即呈現在眼前。我們終於忍受不住，二話不說跑出房間，再也沒有回頭，唯一後悔的是當時我沒有拍照作證。

你們可能覺得這些親身經歷的內容太誇張，或根本就是恐怖電影恐怖旅舍的情節？但不要忘記，《恐怖旅舍》的導演說過電影是由「某些真實經歷」中取得靈感。而事實上，有不少離奇失蹤案件也是發生在酒店，例如 1965 年與家人在酒店睡覺時被拐走的女孩 Denise Clinton；2000 年在古巴酒店失蹤的旅遊作家 Claudia Kirschhoch；2011 年在酒店房間留下大麻和 30 萬美元便離奇失蹤的美國商人 Cameron Remmer。所以當大家到異國旅遊時，千萬不要以為走進酒店，鎖上房間房門便安全，因為危機可能就在對面、隔壁房間⋯⋯

甚至你自己的房間內。

來到最後，正如上一篇陰謀論，筆者和大家分享一下網民曾經提出的有關 Room 322 真身的可能性：

（1）純粹宣傳手段

（2）職員宿舍

（3）有錢人用來玩變態性愛的地方

（4）秘密結社的基地

No.01：環繞日常的陰謀 Conspiracy Around Us

神秘村莊的異教神殿 15

The Temple of Oculus Anubis

對於在城市長大的人來說，村莊或村落是一種很奇妙的存在。情況宛如在香港長大，你很難搞清楚州、省、縣、市、鎮、鄉等概念，即使明白字面上的意思，也無法掌握箇中的分別，例如規模大小、距離遠近、行車時間……所以對於一向以年薪決定住所、鄰里關係薄弱的城市人來說，村莊，特別是那種同一姓氏的村莊，的確有一種莫名其妙的神秘感。那種對村莊的身份認同、村民間同聲同氣、排斥外人的大家族等等，對城市人來說都是一些很陌生和奇趣的情感。特別當村莊崇拜奇特的宗教或定期進行古老的儀式時，籠罩在村莊身上那種神秘的迷霧便更加朦朧。

不少出名的恐怖小說和遊戲均設定在一些虛構的神秘村莊或小鎮，用村莊村民間複雜而神秘的人際網絡作故事背景，例如《死魂曲（Siren）》系列、史蒂芬金的《必需品（Needful Thing）》、三田津信三的《百蛇堂》等等。

即使我們回到現實世界，也有不少村落發生過恐怖事件或過著奇特的生活，例如堅持復古生活的阿米什村莊（Amish Village）、人民聖殿教（The Peoples Temple）的自殺村。還有近來筆者寫戀童癖功課時，留意到北非的 Siwa Oasis 村落。

直到二次大戰前，那裡的父親都流行「換子雞姦」或大搞男人群交派對……

　　暫時聽起來，這些奇奇怪怪的村莊都位於偏僻落後的地方，好像離自己很遠。但如果筆者對你們説即使在看似務實的有錢人小鎮，也有一座異教神殿和一個龐大的地下迷宮埋藏在地底，更加恐怖的是，整條村的人也信奉某古老宗教，你又信不信呢？

　　但事實的確如此。

撲朔迷離的古埃及神殿

　　在 2013 年 3 月 27 日，一名匿名網友在美國著名論壇 4chan 的超自然版發佈了一則帖子，帖子附上一張神秘地方的照片，並請求別人為他解答照片中的奧秘。

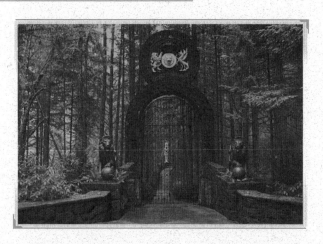

由上圖見到，照片顯示的地方是某車路的盡頭，車路的盡頭有一道深黑色的圓拱形大鐵閘，閘門上方有個神秘的符號，左右兩旁則有一對類似中國石獅的石雕。更加奇怪的是，在閘門的後方，我們隱約看到一尊白玉色的女神像。以下是當時樓主寫下的內容。

各位超自然版的朋友好！我之前從未在這裡發帖，而我今次來也是全心求教，希望瞭解多些照片中地方的資料。

我本人住在美國奧勒岡州的大馬革（Damascus），而照片中的建築物叫 Oculus Anubis。我頗肯定它是某些邪教的基地。我在網上查過，它在數年前得到政府許可，可以興建地下隧道。有很多當地的小孩也會到那裡，但我和我的朋友近來到大閘拍照後，卻被一輛白色的 SUV（運動型多用途車）跟蹤，現在警察也介入調查。

地址是 1700 SE Forest Hill Damascus OR，閘門在道路的盡頭。

人性是相似的，特別當面對一些勾起好奇心的話題時候。正如絕大部分的都市傳說，當神秘的話題在論壇浮現時，一定不乏一群自告奮勇、尋根究底的網民。

有網民首先用 Google Map，查找一下樓主所提供地址的街

景。那名匿名的樓主果然沒有說謊，在道路的盡頭真的有一道
異教氣息濃厚的閘門（筆者查證過，現在 Google Map 也可以找
到）。更加奇怪的是，在閘門對出的位置，有兩座像牛那麼高的
黑色水泥的金字塔座，落在道路兩旁，<u>剛好和閘門形成一個隱形
的三角型</u>。

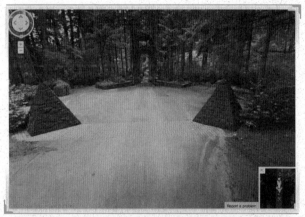

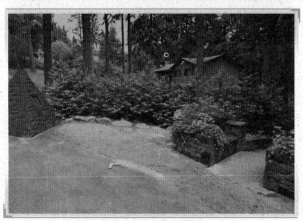

除了 Google Map，另外有網民翻查該地址在政府的註冊記錄，發現建築物真的曾經花費 2 億美元（約 15 億港元），在地底興建一道「用作額外居住空間」的暖氣地下隧道，但地下隧道的規模和大小則不明。

在確定建築物真的存在後，有部分住在鄰近社區的網友馬上親身到現場探險。雖然每個網民的報告也有少許出入，但有部分事情是確定：（1）建築物位置的社區全都由一個叫 Neal 的神秘家族擁有。（2）全村大約有 20 多戶人家，每一戶人家也有輛純白色的 SUV。（3）由每一棟房子的裝潢看來，Neal 是個富強的大家族。

甚至有一名勇氣可嘉的網民，sarahlynn11，繞過閘門，拍下裡頭的白色神像。

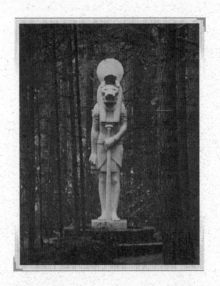

在上圖，我們可以清楚看到那尊白色神像的真身是一尊獅頭女人身的古埃及神像。有熟悉古埃及神話的網民便立即引用了《古埃及百科全書（Encyclopedia of Ancient Egypt）》，指出那尊神像應為古埃及神話中戰爭女神賽克邁特（Sekhmet），一個幾乎消滅全人類的嗜血女神。以下筆者便引用了百科全書中相關段落：

獅子崇拜（Lion Worship）最早出現在公元前 2920 － 2770 年，在尼羅河（古埃及城市）一帶。神廟內被拜祭的獅面人身神包括 Matit、Mehet 和 Pakhet。而 Akeru 教派則涉及對古埃及太陽神 Ra 的崇拜。傳說中 Akeru 為一對獅子，負責守護任何太陽神的聖地，當中包括「Gate of the Dawn」，一道每天早晨 Ra 也會通過的大閘。

由百科全書的內容看來，網民認為神像是 Sekhmet 的說法未必完全正確，因為筆者再翻查百科全書時，發現 Pakhet 也是獅頭人身的戰爭女神（另外 Matit 和 Mehet 為男神），但這些也不太影響我們之後的推論。另一方面，根據百科全書的內容，我們幾乎可以 100% 確定大閘外的一對石獅應該便是 Akeru，而神秘建築的大閘也寓意為「Gate of the Dawn」，從而推論在大閘的後方的，應該是太陽神 Ra 的「聖地」。

縱使我們已經確定那神秘建築物為古埃及宗教的聖地，但環繞在神殿四周的謎團仍然濃厚深邃，黑得伸手不見五指。

為甚麼村莊的居民要如此大費周章，興建一個古埃及神殿？村莊的居民又是來自甚麼地方？他們為甚麼會和古埃及宗教扯上關係？到最後，他們用了2億美元興建的地下隧道，裡頭又收藏了甚麼可怕的東西呢？

　　現在讓我們繼續挖下去。

　　（筆者註：15億港元便可以興建古埃及地下神殿？原來用來起第三跑道的1800億足夠用來起幾座世界奇觀了……）

女網友：可以幫一幫我嗎？

　　大約在11個月前，一名叫 nosleepathome 的網民在 Reddit 發了一則帖子，講述她和男友偷偷走入 The Temple of Oculus Anubis 時發生的恐怖經歷。以下是當時帖子的內容。

　　大家好！在我家附近有一條很奇怪的街道，直到現在我也不太清楚它是甚麼東西。我今次上來的目的就是希望得到大家幫助，去弄清楚這個地方的種種謎團，或者更加重要的是，弄清楚我和我男友究竟招惹了甚麼狗屎。

　　雖然我知道這裡有多人都清楚我所指的地方，但容許我先講

解一下那條街的背景資料。

　　離我家 20 分鐘車程，有一條異乎尋常的街道。它不偏不倚地座落在一堆村屋和農地之間，但那街道上的建築有別於它周遭的環境，都是一些裝潢良好兩層高的平房，有大車庫大窗戶那種。但那條村最奇怪的地方是，當你駛至街頭的盡頭時，一道異教氣息濃厚的閘門便會突然出現在你的眼前，宛如回到了中世紀。

　　在閘門前方，有兩個非常大的金字塔分別座落在道路兩旁，把後方的碎石路和正常鋪上瀝青的道路齊整地分成兩折，形成一條清晰的界線。

　　那道閘門非常大，有一棟房子那麼高。閘門的後方有一尊巨神像。我想那個應該是 Anubis，所以我和男友習慣把它旁邊的房子稱為 Anubis 之家，現在想起來還挺酷呢。

　　我是兩年前，在一個舊朋友帶領下，才得悉這個地方，之後就很少再去那裡了。直到前陣子，我的男友 Mitch，某一天說自己從未去過，哀求我帶他看一次，我才重返那道奇怪的大閘。但問題在於，Mitch 並不滿足只是去到那裡，像遊客般傻傻地望著那尊神像。他的野心更大，他想徹底地調查埋藏在那裡的秘密。

　　Mitch 開始用 Google 進行調查，調查內容包括建築物的實際大小，有沒有甚麼新聞……諸如此類。我們也開始頻密地在那條街道徘徊，一有空便會滑去那裡，像獵犬般不願意放過任何線

索。例如像金字塔上的電燈，在某些特定日子會發光，但大部分日子則否。

以下是我們發現的小線索：

1. 每一棟房子也有一輛白色房車。

2. 每一棟房子至少有 4 輛私家車。

3. 幾乎所有房子全日都是燈火通明。

4. 收音機一去到大閘門外便會失去訊號。

5. 你無時無刻都會被人監視。

我和我男友在大約數十次調查後才發現第 5 點。還記得那天是盛夏的下午，時間大約是 1 點鐘。由於當天學校沒有甚麼功課，所以我們一大早就跳上車子，往神殿方向奔馳而去，繼續我們的調查。

當駛到大閘時，我突然感到一股不安感像蟲子般從後而上。當我回頭一望，驚覺在大閘左邊的 Anubis 之家離奇地擠滿了人。房子兩層高，大約有五六對窗口，每一對窗口也有數個人雙手垂下，怔怔地站立著。

更加恐怖的是，屋子裡頭每一個人也在盯緊著我們。

我男友見狀馬上把車轉頭，準備閃人。那時候我雖然覺得不

安，但未至於害怕，一向好奇心重的我忍不住狠狠地瞪回他們。

　　縱使我們的車子已經駛離屋子一段距離，但屋內那批人仍然像石像般站在窗旁，用一種不帶情感的怪異目光，靜靜地瞪著我們，默不出聲，直到房子消失在我們視線範圍為止。

　　自此之後，一旦我們到達那條街，沿路上每一棟房子的每一個人也會走出來，站在他們的車道上，用相同的目光望住我們，不分天氣，不分時間。每一次也是直到我們的車離開大街，他們才會悄悄地返回屋內。有一次甚至有兩男一女站在道路的盡頭，守候在大閘外。雖然聽起來整件事情詭異得很，但當時我和我男友頗享受當中的刺激感。

　　之後我們再調查那些居民，發現他們雖然一直對外自稱是眼科醫生的家族，但我們沒有在那條街上找到他們的診所，甚至在其他地方也沒有。另外，我們也由政府網站得知他們在大閘後興建了一條地下隧道和三層高的樓房。

　　這就是我們暫時知道關於那條詭異大街的事情。現在，我終於可以說有甚麼恐怖的事發生在我身上。

　　我們去了那裡很多次，雖然每次那些居民都會走出來盯著我們，但始終沒有甚麼真的危險事情發生在我們身上。所以我和男友都很喜歡那裡，既有點詭異，又不會惹上麻煩。

直到兩星期前，以上的說法都仍然正確。

兩星期後，我和 Mitch 在某天晚上，如常地駛往那條街道，進行我們的「飯後活動」。但這一次，當我們駛到大街時，驚訝地發現整條街道發生了翻天覆地的變化。

街道仿佛被黑暗吞噬了，變得漆黑一片，平日燈火通明的房子在今天全都莫名其妙熄了燈，包括在大閘旁邊的 Anubis 之家。唯一的微弱燈光由道路盡頭的神像傳來。那一刻，神像仿佛在黑暗中活過來，化身古埃及的地獄守護者。

除此之外，平日泊在每一棟屋子外的白色房車都集體消失不見，甚至連平日失靈的收音機也突然回復正常，而且是非常清晰那種。

先是一陣迷茫，然後是像洪水般排山倒海湧來的恐懼感，我們雖然沒有找到確切的危險，但生物的本能卻一直催促我們趕快離開。我們沒有交談，但 Mitch 也心領神會地踏下油門，我們在一陣詭異的沉默中離開那條黑暗的大街。

自從那一天開始，一個黑衣人便每天都出現在我的生活中。

我當初留意到他，是因為那個黑衣男人多次出現在我睡房的窗戶外，在一個不遠不近的距離緊盯著我。他個子很高大，有

190多厘米，穿著一套燙得貼服的黑色衣服，頭戴一頂黑色軟呢帽，眼神和大街上的居民一樣，冷漠而詭異。

在那個男人出現在我的睡房外數天後，他轉移地點到我的學校，然後是公司，最後又出現在我家，周而復始。除此之外，每次出現時，他都是駕著一輛白色房車來，和大街上的居民那輛一模一樣。

我曾經嘗試報警，可惜每次警察到場前，他都好像未卜先知地溜走；但其實近來最讓我害怕的事情是發生在昨天晚上。大約在凌晨時分，我家的大門突然傳來數下敲門聲，那些敲門聲溫柔但又卻帶點威脅性。我躡手躡腳地走到大門，由細孔偷偷望出去。

不出所料，是那個黑衣男人。

我很害怕，沒有理會他，甚至連隔著木門質問他的勇氣也沒有。在連續敲了數分鐘後，那個男人在門口扔下一件東西，便轉身走人，駕著他的白色房車在黑暗中馳騁而去。

我在門邊掙扎了三十分鐘有多，才鼓起勇氣打開屋門，並在門邊發現一封棕色的信封。我馬上打開信封來看，裡頭只有一張紙條寫住：

「我們都在這裡。」

直到現在，我也不知道這句說話是甚麼意思。究竟我惹上了甚麼麻煩？究竟那些居民是誰？希望大家可以幫一幫我！

雖然我們不能確定這位 nosleepathome 的經歷是否屬實，但的確有不少網民進入 The Temple of Oculus Anubis 或在附近打圈時，都遇上一些令人毛骨悚然的事情。

例如一名叫 Jorge 的網友在 2015 年 1 月在傍晚時分進入村莊時，全條街道的電燈突然熄去，變得漆黑一片，直到他和女友走出村莊時，村莊的燈才恢復過來。

類似的經歷也發生在網民 Sherry 身上。2015 年 5 月，Sherry 和數名朋友在夜晚時翻過大閘，走進聖地內。她說在大閘後，數百平方米的地方都是荒地。那裡有數棟廢屋、一個失修的遊樂場、一堆破爛的車輛、數個沒有人跡的帳篷、甚至有一個早已廢棄的澡堂。

但後來根據一些綁在樹上叉子的指示，他們找到了一棟裝潢嶄新的大宅。大宅內有一個泳池和一個大得像祭壇的圓形露台。由於 Sherry 當時太過害怕，便和數個朋友提早離開回家，留下數個男生在屋內探索。

據悉那數個男生之後在屋內地牢找到地下隧道的入口。他們說隧道是條一望無際的灰白色走廊，活像醫院那種，且配有暖氣

和電燈，還有零星的小孩玩具散落在地上。走廊的盡頭有一道大門，但由於大門背後傳出人們交談聲，所以那幾個男孩也打退堂鼓，跑出山莊。

更加驚心動魄的是，在他們逃跑過程中，有一輛白色SUV從後跟上，直到他們離開村莊範圍為止。

邪教？光明會？古老的家族？

雖然已經事隔2年，網民對於 The Temple of Oculus Anubis 仍然沒有一致的説法。有人説它只不過是某些騙人的新世紀（New Age）團體用來逃税的工具。也有人説神殿是在 Ley Line（龍線）之上，用來吸收地靈能量，原理類似中國的風水陣。另外有人説該建築物和他曾經進入過的「光明會秘室」很相似。

甚至有網民嘗試用塔羅牌來解釋，他説占卜結果為「過去：正義（逆）」、「現在：命運之輪（逆）」、「未來：戰車（正）」，意指那處地方有驚人的秘密並且由具勢力的人士掌管。

但如果我們想抓一些更有根據的理論，以下的資料可能會幫到我們。在事件流出後不久，有網民在商業登記網站竟然看到 The Temple of Oculus Anubis 的地址： 1700 SE Forest Hill Damascus OR。

根據那個網站提供的資料，The Temple of Oculus Anubis 屬於一間叫 Oculus 的私人公司，公司專門批發各種小型專業器材，每年盈利為 26 萬美元，員工總數為 3。但最令人側目的地方是，公司的註冊官網竟然是邪教天堂之門（Heaven's Gate）的官網！

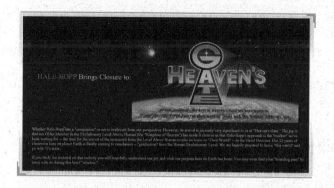

　　容許筆者作一些資料補充，天堂之門是在 1970 年成立的邪教，把基督教學說（特別是末世論的部分）和外星人、多維度、宇宙理論等偽科學結合，形成一個光怪陸離的宗教。其教主 Marshall Applewhite 在 1997 年深信某彗星其實是超級外星人的飛船，於是決定帶同 39 名信徒在酒店房間吃下過量安眠藥集體自殺，好使靈魂脫離肉身，趕上最後的救贖。據悉，最後只有一名信徒 Rio Di Angelo 沒有趕上飛船，其他信徒都「得到救贖」了。

　　但為甚麼 The Temple of Oculus Anubis 會和 Heaven's Gate 扯上關係？這又是另一個謎。（註：當筆者查找時，它的官

網已經改為 disinfo.com，一個類似網報的網站。所以筆者懷疑這只不過是公司持有人一個惡趣味的玩笑罷了。）

除了上述解釋外，還有另一個比較有理的解釋是：The Temple of Oculus Anubis 屬於一個來自埃及地區、歷史悠久的<u>大家族</u>。他們用那後園來進行傳統拜祭和家族聚會。

大約在今年年初，便有一名自稱住在村莊附近並且受到那裡的人委託的匿名網友在 4chan 留言，仔細解釋村莊和寺廟的來龍去脈。

The Temple of Oculus Anubis 和在旁邊的房子都屬於一個叫 Dr. Neal 的眼科醫生。Dr. Neal 的雙親是埃及人和愛爾蘭人，早在 1971 年便買下那棟房子，而 Dr. Neal 也自小在這棟房子長大。在 19 歲那一年，因為某些原因，年青的 Dr. Neal 回到家鄉埃及暫住。在那裡，Dr Neal 被家鄉的建築和自己家族的歷史背景深深地吸引住，並設計了很多極具古埃及色彩的建築物，決心把這些藍圖帶返美國，一一實現。

那尊神像其實是 Sekhmet，23 英尺高，充當他們家族傳統的守護神，而裡頭的大宅其實是他們家族的「祠堂」。

那名網友說他曾經和 Dr. Neal 的母親交談，她說人們好奇的隧道只不過是用來連接村內數棟房子；Dr. Neal 本身的房子、

母親的房子、妹妹的房子和兒子們的房子。除此之外，Dr. Neal 的母親還補充除了 Sekhmet 外，園內還有另外 7 尊古埃及神像。

最後，她希望大家不要以為她的家族是甚麼邪教或怪胎，他們只不過熱愛他們祖先的建築罷了。

雖然這位網友沒有附上其他文本來證明真實性，但在這篇訪問出街前，的確有不少應該是附近居民的留言，證明了 Dr. Neal 家族的確存在。

例如在 2014 年 12 月，就有另一位匿名網友留言說：「是啊，他是一名眼科醫生，我的兒子也是看他。他雖然行為有少少古怪……總之放過那些可憐的人啊！」

所以現在我們至少知道 The Temple of Oculus Anubis 是屬於 Dr. Neal 的家族，而且他們至少表面看來是正常人家，另外神像和隧道的事也是真有其事。但至於是否完全像 Dr. Neal 母親所言般那麼「平凡」，就真的有待商榷。

有研究陰謀論的網民說 Neal 家族是由傳聞中掌管世界經濟的 Rothschilds（羅斯柴爾德家族），和另一個古老埃及大家族聯婚下的產物，在美國、法國和德國也佈滿他們的身影。有趣的是，網民說傳聞他們又和現在掌舵的 Rothschilds 家族不和，甚至不願意承認是其分支。但無論如何，以上的推測都未得到充分證據

證明。

No.01：環繞日常的陰謀 Conspiracy Around Us

微笑殺人理論
Smiley Face Murder Theory

16

熟悉筆者的讀者都知道，筆者大學主修犯罪學。近日筆者因為需要完成大學最後一年的 Final Year Project（Final Year Project，又叫 Fuck You Project，簡稱 FYP），而就任一犯罪領域作出研究。當筆者就「殺人犯」一題進行事前資料搜集時，卻留意到一樣很有趣的事情。

如果大家在 Google 找「香港懸案」，便會找到「香港命案列表 ── 維基百科」一搜尋結果。按進去會發現維基百科詳細地列出自1839年開埠，香港發生過的每一宗命案，當中不乏大家廣為人知的「雨夜屠

wiki.html

夫林過雲」、「秀茂坪燒屍案」等等。但最讓筆者感興趣的是，是那些被列為「懸而未破兇殺案」的案件。

大家會看到單是維基的非正式記錄，已經有整整 42 宗懸案。例如在 2002 年，大埔太和邨翠和樓便發生一宗 14 歲少女姦殺案；2004 年，大欖郊野公園也發現一具死前被性侵的女腐屍。更值得關注的是，1975 年至 1976 年，在短短一年內竟然先後發生 5 宗的女性被殺案，包括蘇屋邨山坡姦殺案、尖沙咀溫莎大廈女裸屍案、美孚新邨日婦虐殺案、荔枝角蝴蝶谷女屍案、灣仔新

填地女屍案。當中溫莎大廈和美孚新邨兩案的女受害人下體和胸部均受到硬物折磨，讓人不禁猜測案件的關聯性。

由於事隔久遠，除非得到警方准許，否則很多資料也難以獲得，所以也不能對案件作有根據的推測，但一點我們卻可以猜想一下：那些逍遙法外的殺人犯現在身處何方？

大多數殺人犯在 20 至 34 歲犯案。換句話說，在 1975 犯案的人，現在應該是 70、80 歲的老人。在近 20 年犯案的人，最多也不會超過 55 歲，仍然有很高的行動力，所以他們很大機會仍然在我們的身邊生活。這是一個很令人不安的想法，有 30 多個殺人兇手（當中還未計警察隨便捉個智障交貨的冤案）在我們的身邊，戴上正常人的面具，每天和我們一起生活，擦身而過，他們甚至可以是我們的網友、同事、朋友、愛人和親人。

或者我們可能扯得太遠，但筆者之所以扯上殺人犯來説，是因為接下來要向大家介紹跟一名神秘連環殺人犯有關的陰謀論。關於他的存在與否至今仍然未被確定，有的人説他只有一個人；有的人卻説他是一個組織；甚至是一整個神秘宗教。我們唯一確定的是，每次他以奇特的方式殺人後，都會在現場留下一張大大的笑臉塗鴉，所以人們又稱呼他為……

笑臉殺手（Smiley Face Murderer）。

英年早逝的大學生

這一晚是 2002 年 10 月 31 日，又是萬聖節的晚上。古時的
歐洲人深信那天晚上是人間和鬼界最接近的一晚，惡靈會由墳墓
中甦醒，在人間四處作惡，群魔亂舞，所以人們也必須打扮成惡
鬼，好躲開它們的追蹤。但大約在上世紀，一隻叫「商業主義」
的怪物正式佔領世界後，萬聖節原有恐怖的宗教意味便很快消
退，取而代之是濃厚的商業主義和享樂主義。製衣商在那天用高
價強迫你買一些平時正眼也不會望一眼的畸形衣服，餐廳酒吧也
會趁機加價，搞一些其實和平時無兩樣的套餐和派對。

但無論如何，大部分人，特別是年輕人，都很吃這一套。

那天晚上，雖然已經寒風凜冽，河水的溫度已經在零度之
下，但在大大小小的酒吧和公園仍然充斥住年輕人的歡呼聲和嬉
戲聲，不時還看到他們穿著古怪裝扮，在街上你追我逐的身影。

Christopher Jenkins，21 歲，是美國明尼蘇達大學的大
學生。Chris 擁有一張典型西方人的英俊臉孔和陽光笑容。他不
單止成績優異，曾經獲得國內管理比賽獎，而且性格幽默風趣，
更是大學曲棍球隊隊長，是典型的大學風頭躉，也是那種女孩
（和部分男孩）會願意為他關掉手機，在暗巷偷偷狂歡一晚的男
孩。那一刻，或者一直以來，Chris 都深信在面前迎接他的只有
光明和歡樂，他會在畢業後找到一份好工作，在事業小成後，和

一個不太好也不太壞的女子結婚，之後再生下數個兒女，退休後在……

砰！誰不知死神像喝醉的莽漢般驀然破門亂入，無情地把他拖入黑暗中。

那天晚上 10 時半，Chris 和數名朋友駕車到大學附近一間酒吧 The Lone Tree Bar 慶祝萬聖節。據悉，Chris 當時只穿著一件印第安人裝。風褸、錢包、手機、鎖匙等隨身物要麼留在車上，要麼留在家中。起初一切都相安無事，Chris 如常地和朋友在酒吧飲酒狂歡，吃喝玩樂。直到凌晨 12 時左右，酒吧兩名休班警員在不知明的情況把 Chris 趕出酒吧外，之後勒令職員禁止 Chris 當晚再進入酒吧，穿著單薄外衣、身無分文的 Chris 被趕到寒冷的大街上……

從此下落不明。

大約在四個月後，Chris 的屍體被人發現漂浮在密西西比河中央，近第三條大橋的位置（離酒吧 11 公里的位置），面朝向天，兩手向前交叉，身上依然是失蹤時的印第安裝，宛如古時被河葬的印第安人。警方起初裁定 Chris 為「跳橋自殺」，其後又改為「醉酒遇溺」，警方還說因為案件明顯是出於意外，所以沒有必要進行 DNA 檢驗或出動獵犬，但大家滿意這個解釋嗎？

筆者想正常人也聽得側目，更何況是痛失兒子的 Jenkins 一家人？Jenkins 的家人沒有甘心任由腐敗的警察制度擺佈，他們一早私下聘請了私家偵探 Chuck Loesch 為兒子的死因進行調查，而 Chuck 也在數年內發現 3 大疑點：

第一，第三大橋上游位置距離酒吧只有數百米，而從酒吧附近的聯邦儲備銀行（Federal Reserve Bank）到享內廣場大橋（Hennepin Avenue Bridge）的沿途也有閉路電視監控。但在 10 月 31 日晚上至 11 月 1 日晚上的錄影帶裡，一直沒有 Chris 的身影，證明 Chris 當晚沒有「投河自盡」。

第二，Chuck 在接任務後不久，便利用獵犬追蹤 Chris 的氣味，並搜索沿途留下來的行跡。他發現 Chris 被趕出酒吧後，不單止沒有往河流方向走，反而往內陸方向移動，其氣味最後在 St John's Abbey，一棟本篤會修道院外消失。

第三，根據國際著名法醫 Dr. Michael Baden 對 Chris 屍體發現照片的評鑑，他說 Chris 沒有可能是意外掉進河裡溺死，因為正常人，無論你血液內酒精濃度或多或少，在溺水時你的身體都會本能地試圖游泳掙扎，所以一般屍體被發現時都是面朝向下，手臂向外伸展，衣物散亂，身上的飾物鞋子也有不見的情況。這和 Chris 的屍體，面朝向上、衣服整齊、指環項鍊還在，恰好相反。

面對傳媒和 Jenkins 家人的壓力，最後明尼亞波利斯市宣佈

把 Chris 的死因由「意外溺斃」改為「被謀殺」，並對家屬公開道歉。

縱使聽起來有很大改善，但其實這些都是形式上的改變。因為直到今日 2015 年，案件已經發生了超過 10 年，Chris 的案件仍然是明尼亞波利斯警局裡的「其中一宗懸案」，毫無進展，真相仍然沉積在黑暗中，不見天日。

讓我們回到開首的序言，那些「香港懸案」讓筆者在意的地方是……嗯，或者換個角度說，一個人如果是因為私怨、感情、錢財、妒忌、衝動而殺人，這些通常都沒有連續性，可以幹完一兩宗便收手。但如果一個人因為某些不正常的情慾、癖好、權力慾、挑戰警方而殺人，除非他們的人生出現很深層的變化，否則很難真正收手，下一宗犯案只不過是時間問題。所以筆者看到那些女子被姦殺的懸案，腦海都會不禁想為甚麼你要停手？甚麼因素驅使你停手？還是你根本沒有停止過？只不過技巧成熟了沒有被人發現？畢竟，香港每年也有百多宗失蹤人口未能尋回。

所以，既然 Christopher Jenkins 的案件已經被確定為「謀殺」，那麼它的兇手又會是誰？他現在又會在哪裡？最大問題是，他甘心只犯下一宗殺人案嗎？

答案當然是否定的。

微笑殺人理論

　　2008 年，兩名來自紐約的偵探 Frank Gannon 和 Anthony Duarte 在學術雜誌提出了一個挺匪夷所思的理論，一個叫「微笑殺人理論（Smiley Face Murder Theory）」的陰謀論。他們聲稱自 1997 年開始，由紐約到明尼蘇達州總共 11 個州份，出現了一個專門針對優秀年輕男性白人的連環殺手，每次均以溺斃方式對受害者處死，並偽裝成「意外」。更加奇特的是，那個殺手每次在屍體發現的位置，都會塗上一個不大不小的微笑公仔，所以 Frank 稱呼那個殺手為「微笑殺手」。

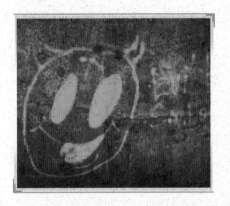

　　大約由 2006 年開始，Frank Gannon 和 Anthony Duarte 翻查了美國所有「意外溺死」的案件，類比它們的事發經過、生前的活動，並用 GPS 裝置追蹤水流方向和水位高度，找出每宗死者「投河」的位置。最後他們發現在不足 10 年內，在 11 個州份、25 個相鄰的城市，總共 45 宗（這是 2008 年的數字）和 Christopher Jenkins 極度相似的案件，以下是他們歸納出來的

共通點：

#1. 所有淹死的受害人都是<u>大學生年紀的年青男性白人</u>，在所屬的朋友圈也是以英俊、人緣好、學業好或運動健將聞名，典型受其他同齡男生妒忌那一種。

#2. 所有受害人最後出現地點都是<u>當地的酒吧和狂歡派對</u>，均出現不同程度的酒醉，<u>並且在沒有其他朋友留意的情況下離開了酒吧</u>。

#3. 每個死者投河位置附近均有一個<u>哈哈笑的塗鴉</u>，有時在岸邊的石牆，有時則在樹木上。而且隨案件累積，那個哈哈笑塗鴉的外形也愈來愈詭異和複雜。

#4. 每宗案件也是在<u>冬季發生</u>，河水理論上冰冷得使任何醉酒的人馬上清醒過來，難以相信是死者自願投河，而且有些最近河流的位置和事發酒吧有十多公里遠。

　　45 宗案件絕大多數都被警方定性為「自殺」或「意外遇溺」，除了 Christopher Jenkins 外，只有另一宗案件被警方列為謀殺案。22 歲的 Patrick McNeil 在 1997 年 2 月和朋友在曼哈頓 Dapper Dog Bar 飲酒時突然失蹤。兩個月後，路人在附近的東河發現他的屍體，面朝向天地在河中央漂流。曼哈頓法醫在 Patrick 的頸子發現淺色的傷痕，而且生長在屍眼的大量幼蠅蟲

也表示他的屍體曾經在溫暖地方待過好一陣子，近日死亡後才被人拋進河中。和 Christopher Jenkins 案件一樣，其兇手至今仍然成謎，在河的上游也發現類似哈哈笑的塗鴉。

Frank Gannon 和 Anthony Duarte 説 Christopher、Patrick 和其他 43 宗案件都是同一人或社團的人犯下，並偽裝成意外的模樣。Frank Gannon 説兇手的動機是出於妒忌。他（或是他們）應該是出生於較低下階層、失學失業、人際失敗、樣子不討好……等不受歡迎的男生類型，但亦有機會是「團體永遠的第二名」，所以想把「看似最優秀的年輕男子」除去。

Gannon 對傳媒説：「我相信那些年輕男子被人在酒吧綁架並帶走，之後把他們困在某些地方一段時間後，才把他們扔進河裡。」除此之外，Gannon 還補充説兇手極為聰明，善於利用河水沖洗痕跡，並只對受害人進行各種精神虐待，但絕不進行肉體虐待，以免留下半點物理線索，如指紋和纖維等。

縱使這個微笑殺人理論非常令人不安，但究竟是真是假呢？

讓我們先聽聽警察和居民的看法。

荒廢的陰謀論

對於 Frank Gannon 和 Anthony Duarte 的謀殺理論，幾

乎所有警務人員都是一面倒地反對。

當地的犯罪側寫師 Pat Brown 直指微笑殺人理論為「荒謬可笑，白痴至極」。她接受明尼亞波利斯報紙 City Pages 的訪問時，表示暫時 40 多宗案件的證據完全不符合「傳統的殺手理論」，例如「死者身體沒有受虐」、「溺死不能滿足殺手的慾望」等。除此之外，笑哈哈是一個很常見的塗鴉，幾乎在哪裡也會看到，所以根本不足以構成一個標誌。

即使 FBI 也婉轉地批評微笑殺人理論，他們在公開聲明裡頭說：「我們暫時沒有足夠證據去支持有連環殺手介入這一連串慘劇中。大多數案件都明顯屬於醉酒墮河案。但 FBI 仍然呼籲受影響的公眾提供更多證據給我們。」

有部分媒體，例如先鋒媒體（Pioneer Press）的記者 Ruben Rosario，甚至質疑 Frank Gannon 的動機，指責他利用痛失兒子的家屬的無助感，提供一些虛假的證明去賺錢和上位，之後再無情地拋棄他們。

但對於事發地點的居民和家人來說，他們都很同意這個看似荒謬的微笑殺人理論。

被認為曾經發生過微笑殺人案的威斯康辛大學（The University of Wisconsin-Eau Claire），有不少同學在美國論壇

Reddit 指出他們的大學的確發生不少離奇醉酒遇溺事件。

其中一位網民 ShorelineCalls 指出在讀大學短短 4 年，便已經發生超過 6 宗醉酒遇溺事件，而且受害人劃一是他們 UWEC 校園一些受歡迎和出名的男生。但詭異的是，學校明明數年前已經在大橋兩旁加裝了圍柵。除非花氣力爬上去，否則難以意外跌下河流。

更恐怖的是，在每次發生慘案後，他確切地留意到在橋底多了一張笑哈哈的塗鴉。還有一次，那名遇害的男孩在看電影途中，突然對朋友說要外出一會兒，之後便一去不返。數個月後，他的屍體才被人發現在河流上。

另外一位來自同校的網民 jdob966 說在他的讀書時期，便發生了 9 宗醉酒遇溺事件，而且每宗也是在冬季發生。但奇怪的是，在 9 宗案件過後，他們的大學便再也沒有發生類似的案件。取而代之，是鄰近數公里外的另一個大學區頻頻發生類似的醉酒遇溺事件，又是一些菁英白人大學生突然遇溺，好像有流動性似的。最後，他補充說兇手可能是某個曾經被男人狠狠拋棄的女瘋子。

除了大學生外，著名法醫 Dr.Cyril Wecht 也表示微笑殺人理論並不是一個都市傳說。在統計學上，有超過 40 多宗擁有如此多相同性質的案件，包括同年齡的白人男生、失蹤數個月、屍體被發現在河流中央……背後一定有某人或組織從中作梗，不能

完全沒有關連。

但面對來自警方排山倒海的施壓，Frank Gannon 和 Anthony Duarte 最後在 2012 年宣布停止調查任何關於微笑殺人的案件。

縱使如此，那些離奇遇溺個案沒有因此減少，直到今時今日，在那 11 個州仍然不時發生這些年輕才俊的白人大學生突然消失在酒吧，之後數個月浮屍在河流上的個案。

如果大家想知更多，可以在右邊 Facebook 專頁參考，他們有最新的微笑殺人案資訊 >>> :)

SFK.html

真的有完美的殺人方法？

幾乎由筆者開始寫作那一刻開始，身邊的朋友便開始問筆者：你有沒有想過殺人？

筆者想自從寫下《Deep Web File # 網絡奇談》那本書後，單純地回答「沒有」的確欠缺說服力，而且事實上研究殺人犯行為和驗屍的確是筆者的興趣。但問題是，筆者為人太懶惰太怕麻煩了。情況宛如面對那些魔法書籍般，每當想到學習巫術要定時冥想、點蠟燭或吟唱咒文，筆者就懶得學習了。如果你給我多啦

A夢那個「獨裁按鈕」，筆者還可以放心使用，但如果又要肢解，又要溶屍，那就不太好了，筆者打多回《英雄聯盟》不好？除此之外，筆者對生命力有種近乎偏執的看法，但這些日後有機會再說。

但講到底，筆者對殺人方法的確有些看法。

筆者看過很多帖子討論「完美殺人方法」，多數提出的都是比較複雜的殺人手法，例如吹針、心理暗示、設置陷阱、交叉殺人⋯⋯而且還有很多前設設定，例如要避開所有CCTV，穿著陌生的衣服，途中沒有留下任何頭髮、指紋和油脂⋯⋯有時更退而求其次，說隨機殺人是最完美。但筆者認為這些方法都不太實用，限制太多，漠視真正進行時的困難程度，不確定性也太大，並不是可取的方法。更加重要的是，我們忽略了當代法醫技術是多麼先進（其實筆者很喜歡看驗屍書），政府對市民日常生活的監控也比想像中嚴重。基本上，只要他們有心要抓出一個兇手，任何人都即時無所遁形。

所以我們應該執著在「有心」這一節骨眼上。

如果真的要殺人，筆者想自己會偏向利用「警隊的惰性和腐敗」，而不太講究殺人方法。在寫《Deep Web File # 網絡奇談》一書時，有很多人問既然警察知道那麼多變態漢在外頭犯罪，為甚麼不一次過把他們抓回來？因為事實上，很多警察都是抱著

「我只是打工」的心態上班，那些為真相堅持到底的警察幾乎只出現在小說和電視劇中。

　　為甚麼在 Christopher Jenkins 一案，警方不一開始便出動警犬和刑事鑑識？你們知不知道這意味著他們要額外做多少文書工作？加多少個鐘頭班？面對多少上頭和傳媒壓力？哪有打工仔會在資源有限，工作繁重時還為自己找麻煩？當然，即使警察查案，也逃不過他們內心急於求成的心態，他們只想趕快隨便找個兇手，讓傳媒閉嘴和找個機會讓自己升職，早前那宗冤枉智障青年殺老人案不就是一個好例子嗎？

　　如果我們把理論套入實際，假設有一個中年胖子在某天做完激烈運動後心臟病發死了，這聽起來很平常吧，每年也不知道發生多少宗類似的案件，但又有誰想到會是被人下了過量顛茄（Atropa belladonna）和毛地黃（Digitalis）致死？

　　理論上這些毒物在現今科學絕對可以被毒物學檢驗出來，但問題是這些檢驗過程費用昂貴，而且驗毒組獲得的資源有限，除非有很迫切和非常可疑的理由，否則一般死亡，例如平均香港每日發生 200 宗的心臟病死亡個案，便很少進行這種驗毒，案件也很快便宣佈結束。

　　換句話說，只有閒來無事幹的罪犯才會以「金田一方式」呈現屍體，宛如高呼這裡有個變態殺人犯逍遙法外，逼使面對傳媒的警方不得不認真辦事。如果你真心想悄悄地殺一個人，只要為

死者提供一個最常見的死亡方式和最合理的理由，基本上都沒有警察會費神去抓你。

所以筆者認為最好的殺人技巧應該是令警察「無心」查案。

這聽起來有點熟悉？

現在讓我們回到微笑殺人案件。

對於這一連串神秘案件，筆者雖然不敢說 100% 完全正確，但有兩個看法：

第一，Frank Gannon 和 Anthony Duarte 的謀殺理論的確有些漏洞，例如不是全部 45 宗案件都是發生在冬季，有些案件發生時間重疊，在不同案件發現的笑哈哈圖案差異太大……但這些漏洞不表示他們說的理論完全錯誤，也不表示全部案件也是意外。

<qrcode>

Frank Gannon
45 宗案件的基本資訊

F.G.html

有部分案件，例如 Christopher Jenkins 和發生 The Universityof Wisconsin-Eau Claire 的數宗案件，的確有很多相似性而且經專業法醫認同為謀殺案，所以我們思考時須抽絲剝

繭，反覆思考每個細節。

第二，對於犯罪側寫師 Pat Brown 說「溺死不能滿足連環殺手的慾望」，筆者不太認同。因為有很多經典殺手如黃道十二宮殺手（Zodiac Killer）和棋盤殺手（Chessboard Killer）也不見得兇手對受害人有好大的施虐，都是簡單的槍殺和硬物重擊。

筆者認為在這個鑑證技術無處不在的年代，用溺死偽裝成意外是個很完美避開目光的方法。而且距離受害人失蹤到屍體被發現有多個月時間，足夠讓兇手對受害人施虐，滿足自己的控制慾（雖然我們無法知道兇手對受害人幹了甚麼）。所以，除非我們假定所有連環殺人犯都是不理智，否則筆者認為，這個兇手現在使用的溺水行兇方法很折衷、很聰明。

好了，微笑殺人理論的故事來到這裡便告終。或者這些案件都離我們太遠，所以比較難感到切身的恐懼。如果你覺得不滿足的話，筆者建議你可以再看看維基百科的香港命案列表（或者台灣、大陸、馬來西亞等列表）。因為筆者相信那些懸案裡的兇手，當中一定有一兩個永遠得不到滿足，他們可能現在暫時沉靜，但有誰估到他們會在甚麼時候甦醒，再次大開殺戒呢？

No.02：無法避免的電視驚魂 The Horror in TV

你確定看過的卡通片真的存在嗎

2.1

蠟燭灣 Candle Cove

筆者在編制這本書時已經 24 歲了，所以筆者也是 90 後的一份子！在筆者的孩提時代，最出名的卡通片莫過於《數碼暴龍》、《寵物小精靈》、《小魔女 DoReMi》等等，相信你們對這些卡通也耳熟能詳，即使現在和朋友閒聊，偶爾也會討論它們的情節，回味一下童年的時光。

但是，會不會有一兩部卡通片是，當你和朋友提起時，他們卻半點印象也沒有？縱使你可能已經把那部無人知曉的卡通片的名字忘記，但即使你把所有故事內容巨細無遺地敍述出來，你的朋友也一頭霧水，甚至以為你憑空捏造出來。筆者腦海中就有一部類似的卡通片，叫做《龍貓》。故事的內容是關於有隻異形上了艘宇宙船。它不斷吸食船上的人，被吃掉的人會變成了異形的同類，他們生前扭曲的樣貌和尖叫聲仍然會留在異形的身體上，變成一隻異常龐大的怪物。最後幾乎所有船員都被殺掉，只有男女主角能逃出生天。筆者當時只有六歲，真的被它嚇倒，有好幾晚都不敢自己上廁所，哪會有上午 11 點播的卡通死了十多個人？

奇怪的是，當筆者跟身邊的朋友説起時，他們全部人對這部卡通都毫無印象。有時候，筆者會納悶究竟這部卡通是不是真的存在？或者只不過是筆者捏造出來的記憶，幻想出來的產物？好

吧，你可能會吐槽捏造記憶不是瘋子才會做，而且虛假的記憶那會有那麼詳細和鮮明？我們暫時不再討論下去，先看看這個的都市傳說——Candle Cove 蠟燭灣。

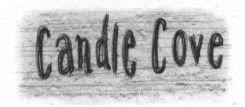

遠超出小孩子接受能力的一部卡通片

　　根據傳說，《Candle Cove（蠟燭灣）》不是一部顯眼的卡通片。它在 1972－1973 年期間於美國電視台頻道 58 播放，全部卡通總共有兩季，大約 30 集，每集 20 分鐘。由於播放的時間不長，而且劇情不是「特別出眾」，所以留下印象的人不多。

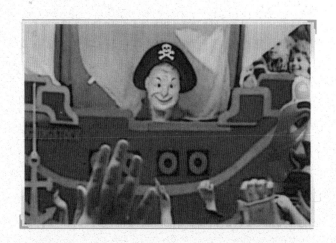

從表面上看來，Candle Cove 是一部題材俗套的卡通片。一個叫 Janice（賈尼絲）的小女孩和船長 Pirate Percy（海盜珀西）駕駛一首會說話的船 Laughingstock（笑柄），在蠟燭灣尋找一個神秘寶藏。在旅程途中，理所當然地會有一個壞蛋，負責每集阻礙賈尼絲一伙人找到寶藏，而這裡的壞蛋分別叫 Horace Horrible（恐怖霍拉斯）和 Milo（米洛）。當然，賈尼絲也有一個忠誠的朋友 Banana King（香蕉王），定期出現為他們指點迷津。

所以這部卡通有甚麼詭異的地方？筆者選擇不直接回答你們，但引用在 2009 年「蠟燭灣」第一次出現在美國論壇的帖子，來向大家展示究竟這部卡通是有多麼的怪異。

題目：大家記得《蠟燭灣》這個兒童節目嗎？

Skyshale033：

大家有沒有印象，曾經有一部叫《蠟燭灣》的卡通片？因為工作需要，我想找回它的資料，但找遍整個網絡也找不到，甚至連 Google 也沒有半點結果。不知道大家知不知道呢？

當時我大約 6、7 歲，所以年份應該在 1972 年至 1973 年。應該是由一間本地電視台播放，我住在艾恩頓市，所以應該是艾恩頓市的電視台，但哪一間就不記得了。卡通的播放時間也很古怪，好似是下午 4 時。

mike_painter65：

聽起來很耳熟⋯⋯我在附近的亞甚蘭市長大的，72 年我只有 9 歲。《蠟燭灣》⋯⋯是不是關於海盜？我記得有一個 6 歲的小女孩和一班海盜造型的扯線木偶說話。

Skyshale033：

是啊！太好了！至少證明我沒有精神病。我記得那個木偶叫海盜珀西，我小時候非常害怕它。因為它仿佛是由七、八個洋娃娃的殘肢堆砌出來。它的頭是由古舊陶瓷的公仔摘下來，卻被強行黏上木頭組成的身體，那種不協調的感覺實在怪異得很。我不記得是哪一間電視台，但那麼低成本的拍攝手法，恐怕不是由 WTSF（美國的知名電視台）播出。

Jaren_2005：

Skyshale，我知道你說的是哪一個節目，但我想《蠟燭灣》應該只播放了數個月並沒有兩年那麼長，好像因某種原因被電視台中斷了。而且是在頻道 58 播放。因為每當晚間新聞做完，媽媽便讓我轉台到頻道 58，我和我的弟弟一起看過幾集。

我記得故事的地點設定在《蠟燭灣》，有一個小女孩，不記得叫賈尼絲還是翠玉，好像是賈尼絲。她幻想自己和一個木偶海盜做朋友。那個海盜叫珀西，是個膽小如鼠的海盜。他們乘坐一艘叫「笑柄」的船。我對這部卡通最印象深刻是，背景那首不斷地重複播放的汽笛風琴音樂。那首歌的節奏好古怪，沒有兒童節

目應有的輕快的感覺，反而非常低沉。

Skyshale033:

多謝你，Jaren！ 當你提起海盜船「笑柄」和頻道 58 時，我的記憶就像潮水般湧回來。我記得那首船的船頭是一張可怕的笑臉，它的下巴拉到船底那麼長，空洞的口腔一覽無遺，像是想把整個海洋都吞掉似的，或者像遊樂場那些瘋狂小丑。它的聲音非常尖銳和刺耳，而且笑聲也令人不太舒服。

另外，我還記得他們喜歡把鏡頭突然定鏡在某一個公仔的發泡膠臉孔上，之後不給任何對白。那些木無表情的臉孔和詭異的沉默真的好嚇人。

mike_painter65:

哈哈，我都記得了 Skyshale，你又有沒有印象這一句：「你…一定…要…進去……」

Skyshale033:

Mike，老實說，當我看到這句時，真的渾身哆嗦了一下。

對，我記得很清楚，每當海盜珀西要進入一些陰森恐怖的洞穴尋找寶藏時，鏡頭就會定鏡在「笑柄」船頭那張似笑非笑的臉上，用那把刺耳的聲音說：「你…一定…要…進去……」每說一個字，鏡頭便向船頭推前一下，形成一種壓迫感……或者威脅感。

當說到「進去」時，螢幕只有「笑柄」那雙歪斜的眼睛和破爛的嘴巴。這種手法真的很低俗，但我小時候真的很害怕。

大家對《蠟燭灣》裡頭的壞蛋有沒有印象？他蓄住一把長長的鬍子和兩隻銳利的虎牙。

kevin_hart:

老實說，我那時候以為海盜珀西就是那名壞蛋，因為他的造型真的太詭異了。我當時只有 5 歲，每次我看完《蠟燭灣》後都一定會發惡夢。

Jaren_2005:

嚴格來說，那個長鬍子的公仔不算是壞蛋，它充其量是壞蛋的手下罷了。真正的壞蛋是恐怖霍拉斯，那個有一隻眼睛戴著眼罩的扯線木偶。啊！還有另一個壞蛋叫剝皮人，都是扯線木偶來的。天啊，為甚麼他們會在兒童節目起個那麼恐怖的名字！

kevin_hart:

耶穌基督啊！剝皮人，這真的是兒童節目嗎？還記得第一次剝皮人出場時，它突然由上面跳出來，把我嚇了一跳。其實只不過是一副骯髒的骷髏戴上帽子和斗篷，但當加上那雙大得幾乎要爆出來的玻璃眼時，就變得非常恐怖了。

Skyshale033:

　　我覺得最有問題不是它的眼睛，而是那件斗篷。你可以看見那件斗篷真的是由小孩的皮膚織成，小孩手腳的形狀還留在斗篷上呢！

mike_painter65:

　　對啊！還有它的嘴巴不知道為甚麼不能開合，只有下頜可以前後移動。有一次那女孩問「為甚麼你的嘴巴那麼奇怪？」之後，剝皮人轉向鏡頭，厲聲地說：「為了剝你塊皮出來！」天啊，它是望向我們說！我那時候真的以為它會由電視跑出來剝掉我的皮。

Skyshale033:

　　見到那麼多人記起這部卡通，我真的感到很欣慰。

　　這部卡通片曾經令我做過一場惡夢，非常深刻的惡夢。我夢見自己在《蠟燭灣》的舞台，但所有燈光都關掉，場景非常陰暗。我看見所有角色的扯線公仔，甚至連小女孩都在場。那些接駁住扯線公仔的鐵繩都鬆開了。它們雙腳離地，像死屍般吊在空中，左右搖晃。陰影剛好切掉了它們的頭，只留下下半身，讓整個畫面更加詭異。

　　數以十計的公仔包圍住小女孩。那個小女孩則跪在圈圈的中間，抱頭啜泣，樣子非常害怕。突然，所有公仔瘋狂地抽搐起來，

像電影《驅魔人》那個女孩般不停地上下晃動，發出歇斯底里的尖叫聲。它們一邊尖叫一邊逼近小女孩，圍住小女孩的圈子愈來愈細，小女孩的哭聲也愈來愈大，愈來愈淒厲，夢境到這裡便完結了。

我曾經做過這個惡夢好幾次，每一次都是帶著尖叫驚醒過來，有時候還會尿床和出冷汗。

kevin_hart:

不是，Skyshale，我不認為那是一場夢，因為我都有相同的記憶，但我確定那是其中一集《蠟燭灣》的畫面。

Skyshale033:

不，不可能。因為那個夢境根本毫無劇情可言。我意思指沒有可能整集兒童節目的內容只是充滿哭嚎和尖叫？

kevin_hart:

可能我捏造了自己的記憶……但我發誓我真的有印象見過你所說的畫面，那些扯線公仔就像你所說的不斷地尖叫和獰笑。

Jaren_2005:

天啊，你沒有記錯。那個小女孩，賈尼絲，我記得她最後躺在地上不停顫抖，剝皮人的公仔踩在她身上，不停地獰笑。他真的笑容剛好和説「為了剝你塊皮出來！」時一模一樣，下巴好像

脱了臼般。我看見它俯身，枯骨的手指刺在女孩的身上，一副準備把女孩的皮撕下來的樣子。我和弟弟連忙躡手躡腳地把電影關掉，我們都被嚇壞了，之後我們不敢再看《蠟燭灣》了。

mike_painter65：

> 我恐怕《蠟燭灣》比我們想像的還恐怖⋯⋯

今天探望我住在老人院的母親。當我問她能否記得我在 8，9 歲看的一部卡通《蠟燭灣》，她立即用驚愕的眼神望著我，憂心忡忡地問我為甚麼無端提起它。之後我再三追問下去，她才娓娓道來說：「因為曾經有一段時間，每逢 4 時你就會好像突然著魔地對我說：『媽，我現在要看《蠟燭灣》』，之後把電視打開，按到去那些沒有電視台的頻道，怔怔地瞪著那個只有雪花的螢幕 30 分鐘，30 分鐘，不多不少。那時候我和爸爸都非常擔心你，以為你得了甚麼精神病？究竟那部《蠟燭灣》是甚麼鬼東西來的？」

你說的是真的嗎？

當討論來到這裡時，大批網民紛紛開始加入討論。他們都報稱小時候看過《蠟燭灣》，不停地說自己見過那些 Skyshale 說的詭異鏡頭，還補充了不少其他集數裡的恐怖劇情，而且一個比一個恐怖和古怪。

　　例如，在 2 季出場的壞蛋米洛是個自負但心地好的海盜，只是一心想搶奪海盜珀西的地位，證明自己比他優秀。但在不斷的失敗下，他漸漸感到心灰意冷，手下也慢慢離他而去，最後有一集他自暴自棄，被剝皮人親手殺死，變成它斗篷上的「一個印記」（這是《權力遊戲》的情節吧……）。而且，剝皮人背後還有一個終極 BOSS，是一隻古老邪神。而這隻古老邪神在最後一集把整個宇宙吞噬了，所有人都無一幸免，Bad End（這是《EVA》來的吧……）。也有人說整個故事是賈尼絲幻想出來，因為海盜船「笑柄」有一集對賈尼絲說：「我們全都只不過是你人格的一部分罷了。」

　　網民對這部不符合常理的兒童節目愈來愈感興趣，他們興高采烈地討論每集的內容，爭相說《蠟燭灣》怎樣令小時候的自己惡夢連連，甚至有網民親自寫信到頻道 58 要求重播《蠟燭灣》。好了，來到這裡，你知不知《蠟燭灣》這個都市傳說最詭異的地方是甚麼？

　　就是《蠟燭灣》根本不曾存在過。

　　「不可能！」這幾乎是所有網民的反應。你要知道當時網上討論《蠟燭灣》的帖子不是只有一兩個，而是數以百計，幾乎每個討論區都有網民說自己看過《蠟燭灣》，記得自己怎樣躺在沙發上看剝皮人殺死米洛一幕，還津津樂道憶起每集的劇情。可能裡頭有少數人都是假膠，但一定超過一半的人真的認為自己看過《蠟燭灣》。

到最後即使創作人 Kris Straub 走出來，向所有人承認《蠟燭灣》是他一手捏造出來。他一時貪玩在論壇開了幾個帳戶，之後自問自答，營造出一個恐怖的氣氛。他承認他沒有預期人們有那麼熱烈的反應。縱使如此，不少網民都不願意接受現實，他們罵 Kris Straub 是騙子，企圖掩蔽《蠟燭灣》的存在。因為他們真的不願意承認在腦海如此清晰的記憶竟然會是假，這個想法實在太令人不安了。

但記憶真的有可能會假嗎？

說起來，筆者最喜愛的科目是心理學，特別是暗示、錯覺、幻想、洗腦那一部分。其實記憶捏造是真實存在，而且有大量實驗去支持這種說法，筆者來介紹其中一個給大家。在 1991 年的「商場迷失實驗」中，心理學家 Elizabeth Loftus 找來 24 個實驗者。首先，她暗中從實驗者的親人中搜集到他們年幼時確實有發生的三個生活片段。之後，她在這些事情上插入一個捏造的片段，形成四個記憶片段。她把四個記憶寫成一段文字交給實驗者並告訴他們：「你們的親人都記得發生過這樣的事，現在就各片段補充記得的細節，若忘記了直說就好了。」

Elizabeth Loftus 捏造出來的片段差不多全部都一樣，就是實驗者在五歲時由父母帶他們在去逛商場，當他們跑去買雪糕時，不小心迷路了。幸好最後一個老人找到，並帶回父母身邊。

結果，<u>有五分之一說記得發生過這樣的事，並為此加插了不少細節</u>，例如那名老年男子的外貌和衣著，母親的反應等。即使 Elizabeth Loftus 最後告訴測試者在商場迷失過是捏造的，仍有 5 人堅持事件是真的。

所以《蠟燭灣》這個都市傳說恐怖的地方不是卡通的內容，而是<u>證明了人類記憶是多麼的脆弱和不可靠</u>。即使今天，在網上仍然有很多人都投訴當他們知道《蠟燭灣》的真相後都惱怒不已，徹夜未眠，不敢相信自己童年的記憶會是虛假，被人暗示出來。如果《蠟燭灣》可以是假，那麼其他呢？

大家還記得筆者的《龍貓》嗎？筆者真的相信小時候看過這部恐怖的卡通片，你們又有沒有印象？或者大家又有沒有懷疑虛構記憶的經歷？當然，你們都可以嘗試在討論區捏造一個「集體回憶」出來，可能會很好玩呢？

No.02：無法避免的電視驚魂 The Horror in TV

變態的卡通，變態的創作人
哭孩巷 Cry Baby Lane

2.2

無論我們喜不喜歡，有一點無可否認，就是舊時很多兒童卡通都隱含了性暗示和不良訊息。

當中隱含了最多、最知名的性暗示的，莫過於迪士尼動畫系列，例如在《怪獸公司（Monsters, Inc.）》，阿布（Boo）的房間就有一幅描繪媽媽和叔叔偷情的性愛圖畫；在《美女與野獸（Beauty and the Beast）》，也曾經有暗示貝兒幫野獸手淫的畫面。類似的情況不單止發生在迪士尼動畫，即使在《飛天小女警（The Powerpuff Girls）》、《海綿寶寶（SpongeBob SquarePants）》也有不少黃色笑話和鏡頭。

陰謀論者喜歡說這些隱藏訊息（Hidden message）是一個勢力龐大的神秘組織刻意加插進去，目的是影響小孩子的潛意識，使他們變得好色和暴力；也有人認為這只不過是喜歡惡作劇的編劇和插畫師忙裡偷閒開的玩笑。但在大多數情況下，上面提及的性暗示都收藏得很好，很少會把內裡的變態含意赤裸無遺地表現出來……

唯獨我們接下來要介紹的卡通《哭孩巷》除外。

　　《哭孩巷（Cry Baby Lane）》是美國兒童頻道 Nickelodeon 在 2000 年為了迎合萬聖節而製作的電視劇。類似同期的《雞皮疙瘩（Goosebumps）》。《哭孩巷》的創作原意是集合各種美國都市傳說，為 12 歲以下的青少年而編寫的恐怖電視劇。

　　但奇怪的是，《哭孩巷》在 2000 年 10 月 28 日播放一次後，便再沒有在美國或其他國家播放，甚至連錄影帶或其他軟件媒體也沒有推出。傳聞說，因為《哭孩巷》的內容不單止恐怖，甚至涉及很多性暗示和令人不安的念頭，所以它在電視台播放後，便收到數以百計的家長來電投訴，連 Nickelodeon 高層也對影片的內容感到訝異，最後便決定把《哭孩巷》列為禁片，永遠不能再在 Nickelodeon 提及和播放。究竟這套《哭孩巷》有多恐怖和令人不安，這些年來也是個謎。

　　所以這套以都市傳說為題的電視劇，諷刺地成為了一個都市傳說。

　　直到 2011 年，一位匿名網民把當年在家錄製的《哭孩巷》錄影帶上載至美國著名論壇 Reddit，一眾網民才有幸看到這套神秘兒童電視劇的真身。同一時間，一名自稱是 Nickelodeon 的前員工，亦都是《哭孩巷》的創作團體的其中一人，就自爆當年製作過程的恐怖經歷。

1999 年，那年我 22 歲，剛由波士頓愛默生學院畢業出來，拿到兒童劇本創作學位。我一投身社會工作，學費和信用卡的債務便像千斤石般壓過來，所以當 Nickelodeon 聘用我做實習生時，我幾乎想也不想便答應了，至少不用再當甚麼鬼富蘭克林旅行團導遊。

我頭一天上班便被分派到《哭孩巷》的創作團隊，一個只有 5 名員工的創作團隊，明顯地是低成本創作。我們距離正式播放的日子大約只有一年多的時間，但只有我留待的時間比較長，其他員工幾乎不到一兩星期便會被調走。那是因為我們的老闆，彼得勞爾（Peter Lauer），是一名病態得恐怖的男人，喜歡隨心所欲地駕馭他人。

勞爾個子長得很高，挺身時有 6 尺多，但身材有點單薄，而且頭髮漸禿。但最讓他顯得怪異的是，他走路時手腳會像壞掉的機械人般不協調，激動時說話也會嚴重結巴。有時候當我埋首在一堆又一堆劇情大綱時，我下意識抬頭一望，會看到勞爾站在不遠處靜靜地盯著我，灰黃的臉上掛著一副假惺惺的笑容，情況好不詭異。

通常你只要一迎上視線，他便會馬上撇開。我想這一點比他的笑容更令我感到不舒服，女人的第六感對我說，這個男人背後一定匿藏了很多不見得光的秘密……而最後證明我是對的。

我在《哭孩巷》的創作團隊的時間，進度一直停滯在腦力震盪的階段，直到我離開時也定製不了 65 分鐘的劇情，所以我們幾乎每天也在冗長的會議中度過。其實起初一切都相安無事，我們的故事大綱是：兩兄弟無意中釋放一隻被封印數百年的魔鬼到城鎮，之後竭盡全力把一切回復正常。雖然這故事設定已經有別於其他 Nickelodeon 卡通，但我覺得作為一套萬聖節電視劇，劇情是應該比較荒誕不經，就像《膽小狗英雄（Courage the Cowardly Dog）》那種。

可惜，勞爾卻不甘心這種「小孩程度的恐怖」。

甚麼虛驚一場的歷險、幸福完美的結局那種狗屎垃圾的情節，他在第一天便揚言要弄一套遠比《暗夜故事集（Are You Afraid of The Dark）》恐怖的兒童節目⋯⋯而他的確做了。

大約在上班第三個星期，我開始察覺到工作氣氛有點不對勁；勞爾在整個創作團隊中擁有至高無上的權力。更糟糕的是，他經常企圖運用這些權力加插一些難以接受的劇情。印象中最深刻的，莫過於他提出弟弟應該在半路途中突然被汽車撞死，我那一刻驚嚇得像教徒聽到福音電影加插性愛鏡頭般，立即站起來反對。自此之後，直到我離開 Nickelodeon，我也是唯一一個擔當反對者的角色。

類似的戲碼幾乎每天也在辦公室上映，首先是我提出一些意

見，例如：「不如故事以一個行為古怪的送葬人對兩兄弟說恐怖故事作開始？」然後勞爾會突然像聖靈上身般站起來，乾咳一下，像要分享屬靈經驗的腔調說：「之後那個男人把他們殺了，剁成肉碎，然後拿去餵狗？」

起初勞爾都是「假裝」開玩笑的口吻提出那些變態嘔心的提議，但後來他確實是來硬的，非常硬那種。

導致我辭職的恐怖事件發生在冬天某次會議上，那時我們的進度大約是 75%。

當天會議中途，勞爾如常地像耶穌般站起來說：「各位先生女士，我今天有個絕好的點子。」

他刻意停頓一下，意味深長地望著我說：「既然我們的故事以連體嬰作背景，那麼大家有沒有聽過唐納大隊（Donner Party）的事跡？」（註：唐納大隊是一支在 1846 年，由三個大家族組成的遷徙旅團，原定橫跨美國，但由於遇上大風雪，被困在高山上，最後出現大規模人食人的場面。）

所有人都點頭表示明白，唯獨我不知道，但我已經嗅到濃厚的不祥氣息。

「他們被寒冷折磨，被逼吃同伴的骨肉，被逼吃自己的血

肉。」

　　所有人再次點頭，我絕望地閉上眼睛，宛如看到大雪崩湧到面前的山難者。

　　「那麼如果我們可愛的連體嬰沒有東西吃，他們會怎樣做？他們會等待自己的兄弟死亡，然後像禿鷲撕咬死鹿般進食他的屍肉？還是像餓狼互相撕殺，挖掉對方的眼珠來填腹？我不知道答案，但這是個很有趣的方案。」

　　好吧，或者在兒童節目加插黑幫情節都沒有那麼離譜。

　　我環顧會議室，一如以往，所有人的視線都放在勞爾身上，大家為了保住飯碗，沒有人敢動半分或提出任何反對意見，而勞爾的視線則放在我身上，用像教主的權威目光凝視著我。

　　「孩子喜歡暴力，喜歡驚嚇，他們陶醉在黑暗之中，所以我們要去滿足他們，教導他們，這是我們大人應該要做的事情，對吧？珍妮。」他俯身向前，橫過會議桌，把冷冰冰的臉孔逼近我面前，嘴唇間吐出像腐肉般的臭氣。

　　「我認為你把事情全搞砸了，如果你要聽真話。」我惡狠狠地說。

他笑了笑，然後坐回椅子上。

「喔，我把事情搞砸了，但你把自己的人生搞砸了。如果你要聽真話，你他媽的不能生存在這弱肉強食的世界。」他展露出一個我從未看過、最充滿惡意的笑容。

「現在讓我給一些照片你看，好好啟發你的想像力，其他人和我立即出去。」

除了我，所有同事也站起身來，魚貫地走出會議室。

「你他媽的想幹甚麼？」我喊道並且離開了座位。

「我想糾正一些……錯誤判斷。現在同我坐下來。」

「不！」

「坐！」

我那一刻沒有想到接下來發生的事情是多麼的恐怖，否則當初一定奪門而出，但無論如何，我還是坐回椅子。同一時間，勞爾推來了一台陳年投映機和一堆投映片。

他原來神經質的眼神現在散發一種比以前危險得多的瘋狂氣息，那種只有殺人瘋子才會有的氣息。準備好儀器後，他用比平常高八分貝的刺耳聲音說：「這些才是小孩子應該看的東西。」

轉眼間，一具小男孩的屍體便出現在螢幕上。

照片是黑白的，卻有種莫名其妙的顆粒感，仿佛是田雞的皮膚。那個死掉的男孩樣貌被人故意弄得模糊，但明顯地嘴角上還滴著鮮血。幼嫩微胖的身軀躺在磚地上，手臂被齊整地斬斷，血液由切口位噴出，在地板上形成一朵又一朵黑色的血花。

勞爾飛快地扔掉投映機上的照片，然後又換上另一張。

這是剛才那張照片的彩色近鏡，清晰地呈現出男孩白皙彈性肌膚上的鮮血。男孩的眼睛緊閉成一條直線，一縷縷血絲由眼角流出，應該是腦出血的特徵。

突然，那個男孩睜開了雙眼。

我嚇得由座位上尖叫了出來。眼前的情境恐怖得難以用文字形容，那個死掉男孩原來眼睛的位置只剩下兩個空洞洞的眼窩，眼珠、瞳孔、眼白統統都被挖去了，形成兩個鮮明的血洞，血洞的深處就像深邃山洞般漆黑和讓人畏懼。我很想把頭撇開，但那張照片卻仿佛有催眠作用，迫使我怔怔地注視著那雙不斷閃爍著

黑色邪光的眼窩。

我凝視的時間愈長，愈覺得到那男孩的眼窩正在慢慢往外擴張，愈來愈大。不一會兒，血洞已經大得吞下眼簾和眉毛，血洞也變得愈來愈黑暗。

然後，血液由那兩個「凹槽」流了出來。

起初只有一兩滴血珠順著臉頰而下，歪歪扭扭地流淌著，之後愈來愈多的小血珠慢慢匯聚成血流，最後根本像血泉般傾瀉出來。我不清楚那張照片搞甚麼鬼，但發誓我聽到血水噴出時的流體聲，和那男孩身上發出的腐爛氣味。

我的身體無法克制地顫抖，弄得原本想離開座椅，最後卻雙腿一軟，滑倒在地上。我隨手抓起最近的垃圾桶，嘩一聲嘔了出來。

「你可以走了。」那是勞爾最後一句對我說的話。

我一拐一拐地走出 Nickelodeon 大門，之後再沒有回去了。

我離開的時候，《哭孩巷》的劇本只完成了不到 75%，進度嚴重落後。但現在回想起，我發現根本一切都在勞爾的控制之內。他故意把整個所有東西擠到最後數個月，使剪接和審查那部分沒

有充足時間，來讓他那些「兒童應該看的東西」蒙混過關。

在《哭孩巷》放映前一個月，其中一個在 Nickelodeon 剪輯部的大學同學對我說，他們需要狠狠地剪去《哭孩巷》15 - 20 分鐘的內容，因為內容實在太不堪入目，但他們還沒有時間逐格審查呢。

至於那天晚上的圖片，那一刻所有事情都太混亂，我不敢完全擔保勞爾沒有在投映機做手腳，例如那根本是動畫，甚至落迷幻藥……但如果你問我心底裡，我仍然相信那是「潛意識圖片」來的，那些會偷偷改掉你腦子運作的圖片。而且我也相信勞爾把那些圖片混進了影片中，就像那個可樂電影的實驗般，改寫小孩子的潛意識。

我很慶幸《哭孩巷》只上映了一晚，那種充滿邪念的影片根本不應該存在，但最後，我想提醒大家一點，就是勞爾仍然在 Nickelodeon 工作，而我相信他的野心並不會在《哭孩巷》便休止……

意識不良的兒童電影

《哭孩巷》是真的存在，甚至連上述故事中提到的彼得勞爾也是真實人物來。彼得勞爾真的是《哭孩巷》的導演，而且以往

的作品也不時被人投訴隱含住兒童不宜的訊息。

雖然沒有人能確定故事的真偽，但有網民提出上述的故事和在 Reddit 匿名流出的《哭孩巷》，其實是 Nickelodeon 的全心炒作，為《哭孩巷》在 2011 年萬聖節再次在 Nickelodeon 放映「試水溫」。因為正如文章開首前說，直到 2011 年前，《哭孩巷》只在 Nickelodeon 上映過一次，觀賞過的人少之又少，在公司內也被列為禁忌，但文章提及的自相殘殺的連體嬰、怪異的送葬人有否真的在電影出現過，這些真的只有當年有份創作《哭孩巷》的 Nickelodeon 員工才會清楚。更加讓人質疑的是，如果文中對彼得勞爾的指控是虛構，那麼可是非常嚴重的誹謗，但勞爾本人卻沒有任何回應，所以整件事甚至可能由 Nickelodeon 一手策劃。

縱使如此，真實的《哭孩巷》內容仍然荒誕不經得很。

《哭孩巷》的故事內容正如文章中描述，兩兄弟由怪異的送葬人聽到一個可怕的傳說。說在很久以前有對農民夫婦生下了一對連體嬰，其中一個性格是極端善良，另一個則極端邪惡，但他們在出生數年後便死去，埋葬時農夫用鋸子把他們切成兩件，分別埋葬在城鎮不同的地方。兩兄弟聽過傳說後，便走到傳說指的善良連體嬰那一邊的墳墓進行招魂儀式，但最後卻失誤召喚了邪惡連體嬰出來。邪惡連體嬰便在城鎮大施妖法，召喚各種可怕的怪物出來。兩兄弟為了彌補錯誤，便要在重重危險的城鎮找出真正善良連體嬰的墳墓。

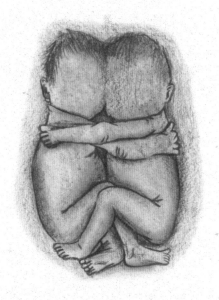

　　作為一個兒童節目來說，《哭孩巷》的故事內容真的已經完全超標，例如農夫用鋸子分屍、招魂儀式、設計過於怪異的殺人狗、裸體小孩被凌辱、性格自私醜陋的鎮民，甚至連結局也在暗示邪惡的連體嬰控制了主角的思緒，誤以為自己拯救了城鎮。

　　如果大家有興趣，現在 YouTube 仍然可以免費看，筆者自己也看過一次，雖然理所當然地不會比《屍人旅舍》、《閃靈》恐怖，但如果你說要給筆者的姪子看……那麼……也不是太好呢。

No.02：無法避免的電視嚟魂 The Horror in TV

錄影帶潛伏的夢魘

饒舌小鼠 Rap Rat

在故事正式開始之前，筆者恐怕要解釋一下甚麼是 錄影帶遊戲（VCR Board Games）。

在上世紀 80 － 90 年代，當時電腦還未普及到每人家中也有一台，紅白機、街機的遊戲質素也粗糙得很，電玩和錄影帶仍然是人們主流的娛樂工具。那時候，有美國遊戲公司發明了一種叫「錄影帶遊戲」的電視互動遊戲。

雖然說遊戲是「互動形式」，但以現今的標準看來，其實是玩家對著電視鬼叫的白痴遊戲。每盒錄影會因應遊戲內容而附上不同小道具，來讓玩家代入遊戲劇情，作一些簡單的角色扮演。

例如一隻在歐美澳地區頗有名的錄影帶遊戲《夢魘（Nightmare）》便附上一套設計恐怖的遊戲棋盤。當你和朋友在玩棋盤時，電視裡頭的鬼怪便會不斷用刺耳的聲音嘲笑和恫嚇你，但說穿了其實你的棋局不會影響錄影帶內容，而錄影帶內的鬼怪也不會改變到現實。

類似的遊戲還有很多，例如魔界歷險、字母遊戲、太空射擊遊戲……但都是大同小異。為甚麼筆者要大費周章和大家介紹這

早已絕跡的玩意？

第一，因為身為 90 後的筆者直至寫這篇文章前，從來不知道有「錄影帶遊戲」的存在，所以恐怕大家也不知道。

第二，亦都是最重要的一點。據歐美都市傳說，有一盒依附著恐怖邪靈的錄影帶遊戲至今仍然在人間流傳，並為無數小孩帶來連綿夢魘……

魔鬼化身的老鼠

《饒舌小鼠（Rap Rat）》是澳洲遊戲公司 A Couple 'A Cowboys 在 91 年推出《夢魘》系列獲得空前的成功後，緊接推出的另一隻兒童錄影帶遊戲。理論上，《饒舌小鼠》是一隻兒童取向的遊戲，並預計會在兒童市場大賣。但由於不知名的原因，《饒舌小鼠》很快便被強制下架，從此消聲匿跡。

據曾經玩過《饒舌小鼠》的網民説，《饒舌小鼠》的遊戲盒封面有很多隻鼻子長長、耳朵大大、外貌一樣的灰色卡通老鼠，還寫著：「給只想玩樂的小孩。」如果你不知道它內在的恐怖，單由錄影帶外盒看來，饒舌小鼠的確像一隻頗有趣、頗益智的兒童遊戲。

除了錄影帶內，在遊戲盒內還有一個黃色大棋盤和彩色輪盤。遊戲目的透過轉動彩色輪盤，在限時 10 分鐘內收集棋盤內所有小芝士。雖然不少網民抱怨遊戲要求頗難，但這並不是《饒舌小鼠》問題所在。

問題在「饒舌小鼠」本身。

根據傳說，饒舌小鼠是一隻木偶老鼠。它的職責是在玩家玩棋盤時，負責講解遊戲關卡，並透過話語增加遊戲的緊湊程度。當然，既然它叫饒舌小鼠，那麼少不免表演饒舌來娛樂玩家。

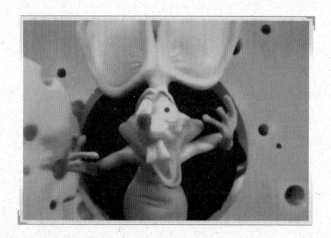

但問題是，有不少玩家投訴饒舌小鼠聲音太擾人，而且性格也很討人厭，例如強迫玩家和它一起叫：「芝士！芝士！芝士！芝士！芝士！」、厲聲呼喝落敗的玩家、囂張地說它是整場遊戲的老大。

更加恐怖的是，有不少玩過的小孩紛紛向家長哭訴被饒舌小鼠弄得「精神崩潰」。孩子們說饒舌小鼠一直惡言相向，每隔幾秒便使用刺耳的老鼠聲催促他們完成遊戲。當輸掉遊戲時，會強迫孩子做出猥褻的動作。即使他們痛哭起來，那隻老鼠也不讓他們停下來。但當家長翻開錄影帶時，卻發現這些可怕的情節從未出現過。

以下是其中一位網民玩《饒舌小鼠》遇上的恐怖經歷，讓大家知道這隻老鼠實際上是多麼的邪惡和不可異議。

最初接觸《饒舌小鼠》是母親在特賣場買回來。那段時間正流行錄影帶遊戲，我和弟弟嚷著要母親買《夢魘》系列，但《夢魘》系列實在太昂貴，而且內容（對於兩個不過八歲小孩來說）也太恐怖，所以退而求其次，她選擇了價值便宜得多的《饒舌小鼠》給我們。

遊戲方式很簡單，就是比賽誰在限時內收集得最多棋盤上的玩具芝士。勝出者沒有獎品，但饒舌小鼠會讚美你幾句，失敗者則會被要求進行一些小懲罰。

當晚回到家，我、媽媽和弟弟把馬上把影帶塞進錄影機，設置好棋盤，便興致勃勃地準備開始我們的《饒舌小鼠》之旅。影帶開始時，是一段簡短的遊戲規矩讀白，沒有甚麼特別。

然後，到那隻饒舌小鼠出場。但是，他的樣貌卻和我們預期有所出入。當那隻老鼠穿牆而出時，我那個只有三歲的弟弟便嚇得立即奔跑逃出房間，不斷尖叫著。

　　電視裡頭那隻所謂「饒舌小鼠」的生物，甚至連半分老鼠外形也沾不上。它的耳朵異常地大，尖長嘴巴突出兩顆枯黃而尖長的門牙，張大的嘴巴黏滿棕色的污漬，好不嘔心。但最讓人覺得可怕的是，它那雙像硬幣般大、地洞般黑的眼睛散發出仿佛來自深淵的寒意。

　　我哀求媽媽把電視關掉，但可惜她已經走出客廳，留下我獨自一人。「等一下，下個到你了。」饒舌小鼠的叫聲由我身後的電視傳出，但並不是正常的卡通人物聲音，而是一把低沉、充滿惡意、像惡魔呢喃的鬼叫聲。

　　「他叫饒舌小鼠，他是我的老大。」饒舌小鼠用那催眠般語調重複地說。

　　然後，饒舌小鼠緩緩化開，電視機畫面換上一連串詭異的鏡頭，由陽台俯視草地的男人、被馬蜂刺破的眼球、撕掉青蛙的狼蛛、不斷扭動的眼鏡蛇、充滿神秘綠色黏液的注射器……我張口結舌地瞪著螢幕裡令人不安的畫面，雙腳仿佛釘上了鐵釘般動彈不能。

幸好母親及時回來，並立即把電視關掉。電視一關，我像回魂般立即發出尖叫聲，飛奔回房間，躲在衣櫃內。我母親足足用了 20 分鐘才説服我那隻怪物老鼠離開了，可以由衣櫃走出來。接下來的一星期，那隻饒舌小鼠每晚都出現在我夢境，並帶來了連綿夢魘。

這是我第一次遇上饒舌小鼠的經歷。

我第二次遇上饒舌小鼠已經是二十年後的事。那天，我正準備搬離老家，到城市和女友同居。當我收拾睡房的衣櫃時，卻重新找到這盒《饒舌小鼠》錄影帶遊戲。

為甚麼《饒舌小鼠》會在這裡？媽媽不是早已丟掉它？

我訝異地望著眼前的錄影帶和棋盤，心想如果不計盒子上那層厚厚的灰塵外，都算保存得非常好，仿佛有人定期清理般。

就在此時，我女友走進房間，並看到我呆在原地，怔怔地拿著遊戲盒。「你竟然想玩《饒舌小鼠》？」女友嬉笑道。我連忙搖頭，試著解釋事情，但已經太遲，女友嚷著要玩這盒來歷不明的《饒舌小鼠》，沒有我選擇的餘地。

我向鄰居借來一部陳年的錄影機。在播放前，我多次用孩童時的經歷警告女友，但她始終認為我是鬧著玩。

然而，錄影帶一播放便已經急著證明我所言非虛。

錄影帶開始時跳過那些冗長的讀白，取而代之是一個面目
猙獰的小丑，由破裂的鼻子噴出陣陣血泉。然後鏡頭一閃，換上
一個被困在陰暗房間的可憐女子。很快，鏡頭再跳到一個男人身
上，男人被逼手持一磚灼熱得發白光的鐵塊，雙手慢慢燒焦得黑
色一團。

畫面突然漆黑一片，背景再次響起那隻笨老鼠詭異的尖叫
聲，再次傳來它那些可怕的話語。那些響聲愈來愈大，到達高潮
時饒舌小鼠再次由芝士牆壁彈出。這一次，最讓我感到心寒的是，
那些服裝已經不是服裝，而是真正的皮毛。

它全身長滿灰色的毛髮，暴露的牙齒尖長而彎曲，眼睛散發
淡淡邪惡的紅光，嘴裡呢喃著那些令人毛骨悚然的字句。它在電
視內瞪著我和女友，然後伸出那隻枯骨般的怪手，朝我們揮手，
面露不懷好意的笑容。

螢幕突然變得白茫茫，只有純粹的白色，我們還未弄清楚甚
麼一回事，房子的正門便傳來一陣輕輕的刮門聲，像一雙巨大的
利爪在不斷抓刮木門。那些刮門聲愈來愈大，突然，刮門聲變成
重擊聲，仿佛木門不斷被某些龐大生物推撞。那些聲響絕對不是
幻聽，因為我清晰看到客廳的桌椅隨震盪上下搖晃。我和女友在
沙發上互相緊抱著，不斷顫抖，一時間不知如何是好。

在更糟糕的事情發生前，我鼓起最大的勇氣撲向錄影機，連忙按下退出鍵，錄影帶隨之彈出錄影機，那些敲擊聲也驀然停下來。

數十分鐘後，警方也趕到我家，原因是鄰居在我家門口看到一個奇怪的黑影，擔心是強盜所以報警求助。我和女友扯謊那只是我們的影子，反正沒有人會相信那是饒舌小鼠這些鬼話。

我嘗試拾起那盒錄影帶，但那盒錄影帶卻發燙得像岩漿般灼熱，唯有用夾子它夾起來。我把錄影帶扔在房子對出的馬路，之後用車子輾碎它，直到變成碎屑才放心。

接下來的一星期，我和女友每晚發夢也被影帶那些可怕的影像折磨，並且在半夜中驚醒過來，說出內容相似的夢魘。這種症狀足足持續了一星期，才慢慢好轉。直到現在，即使我已經搬離老家，但每當我們提起《饒舌小鼠》時，我發誓仍然可以聽到輕輕的刮門聲，仿佛饒舌小鼠在等待甚麼似的……

我相信這種怪事會持續好一段時間，甚至永遠。

來自海地的咒語

其實直到現在，你們仍然可以在二手拍賣網站找到《饒舌小

鼠》錄影帶遊戲，或找到它的「開箱文」，<u>因為它的確是真實存在的遊戲</u>。

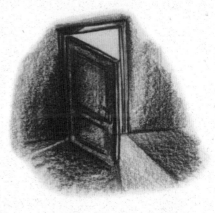

雖然並不是所有玩過《饒舌小鼠》的網民的經歷都如傳説般恐怖，但確實有很多不愉快事情發生。首先，遊戲的節奏太急，再加上饒舌小鼠在旁不斷用刺耳聲音催促玩家，很難有愉快體驗。其次，遊戲裡的「懲罰」毫無限制，很容易讓小孩做出愚蠢且有害事情，例如在原地呆跳十分鐘。當然也有部分網民説在玩過《饒舌小鼠》後，真的連續好幾天都惡夢綿綿，甚至出現幻覺。

至於為甚麼《饒舌小鼠》有機會埋藏了一隻如此可怕的惡靈呢？以下是網上較廣為人知的版本。

在 1992 年，剛由《夢魘》系列賺了一大筆的 A Couple 'A Cowboys 決定趁勢去下一個計劃「饒舌小鼠系列」。遊戲公司把製作《饒舌小鼠》所需要的道具和服裝清單送到中美洲海地一間工廠，交託給他們製作。

　　正如大多數先進國家企業，A Couple 'A Cowboys 不知道（或者不理會）他們下單的工廠其實是一間血汗工廠，用非人道方式拐帶大批婦女和小孩，在惡劣環境下低薪超時工作，生命安全也沒有保障。

　　根據謠言，在製作饒舌小鼠木偶服裝過程中，一名海地少女因為長時間工作，手臂一不小心便卡在轉動中的工業用縫紉機。如果只有手臂卡在縫紉機內並不是問題，問題是廠方用的縫紉機太殘舊，所以當女孩被壓著的手臂在縫紉機施加重力，一根在機械內壓縮已久的彈簧立即破殼而出，力道猛得像子彈般射進女孩的頸子內，穿破頸動脈，動脈內鮮血馬上往外洶湧噴出。由於在場沒有員工有醫療知識，所以女孩不久便因失血過多而死亡。

　　在女孩的喪禮數天後，女孩的母親便前來工廠，要求廠方賠償，並還女兒一個公道。結果當然是意料之內，廠方拒絕向女孩家屬作出任何形式的補償，甚至無賴得反過來說家屬應該要為女孩延誤工作進度而補償。

　　廠方冷血的話語把女孩的母親徹底激怒，瘦骨嶙峋的雙手青筋暴露，朝放在一旁待上貨車的饒舌小鼠工具聲嘶力竭地怒吼，說了一堆艱澀難明的海地古話，然後便揮袖離去。據當時在場的員工說，那些古文大約意思為：「無辜者流出的血滲進每一樣沾上它的物品，並帶來恐懼之靈 APARAT 的咒語。」

當然工廠的人對這些「咒語」一笑置之，也沒有放在心上，甚至最後也沒有甚麼大禍降臨。因為老婦人在施咒時忘記了一樣很重要事情⋯⋯

　　她忘了那批貨是運往美國，並不是留在工廠老大身旁。

　　所以 APARAT 的咒語也隨著饒舌小鼠木偶服裝越洋到美，並成為埋伏在錄影帶內的邪靈，更有人說 APARAT 的咒語會隨著每次播放而變得強勁。雖然沒有知道以上內容的真偽，但很肯定在推出了《饒舌小鼠》不到一年，A Couple 'A Cowboys 公司便無故倒閉，途中也發生了不少意外，但是否真的和饒舌小鼠有關係，還是未知之數⋯⋯

《DEEP WEB 2.0 FILE #人性奇談》
全書完

　　如果你看到這一頁，都應該看過本書大部分的故事了，不知道你對這趟人性之旅有甚麼感想？

　　起初編輯想叫這本書為《Deep Web File 2.0 # 網絡奇談》，因為和上一本湊起來時，比較似一套系列。但在我多番堅持下，他們接納了我的提議，把書名改為現在的「人性奇談」。

　　之所以堅持以「人性奇談」命名，主要有兩個原因。首先，基本上本書只有前部分 Deep Web 才與網絡有關，稱不上「很網絡」。其次，亦都是最重要的一點，就是希望強調「人性」才是恐懼鳥的寫作重點。

　　在我們說下去前，不妨來玩一個「小遊戲」。

　　請你閉上眼睛，放鬆緊繃的身軀，想像自己的靈魂化為一隻翱翔天際的飛鳥，在城市上空飛翔。

　　你看到躺在血泊上那個中年女人嗎？她的名稱叫小妮，是兩名孩子的媽媽。她的夢想只是想見證兩名孩子進大學，別無他求。但在一次家暴中，小妮被性情暴躁的丈夫毆打至死，頭破血流，甚麼夢想都隨意識煙消雲散。

我再轉一轉場景，看看那名住在籠屋的瀕死老人——老康。老康是一名戰爭英雄，曾經有過光輝的青年時期，擁有無數出生入死的戰友，他的戰場經歷絕對能夠寫一本精彩的小說。當時很多人以為他一定有美好的結局，這不是所有英雄應得的嗎？為何最後會淪落到無兒無女，獨自一人住在籠屋等死？沒有人知道，可能是上帝開的玩笑吧？

　　好啦，現在我們返回現實世界。

　　你覺得這些「故事」如何？我們都清楚無論小妮和老康再悲慘，都只是我們腦海幻想的產品，純粹是兩個虛構的人物。

　　但當你在 Google 翻查一下每天死於家暴的婦女數目，再看看每年獨居長者死亡的數字和訪問，你敢說小妮和老康真的不存在？

　　在冷冰冰的數字背後，其實都包含著數以萬計小妮和老康的故事。他們和我們一樣有血有肉，曾經開心過、曾經光輝過、曾經對未來充滿希望，最後卻落得如此下場。類似的故事還有很多，根本數之不盡，死在街頭的癮君子、被殺死的妓女、被虐殺的戰俘……

但如果沒有故事，我們可以由冰冷的數字感受到他們的痛苦嗎？

這就是我寫都市傳說的目的。

閱讀本書時，你看過很多滅絕人性的恐怖故事，例如要兒子把腳趾剪掉的母親、屠宰嬰兒的變態漢及把邪惡訊息塞入兒童節目的創作人等等。

但同時又有很多故事突顯了人性的灰色地帶，例如傻呼呼的非禮犯、克制自己性慾以換取社會認同的戀童癖網民及虐殺恐怖分子的平民。

它們有的有證據證明自己所言絕無虛假；有的則含糊不清，真偽莫辨。但無論是真是假，當你打開報紙、翻閱面書、觀察四周……或是窺視自己的內心，你真的相信這些「只不過是故事」嗎？

根據心理學，我們人類天性有簡化事情的傾向，例如用簡單的物理特徵把人群分成「我群／他群」，漠視兩件事同時發生一定存在的邏輯關係。這些傾向可能有助於我們在原始森林中生存，但來到文明社會，這些傾向卻使人與人之間產生偏見、隔膜、

紛爭、甚至戰爭。

　　正如我在本書多次強調，自己絕對不是博愛主義者。但希望本書的「故事」可以感染到大家，讓大家感受到「故事」中的人的掙扎、痛苦和無奈，脫離平日慣性的簡化思考，從而反思人性的本質。

　　究竟人性是否如大多數人所說般黑白分明？抑或單純善惡對錯觀念根本不足以描繪人性？

　　最終答案還是交給你們自己來決定。

◼鳴謝：Special Thanks

　　這本書之所以能順利推出要多謝「點子出版」一班員工的辛勤和付出，當中包括總編 Jim、Heidi、Dan 和 Venus。雖然我常常拖稿，但他們仍然充滿熱誠地為本書進行編輯和校對，並且在寫作過程中給我提供了很多實用的意見，務求把書本以最好的姿態推出。

　　除了編輯，我還多謝出版社的設計師 Katie。我連續兩本書所有插畫和封面都是出自她的手筆。我真心覺得每幅畫也很有美感，獨樹一幟，最重要是配合到我寫作的主題和風格，使書本更引人注目。

　　另外，我還想特別鳴謝四位好友。他們分別是鄭嘉豪、黃守豪、胡慧欣和謝朗峯。他們四人雖然各有正職，但在我忙於寫稿時，仍然抽時間出來義務幫我打理微博和淘寶，或者替我分憂解困。你們的付出實在讓我感激涕零。

　　最後，寫作的路程崎嶇，充滿波折，多謝沿途一直支持我的讀者和朋友，希望你們能陪伴我繼續走這條寫作之路。

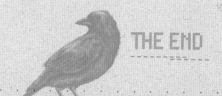

THE END

點子網上書店
www.ideapublication.com

含忍・死人・
的士佬

壹獄壹世界

援交妹自白

殘忍的偷戀

殘忍的雙戀

成為外星少女
的導遊

成為作家其實唔難

港L完

信姐急救

西環極落

公屋仔

十八歲留學日記

西營盤

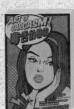

毒舌的藝術

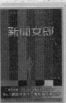

新聞女郎

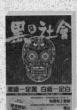

黑色社會

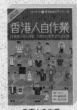

香港人自作業

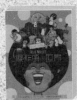

爆炸頭的世界

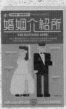

婚姻介紹所

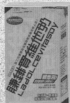

賺錢買維他奶

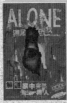

獨居的我，最近發現
家裡還有別人

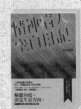

精神病人空白日記

設計 Secret

This is Lilian

This is Lilian too

空少傭乜易

有得揀你揀唔揀

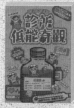 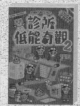 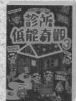
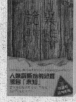  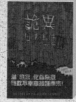
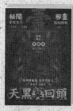 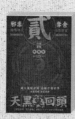 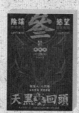
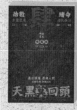 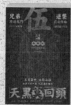 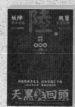
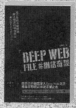 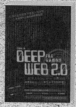
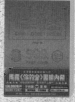 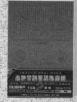
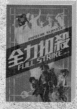
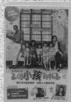 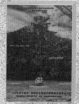

作者　恐懼鳥

總編輯　Jim Yu
特約編輯　Venus Law
助理編輯　Dan Li \ Heidi Li

出版　點子出版
地址　荃灣海盛路11號
　　　One MidTown 13樓20室
查詢　info@idea-publication.com

設計　Katiechikay
製作　點子出版

DEEP
WEB 2.0

FILE #人性奇談

PRINTED IN HONG KONG

印刷　海洋印務有限公司
查詢　2819 5112

出版日期　2016年4月22日 初版
　　　　　2018年9月10日 五版
國際書碼　978-988-14701-4-0
定價　　　$98

發行　泛華發行代理有限公司
查詢　gccd@singtaonewscorp.com

點子出版
IDEA PUBLICATION

HI THERE

We will meet again soon.

Are you sure you want to exit?

> STAY <   > EXIT <

DEEP WEB 2.0

FILE#人性奇談